聚学文丛

围城艺术谭

韩石山——著

文汇出版社

图书在版编目（CIP）数据

围城艺术谭 / 韩石山著. -- 上海：文汇出版社，2024.
8. --（聚学文丛 / 周伯军主编）. -- ISBN 978 - 7 - 5496
- 4271 - 7

Ⅰ. I267.1

中国国家版本馆 CIP 数据核字第 20241BV421 号

（聚学文丛）

围城艺术谭

主　　编 / 周伯军
策　　划 / 鱼　丽
篆　　刻 / 茅子良

著　　者 / 韩石山
责任编辑 / 鲍广丽
封面装帧 / 王　峥

出版发行 / Ⅲ文匯出版社
　　　　　上海市威海路 755 号
　　　　　（邮政编码 200041）
经　　销 / 全国新华书店
排　　版 / 南京展望文化发展有限公司
印刷装订 / 上海颛辉印刷厂有限公司
版　　次 / 2024 年 8 月第 1 版
印　　次 / 2024 年 8 月第 1 次印刷
开　　本 / 889×1194　1/32
字　　数 / 230 千字
印　　张 / 10.25

ISBN 978 - 7 - 5496 - 4271 - 7
定　　价 / 68.00 元

出版缘起

曾子曰：士不可以不弘毅，任重而道远。"读书之事，乃名山事业。从古至今，文化事业需要一代又一代人的接续与传承。

"聚学文丛"为文汇出版社推出的一套文化随笔类丛书，既呈现读书明理、知人阅世的人文底色，也凝聚读书人生生不息的求索精神。

"聚学"一词，源于北宋文学家范仲淹的"聚学为海，则九河我吞，百谷我尊；淬词为锋，则浮云我决，良玉我切"（《南京书院题名记》），意在聚合社科文化类名家的治学随笔、读书札记、史料笔记、游历见闻等作品，既有丰富的精神内涵，又有独到的观察与思索，兼具学术性、思想性和可读性，力求雅俗共赏，注重文化价值，突显人文关怀，以使读者闲暇翻阅时有所获益。

文丛致力于文化普及读物的出版，在市场经济的环境中坚守初心，不随波逐流，以平和的心态，做一些安静的书，体现文化人的责任与担当，以此砥砺思想，宁静心灵。

书中日月，人间墨香。希望文丛的出版能为广大读者营造一处精神家园，带来丰富的人文阅读体验。

文汇出版社
二〇二四年四月

自序

我总认为，语法是一个民族智慧的结晶。早年教中学语文的时候，就喜欢上了语法，曾给班上的学生编过一个语法讲义，油印的，十几页。还自创了一个说法，叫"语位"，意思是一个词，在句子中的什么位置上，就是什么词性。后来忙于写作谋生，这个心就淡了。

1984 年秋，到了山西省作家协会，清闲了，又生起研究语法的心。我知道，自己创建一套语法体系是很难的。于是便想到，研究某一著名作家的著作，总结他作品里的语法规律，或许能提炼出一套合乎汉语语法实际的语法来。先想到的是郁达夫，后想到的是徐志摩，时间久了，觉得他们的语言还是不够丰富。近年来喜欢上钱锺书，他的《围城》里的语言太丰富了，正是提炼语法的绝佳文本。

我知道我的本事，写不了什么专著，便借了语法的眼光，写起赏析文章。两年下来，竟有二三十篇之多。如何编次呢，且按了语法的字、词、句、文的顺序，由小到大、由简到繁编排吧。谈笔法的一章，算作"修辞"好了。

书名叫什么呢，原想叫《钱锺书的国语文法》，这是他小说里的一种说法。出版社的朋友说，"国语文法"

这个词太陈旧了，还是不用为好。有道理。那叫什么呢，想想，这些文章，不过是依了语法的框架谈《围城》的艺术魅力的，那就老老实实，叫《围城艺术谭》吧。

是为序。

韩石山

2024 年 4 月 11 日于潺湲室

目 录

第四章　句

第五章　文

第六章　笔法

第一章 《围城》里有丰富的语法资源

汉语语法：谁也绕不过的坎儿

"你真是语言大师呀！"对那些优秀的作家，常有人这样称赞。听到这话的作家，往往只收下"大师"而扔掉"语言"。就是称赞者，也没有几个人真的在乎"语言"二字。在大师前加上两个字，是为了语气的和缓，加上"语言"二字，怕是受"语言艺术"一词的驱动。这里的语言大师，等同于艺术大师。

这些作家，如果能知道国家在语言建设上，对他们寄予多大的期望，知道中国的语法存在的问题，他们就不会这么说了。他们应当收下"语言"而扔掉"大师"。光秃秃的一个大师是不值钱的，而在语言上一点小小的建树，都将泽被后世。

最近市面上流行的《张家旧事》和《最后的闺秀》两书，好些人看了会说，噢，沈从文的大姨子这么漂亮呀。罪孽。这位大姨子的丈夫叫周有光，是一位语言学专家，他的最新著作叫《新时代的新语文》，北京三联出的，对中国及世界主要国家的语文的发展，有简明的论列。从1913年提出"汉字读音统一"以来，中国几代语言学家，为汉语的规范化作出了怎样的努力。1955年国家推广"普通话"时，给普通话下的定义是："以北京语音为标准音，以北方话为基础方言，以典范的现代白话文著作为语法规范的汉民族共同语。"也就是说，优秀作家的堪称典范的白话文著作，将成为汉语语法的规范。而一个能被视为"语法规范"的作家，该是何等的体面。

至于对现代汉语语法的认识，还是听听专家的意见吧。

在这上头，不能听当今那些语法学家的话，得听那些非语法学家的专家的话。理由很简单，语法学家囿于成说，难免胶柱鼓瑟，而非语法学家的学者，在语言实践中的感悟，极有可能更接近语法的真谛。

先得明白，现在通行的语法，是整整一百年前，一位叫马建忠的先生，写了本名叫《马氏文通》的书，借鉴拉丁语和英语的法则，研究了古汉语的现象，为汉语制定的一套法则。此后有人不断的补充修订，无论是"以英鉴汉"，还是"以汉辅英"，都没有离开《马氏文通》学说的主干轨道。学界称这一语法体系为"葛朗玛"。

对这一语法体系的缺陷，北师大教授、书法家启功先生是这样说的：

我从二十一岁开始教中学语文，不能不充实些语法知识，就似懂非懂地自学起葛朗玛来。没学好，不会运用，自然是我的责任。但是遇到有套不上、拆不开，或拆开"图解"，却恢复不了原句时，去请教语法家，也曾碰上有摇头皱眉的时候。另一方面也曾发现中国古代普通书面语中，也有些问题在葛朗玛书中找不出答案。

经过打听才知道那些问题是不在研讨之列或不值得研讨的。我们知道，打扫房间，每个角落都已干干净净，抛出去的垃圾，堆在屋外，也不是妥善办法。何况所抛出的未必都是废物，怎么办？（启功《汉语现象论丛》第 5 至 6 页）

此老的批评还算委婉，精通多种语言的陈寅恪先生说起此事，就是另一副腔调了。

1932 年清华大学国文系招生，陈先生出的试题中有对对子一项（"孙行者"），事后引起一些非议，傅斯年给他写了封信，陈回信说："今日议论我者，皆痴人说梦，不学无术之徒，未尝梦见世界上有藏缅系比较文法学，及欧系文法不能适用中国语言者……明年清华若仍由弟出试题，则不但仍出对子，且只出对子一种，盖即以对子作国文文法测验也。"他十分肯定地说："若马眉叔之谬种尚在中国文法界有势力，正须摧陷廓清，代以藏缅比较之学。"（胡晓明《台湾书简》，载 1994 年 8 月 8 日《文汇读书周报》）

过去多认为陈先生出对子，是名士的滑稽之智，现在知道了，他是有深义的，就是要廓清《马氏文通》的影响。

季羡林先生是当今中国学术界的泰斗了。江西教育出版社出版了二十四卷本的《季羡林文集》，在文集的前面，季先生写了篇长序，历述他在学术上的思考，即他此生关注的学术命题。谈过"我的义理"之后，谈"一些具体的想法"，谁也想不到的是，此老的第一个想法竟会是"关于汉语语法的研究"。他是这样说的：

世界语言种类繁多，至今好像还没有一个为大家所公认的"科学"的分类法。不过，无论如何，汉语同西方印欧语系的语言是截然不同的两类语言，这是无论谁也无法否认的事实。然而，在我们国内，甚至在国外，对汉语的研究，在好多方面，则与对印欧语系的研究无大差异。始作俑者恐怕是马建忠的《马氏文通》。这一部书开创之功不可没，但没有分清汉语和西方语言的根本不同，这也是无法否认的。汉语只有单字，没有字母，没有任何形态变化，词性也难以确定，有时难免显得有点模糊。在五四运动期间和以后一段时期内，有人就想进行改革，不是文字改革，而是语言改革，鲁迅就是其中之一，胡适也可以算一个。到了现在，"语言改革"的口号没有人再提了。但是研究汉语的专家们的那套分析汉语语法的方式，我总认为是受了研究西方有形态语言的方法的影响。我个人认为，这一条路最终是会走不通的……因此，我建议，汉语语法的研究必须另起炉灶，改弦更张。（转录自1999年9月4日《文艺报》）

季先生提到了鲁迅和胡适，那就看看这两位大家对汉语语法是怎样的态度。

鲁迅去世前几个月，许广平听从朋友的劝告，作札记随时记录丈夫的一些谈话，其中一条是："现在写文章真难，因中国文字实在太不够用，所以写作时几乎个个字在创造起来。如果照文法第几条，那是不可能的，要自己造出新的文法来……有时加上形容字，亦觉不妥。"（许广平《札记》，载1983年《新文学史料》第一期）

这恐怕是鲁迅一生写作，得来的最为沉痛的经验了。他的过人的业绩，都是在与"太不够用"的汉字，和"要自己造出"的文法的拼搏中得到的。若有鲁迅研究者，肯下大功夫深入地研究鲁迅的语法，写一部《鲁迅语法》出来，定然是功德无量的善举。

鲁迅只是痛感其艰辛，胡适可是身体力行了。

对语法的研究，几乎贯穿胡适的一生。1919 年 11 月间，胡适接连写了三篇谈"的"字用法的文章：《"的"字的用法》《再论"的"字》《三论"的"字》，分载 12 日、25 日、26 日《晨报副刊》。第一篇的名字原本叫《"的"字的文法》。

对如今我们老也用不对的"的"字和"地"字，彼时胡适就有中肯的意见。陈独秀认为，作介词用的"的"（即用在名词之后表示所属）该用"底"，状词该用"地"，形容词之词尾该用"的"。胡适认为，这样分太烦琐了，"的"字用在名词之后，表示物主语尾，倘若和表示性质的形容词的语尾容易相混淆，可改用"之"字，其余一切"的"字，都用"的"字。（《三论"的"字》，引自北大版《胡适文集》第 10 册第 15 页）

看过老舍小说的人，该会记得，在老舍的笔下，"的""地""得"一律写作"的"。不知是老舍的自立法度，还是早年受了胡适这一主张的影响。

直到晚年，胡适仍关心文法问题。1955 年 6 月 27 日翻看王梵志的诗时，注意到"乍可"一词的用法，并写短文记之。（《胡适文集》第 10 册第 90 页，北大出版社，1998 年版）

胡适此生关于语法，说过的最有气派的一句话该是："我若有十天的功夫，一定可以写一部很好的文法出来。"（台湾版《胡适的日记》手稿本 1922 年 8 月 4 日条下）

后来写出的《白话文法概论》，不能说是一部语法著作，只能说是一篇探讨语法研究方法的长文。他提出的三个方法，归纳的方法、演绎的方法和比较的方法，其中最重要的是归纳的方法。"白话文法不是任意造出来的，是要根据实际的白话文，用精密的方法，归纳出来的，不知归纳，就不能研究，所以归纳法是研究白话文法的根本方法。"

他的许多做法，都能给我们很好的启示。比如他研究语法，从"的"字入手，虽是别人最先提出，毕竟是他的加入才促使讨论更为深入。不愧是白话文的首倡者，他一眼就看出了这个"的"字在文法的变迁，在文字史上乃是一件大事，其重要正如政治史上的朝代兴亡。这里，胡适还只是从文言白话的分野上着眼的，我们不妨再往下探究。

汉语没有字母，只有单字，以字组词，无论字与词，都没有任何形态变化。如何组成句子呢？其黏连的方法，除按文意顺序排列外，只有借用助词（广义的）一法。而使用最多的助词，就是这个"的"。说我们的文章中满篇是"的"，我们说话时满嘴是"的"，无"的"不成文，无"的"不成话，一点也不为过。好些作家写文章，不怕意思表达不清楚，就怕这些"的"字没法处理。为什么要用这个"的"字呢？从发音上说，"的"是舌尖中音，黏合力最强，不管写成"的""地""底"，发的音，起的作用是一样的。明白了这个"的"字的用法，也就可以说摸着了汉语句法的脉搏了。

从词性上说，汉语中"的"及"是""有"等是一个独立的词类，而所有的实指的词，是一个词类。"文学"是名词，"打"也是名词——打这一动作的名字，同样的道理，"美丽"也是名词——美丽这一性质的名字。研究"的""是""有"，实际上就是在研究汉语的句法。

汉语语法是什么时候成了现在这个样子的，我也说不清了。

记得七十年代初，我教书的时候，从学校图书室里翻找旧语法书，还能看到五十年代初出的一些语法书上，有"词无定类，类无定词"的论述。

就是这样一套并无多大实际用处的语法，成了从中学到大学，考核学生语文成绩的一个主要的技术标准。我们的中考和高考，所以有那么多的填空题、分析句式题，其根源都在我们有这么一部繁难而无用的语法上。

汉语语法，成了当今社会里谁也绕不过去的坎儿。

我们的语法应该是什么样子？

早在四十年代，曾经对汉语语法做过一番切实梳理功夫的何容先生，在他的《中国文法论》一书中，借用陈寅恪先生的话，表达了他的看法：

陈寅恪先生在《与刘文典教授论国文试题书》里也提到关系研究中国文法的话，他说是应该"遵循藏缅等与汉语同系语言比较研究之途径进行"，因为："夫所谓某种语言之文法者，其中一小部分属于世界语言之公律，除此之外，其大部分皆由研究此种语言之特殊现相，归纳为若干通则，成立一有独立个性之系统学说，定为此种语言之规律，并非根据某一特种语言之规律，即能推之以概括万族，放诸四海而准者也。"（何容《中国文法论》第34—35页，开明书店1952年6月第二版）

书中还引用了一位西方汉学家在第十三版《大英百科全书》词条里说的话，何先生说这是一种"矫枉过正"的说法。半个世纪过去了，如今的《大英百科全书》中绝不会有这样的话语了。

可喜的是，几十年来仍有学者一直在坚持着自己的主张，比如前面提到的启功先生，他的《汉语现象论丛》，就是这样一部"不与时贤竞短长"的著作。关心汉语语法的作家，不妨看看这位"中学生"的语法著作。这才是汉语语法研究的奠基之作。

合理的汉语语法体系该是什么样子，有一点是可以肯定的，那就是，它应当遵从汉语的基本特质，符合现代人的口语习惯，让人一看就明白，一学就会。明白了会了，对说话作文都有益处而不是累赘。

不一定要做语言大师，凡是优秀的作家，都应当关心一下我们的语法。就是你不做优秀的作家，也不妨考虑一下这个问题。

（一九九九年十二月十三日作；收入作者随笔集《路上的女人你要看》第三百八十四—三百九十二页）

字是根基

学好文法，要有文字学的基础。

同理，构建文法，也要有文字学的基础。

文字学，过去叫"小学"，不是现在的学校类别，小学、中学、大学的小学。但也不能说没有关联。这个小学，可说是"少小之学"或"少小当学"的略语。意思是，一个要参加科考、博取功名的人，少小之时，初涉学问，就要先有这样的学业训练。

小学，重在训诂，也有人名之为训诂学。说得通俗些，就是从根子上理解字义。

《輶轩语》中的说法

张之洞是晚清的重臣，也是当时的大学者。他写过一本书，叫《书目答问》，可说是做中国古典学问的必读书。他当过两个省的学政，就是指导一个省域的学业，为了提升这些地方的学业水平，还写了一本书，叫《輶轩语》。宗旨是，指导士子怎样做学问，写文章，闯过科考这一大关。在当时很有名，现在没什么人看了。

我看过这本书，觉得他的许多话，对今天学好文法，写好文章，还是有用的。全书分八部分，第二部分《语学第二》是其重点。这一部分第四条名为《读经宜明训诂》。文曰：

> 诂者，古言也，谓以今语解古语，此逐字解释者也；训者，顺也，谓顺其语气解之，或全句，或两三字，此逐句解释者也。时俗讲义何尝不逐字逐句解释，但字义多杜撰，语意多影响耳。训诂有四忌：一望文生义，一向壁生造，一卤莽灭裂，一自欺欺人。总之，解经要诀，若能以一字解一字，不添一虚字，而文从字顺者，必合。若须添数虚字，补缀斡旋方能成语者，定非。

明白了这几句话，就明白了，古时读经典，要有怎样的学业训练了。

文中说到训诂有四忌，如何免除呢？这一部分的第二条《解经宜先识字》中先就说了：

> 此非余一人之私言，国朝诸老师之言也。字有形，形不一。一古籀，二籀文，三小篆，四八分，五隶书，六真书，相因递变。字有声，声不一。有三代之音，有汉魏之音，有六朝至唐之音。字有义，义不一。有本义，有引申义，有通假义。形声不审，训诂不明，岂知经典为何语耶？如何而后能审定音义？必须识小篆，通《说文》，熟《尔雅》。

说罢上面一段话，又有言：

经传元是篆书，古韵自有部分，识古篆之形，晓古语之声，方能得古字之义。大率字类定于形，字义生于声，知篆形则可觉今音之非，知古音则可定今形之误。故形声为识字之本。

句中的意思，要全面地理解。不是说，知道了今音之非、今形之误，就是大学问，而是说，知道了其来历与变化，就能对这个字有了更深入的理解。

连同上面的引文，这里说的是如何读书，才能理解经典。反过来，从表达的准确与典雅上说，不也是教人写作吗？

熟识字义的典籍，张之洞说，当推汉代许慎撰写的《说文解字》。音读雅正可据者，有唐代陆德明的《经典释文》。且言《说文解字》一书，"初看无味，稍解一二，便觉趣妙无穷"。

这些道理，不难理解。熟读《说文解字》，熟读《经典释文》，现在的年轻人，未必肯下这个功夫。但勤翻字典，在探求字的本意上，多下点功夫，多用心体会，该是不难做到的吧？

当然，最好的办法是，小学中学，就由浅入深地学《说文解字》。

汤炳正先生的论述

这一节里，要探究一个大问题，就是语言和文字的关系。

白话文的倡导者和践行者，有一个听起来很正确的理论，说是先有语言，后有文字，文字是记录语言的。这成了不刊之论。接下来的推导就万无一失，不可更易了：怎么说，就怎么写，写下来就是白话文，就是好文章。聪明者还会加上一句，多读古诗文，有助于白话文的表达。

西方国家多为拼音文字，这么说，大体上不差。我这么说是有保留的，我不相信一个粗鄙的人，说下的话，记录下来会是雅驯的文句。留学回来的人，这么提倡，这么践行，说是为了民众知识水平的提高，为了社会的发展与进步。起初或许是这么回事，但后来的事实，怕怕与提倡者的初衷相违背，至少也是未达到预期的效果。这个话题，前面已经谈过，这里不多说了，只说如今如何扭转这一颓势。

语言与文字的关系，从来是语法学者立论的基础。

我不是语法学者，只能说是一个语法爱好者。原先还想着写一篇文章，论述此事。自知水平有限，勉强说了，出了差错，徒惹人笑话。思之再三，特意请出一个大学者，听他说说，或许好点。他已故去，不会说了，所谓说者，看他的文章也。

这位大学者是汤炳正先生。

汤先生，山东荣成人，1910 年出生，1998 年去世。早年毕业于民国大学，1936 年毕业于章太炎主讲的"章氏国学讲习会"研究班。曾任国立贵州大学教授。中华人民共和国成立后，历任四川师范学院、四川师范大学教授。是著名的楚辞学家，也是著名的古文字学家。

还得扯开一些，说说我的引文是在什么书上，又是怎么来的。

大约二十年前通过博客留言，结识了一个贵州的年轻朋友，叫汤序波，在贵阳一家工厂工作。我以为是个文学青年，也就没太当回事。料不到过了没多久，给我寄来一本他爷爷的著作，是他整理出版的，叫《楚辞讲座》。看了这本书，才知道序波先生是我国著名楚辞专家汤炳正先生的孙子。

汤老先生是章太炎先生的大弟子。我就学的山西大学中文系，有位老先生叫姚奠中，也是章门弟子，跟汤炳正先生是同班同学。炳正先生死得早，奠中先生享高寿，活了百岁才归道山。汤家与姚家早有交往，大概是2003年，姚老先生九十大寿时，序波先生专程从贵阳赶到太原祝寿，还枉驾来到寒斋一晤。这些年，序波先生将全副精力投入到整理祖父的著作之中，前两年写了《汤炳正评传》，我以为这下该歇手了。不意去年春天，又寄我一本《汤炳正先生编年事辑》，厚厚的一大册。这些年我赁居京师，陪老伴照看孙子，书自然是寄到北京赁居处的。往常寄书总有题字，这次寄书，扉页上光秃秃的，没有一个字，我以为是事烦忘了，收到书还用毛笔写了两行小字，道是："此书为汤序波先生所寄，想汤炳正先生有孙若此，可告慰九泉矣。"今年春天吧，收到中华书局白爱虎先生寄赠的《杨树达日记》，微信附言说，他曾代序波兄寄赠《汤炳正先生编年事辑》，故知府上地址。我方悟出，序波先生此书，是由北京直接寄给我的。

书的来历说清了，还得补上一句。汤炳正先生，这个古文字学家，并非因为他是章门弟子，自然就传其衣钵，成为古文字学家。他有坚实的语言学著作，且享誉学界。1990年就由台湾贯雅文化事业有限公司出版过一本《语言之起源》，此书经汤序波先生增补后，2015年由三晋出版社出了增补本。《编年事辑》书中，关于语言文字论著的辑录甚多。

下面引用的一大段，据书中所示，系摘自《〈说文〉歧读考源：兼论初期文字与语言的关系》。是汤老先生1984年9月，赴西安参加中国训诂学会第三次年会，向大会提交的一篇论文。书中说：此文是先生语言文字学方面的代表作，也是其倾以全力的一篇论文，初稿到定稿（二万三千余字）用了四十余年。书中摘录了论文的前几段。

为了给钱锺书的"国语文法"体系夯实基础，我也就不惮劳烦，将书中这几段照抄不误。也就三千字的样子。请耐心读了，这是改变观念的，也是洗心革面的。领受了这个，你就是一个有了新的汉语语法观念的读书人，当然还得将我的这本书看完了才叫个完满。

且看汤先生是怎么说的：

汉许慎《说文解字》一书，乃研究中国古代语言文字之重要典籍。虽著者由于时代限制，其内容尚存某些问题，但上探金甲文字之源，下推隶楷演变之迹，旁研声韵训诂之禅递，莫不因此书之存在而提供后人以极其丰富之资料。有清以来，虽研讨注释者辈出，但不能谓此项宝贵资料已得到充分利用。例如从《说文》中所保存之"歧读"现象以探讨古代语言与文字之关系，即尚为前人未曾涉及之新问题。

研究中国古代语言现象，不得不有赖于文字。然溯厥文字之初起，则既非谐声，又非拼音，只为一种极简单之事物形象符号。因此，古代文字与语言之结合关系及结合过程，必须加以探索。清代自顾亭林起而古音之学大昌。乾嘉诸儒，递相发明，所得益精且宏，皆知根据声韵以抉语言文字之源。其中，对《说文解字》一书之整理，功绩尤伟。然考其所持之理论，莫不以为："文字之始作也，有义而后有音，有音而后有形，音必先乎形。"（见段玉裁《说文解字》土部坤字注）又云："夫声之来也，与天地同始。未有文字以前，先有是声，依声以造字，而声即寓文字之内。"（见王筠《说文释例》卷三）则是谓文字根据语音而创造，文字即为语音之符号，在文字产生之始，即与语音有互相凝结而不可分离之关系。此乃清儒以来一贯之理论。然清儒之治《说文》者，其成绩之所以能超越前代者固因此，而其犹有某些问题无法解决者，亦即因固守此说之所致。例如凡遇《说文》中具有两音以上之"歧音"字，即不能以"音近"解释，又不能以"音转"推演者，辄感迷离，其蔽可想而见。

迨太炎先生《文始》问世，始对古字"歧读"现象有所突破。先生在《文始·略例癸》云："形声既定，字有常声，独体象形，或有逾律。""何者，独体所规，但有形魄，象物既同，异方等视，各从其语以呼其形。譬之画火，诸夏视之则称以火，身毒视之则称以阿揭尼能。呼之言不同，所呼之象不异，斯其义也。"但揆先生之意，乃以此为文字音读"或有逾律"之偶然现象，并未视为文字发展过程中之必然规律。故先生此说之提出，至今虽已七十余年，并未引起学术界之注意。

因而，当代国内外语言学界最权威之结论，似仍与清儒之成说相雷同。即认为："文字不是和语言同时产生的，而是在语言发展的一定阶段上，并在语言的基础上发生和发展起来的。这就是说，先有语言，后有文字，语言是第一性的，文字是第二性的，是在语言的基础上派生出来的；同时文字又是从属于语言的。"但是，吾人从文字发生和发展之某些客观的历史事实上看，似乎并非如此。

简言之，即先民之初，语言与文字皆为直接表达社会现实与意识形态者。并非文字出现之初即为语言之符号，根据语言而创造。即使人类先有语言，后有文字，然文字只是在社会现实与意识形态之基础上产生出来，而不是在语言之基础上产生出来。语言者，乃以喉舌声音表达事物与思想；而文字者，则以图画形象表达事物与思想。语言由声音以达于耳；而文字则由形象以达于目。在文字产生初期阶段，语言与文字各效其用，各尽其能。因此，远古先民，实依据客观现实以造字，并非"依声以造字"；亦即文字并非"在语言的基础上派生出来的"。

当然，为说明文字"是在语言的基础上派生出来的"，学术界早已在文字与图画之间人为地下了一个斩钉截铁的界说，即"文字是标记语言的。因此，标记语言的始为文字，仅表意义的只是图画而不是文字"。但是，如果从文字发展过程和发展规律讲，则决不当把图画文字与记音文字截然分开。因为事实上从表达意义的图画走向标记语音之文字，其间还存在一个过渡阶段。而在此过渡阶段，文字与语言之间是处于游离状态与不稳定情况之中。甚至在语言与文字已经基本结合之历史阶段，仍然残存少数语言与文字之间若即若离之奇特现象。此确系不容否认之历史事实。《说文》所保留之"歧读"字，正是此种历史现象之真实反映。因此，应当说：文字与语言有一逐渐结合之过程；而不能说文字一开始就是"在语言的基础上产生的"。研究问题，当从事实出发，不当从界说与定义出发；应当尊重辩证法的发展观点，不应当自画框框，割断历史。

文字与语言最初发生关系的，其情形当如下：即古人之视形象文字，殆如吾人之视图画焉，只能明了此图画中含有某种意义，而不能谓此图画即代表某一固定之语音。迨观者必须以语言以表明此图画之意义时，则同一图画，或因各人理解之不同而异其音读；或同一人而前后对此图画之印象不同，亦足以使其产生种种不同之音读。盖视其形近乎此者，即呼以此名，形近乎彼者，即呼以彼名；得此义者，即以此音读之，得彼义者，即以彼音读之。见仁见智，无有定常。因之，一字或得数义，一义或得数音，而造成所谓"歧读"之事实。如今日云南纳西族之象形文字，虽同一字形，而彼族往往用与字义相近与声音绝殊之不同语音读之。例如字形为一人持皿饮水状，则或以表"饮"之语音读之，或以表"水"之语音读之，或以表"渴"之语音读之，并无固定之音。此乃人类语言与文字开始结合时之必然现象，不足为奇。迨象形文字相当发达以后，文字与语言之关系始渐相接近。又后，则有谐声字或假借字产生，此则专依语言而造，或专为标音而设，始可谓之语言符号。至是，语音与文字始互相凝结而不可脱离。（《汤炳正先生编年事辑》第 326—330 页，中华书局 2021 年 1 月北京第一次印刷）

汤先生这一段文字，最让人惊醒的是，他从《说文解字》中"歧读"现象的研究中，得出一个有别于他人的结论，就是："即古人之视象形文字，殆如吾人之视图画焉，只能明了此图画中含有某种意义，而不能谓此图画即代表某一固定之语音。"也就是，先有这个字的图形，然后才有这个字的音。而音呢，又因时地的不同，会有不同的语音。

说白了就是，字的图形，在字的语音之前。

汤先生的这一段论述，稍嫌空疏了些，在他的另一篇文章里，有更为更形象也更为直观的表述。

此文在《汤炳正先生编年事辑》里只有简略的几句介绍，我是从他人的一篇文章里摘引出来的。汤先生的文章名为《原"名"》，收入他的《语言之起源》书中，这里的引文引自力之先生的文章，名为《论汤炳正先生〈原"名"〉之学术价值——从语言起源和文字与语言关系两层面上的考察》，载《贵州文史丛刊》2014 年第 4 期。

考虑到汤先生行文的简古，又夹有甲骨文、篆文的字形，排版印制甚为不便，还是我用尽量接近原文的语言，将汤先生的文章复述一遍。

《说文解字》中，释"名"为"从夕口"，此实古义之仅存者；但局限于"自命""自名"，未能从泛指一切物名着眼，等于还没有达到通释的程度。"名"字在金文的字形，在甲骨文的字形，均为两个形状构成，一个是"口"，一个是"月"，有的"月"还是实心的梭子形。一看就是夜色中开口。仅就字形言之，基本义已灼然可见。盖远古先民，于昼间皆以手势表事达意，逮日夕昏冥，视官失其功能，即不得不代以发诸口舌之语音，以乞灵于听觉。"冥不相见"而以口舌"自命""自名"，特昏夕之中表事达意之一端耳。

"名"字从夕，许慎以为"夕者，冥也，冥不相见"云云，可谓得其本义，并与"名"字所代表之语音，亦互相吻合。盖先民开始以口舌表意，乃出自日夕昏冥之际，故即以事物出现之时间特征"冥"意呼之。"冥"与"名"，一语之异文耳。推而广之，凡与"名"同组之际，多表昏冥之义。

汤先生的这一立论，对构建新的文法体系，有着非同寻常的意义。有了这样的认识，我们就可以说，凡是世间事物的"名"，皆可称为"名物"，即以"名"名物，物之"名"，即此物也。

且举例说明，金、木、水、火、土，名物也。

美丽，美丽之名物也。善良，善良之名物也。

来，来之名物也。去，去之名物也。爱，爱之名物也。打，打之名物也。

这些字词，哪有什么名词、形容词、动词区分，皆为名物也。

看看《小学生说文解字》

有了汤炳正老先生这一番宏论，往后的话就好说了。

先将上面的意思，概括一下：中国的文字，从开始起就非为标音而设，本是图画，指明事物的特征。字体由近似图画，到完全成为字体，是历史文化的痕迹。从本义上认识了一个字，也就明了了它的引申义，它的黏合力，也才能熟练地运用：如何跟别的字组成一个词，如何在句中跟别的字词相互配合，完成一个句子的完美表达。

这也就是为什么我要说，建构语法，字是根基。

这也就是为什么我要说，最好能在中小学就学学《说文解字》的道理。

我太自负了，这回叫打了脸。多少年了，我以为中小学该学学《说文解字》，以明了常用汉字的本义及字体变迁，只有我这个历史系出身，在中学教了多少年语文课，又从事写作多年的文化人，才会记挂心头难以忘怀。世上的高人有的是。就在我动了心思要写这本书的时候，偶然在孙子的小书桌上看到了一本新书。

竟是《小学生说文解字》。

橘黄色的封面上，"小学生"三字宋体稍小靠上，下面"说文解字"四字楷体颇大。书名右侧有图，红底翻白形同印章，竖行五个小字："一年级上册"。书名左下侧横排分开两行："统编语文教科书/生字学习用书"。右下侧横排一行："李鹏飞主编"。中间是一个古篆字，两株水草，一只小鸟。底部横排两行，为出版单位："北京出版集团公司/北京教育出版社"。

书前有篇《写给同学们的话》，相当于序了。署名者为国家督学、教育部教育发展研究中心原主任张力先生。下来是本书主编李鹏飞先生写的《编写说明》，说了这套教辅用书的编纂缘起、适用范围、古文字形的选字出处，还说了期望达成的效果。有两段话是值得抄在这里的。一是说掌握文字学知识的必要性：

汉字是象形文字，造字之初均为线条图画，各类生活场景跃然眼前；而隶变后原形逐渐消失，变得抽象，遂令古文字研究变得很艰涩。在教育领域，由于没有普及文字学知识，小学语文教师不了解象形原形，生字教学的这部分内容往往阙如；又或者引用错误信息，直接影响了整个语文学科的教学水平。不过，借助古文字形，仍可以发现汉字的象形规律和字义变化的踪迹，而这一规律和踪迹，是可以通过学习掌握的。

应当明确指出，缺少对字的深一层的理解，直接影响了语文教学的品质，妨碍了学生写作能力的掌握与提高。还好，下面这一段隐含了这层意思：

鉴于古文字学是一门深奥的学问，本书在力求科学的前提下，根据教科书《写字表》和小学学段认知规律，以满足学生的好奇心和求知欲、提升学习兴趣为原则，尽量采用便于理解的文体写作，让孩子们在阅读的同时，深入体会到三千多年前的古人生活，间接了解造字时期的历史及文化背景，寓教于乐，幸福学习。与之同时，在说明文字初文、本义、引申义的基础上，广泛联系成语、名句、诗文，扩展至语言学习与应用层面，进而将中国传统文化"文以载道"的精神发扬光大。

这段要看怎么理解。作为施教者，编者要的是联系语文的实践，加深对文字的理解，作为使用者（研究者暂且除外）就得逆着来，要的是在写作中灵活的应用，准确地表达，如果有可能还要生发出新的意义来。

过去的中小学课本上，没有文字学的内容，有的老师有兴致，零零碎碎地也讲一些，多半是为了提高学生学习的兴趣，谈不上准确和系统。我希望空过这一阶段的年轻人，还不太老的老年人补上这一课。不是上什么补习班，买上本书看看也行。兹举一例，以见其余。

书中"把"字这一页是这样排列的：

紧上头是个浅红色的田字格，里面是黑色的"把"字，汉语拼音"ba"。（a上标三声符号）左下侧是一个握住的手掌，手心有沙土漏下来。右下侧是个小篆体的"把"字。再下来一并排，左是小篆的"把"字，右是楷书的"把"字。下面是一篇文字，每个字上面标有拼音。全文为：

"把"是一个形声字，左边是"扌"，表示和手的动作有关；右边是"巴"，表示"把"的读音。《说文解字》说，"把"就是"握住"。"把"字和动作连用，往往强调动作的主动意味，并突出动作的对象，如"把字写好""把门打开"。"把"字可以组成词语"把握""把手""一把米"等。

"总把新桃换旧符。"在吉祥的春节里，家家户户都换上了新的桃符。

"把"，就是把的名物。

有了这样浅显的解释，也就知道"名物"是什么意思了。

二〇二一年十月十一日

字是根基的观念确立了，说钱锺书的国语文法就顺理成章了。

本来还该有一节，说说"《围城》里有丰富的文法资源"，一说就要举例，而我们这本书往后的章节里，几乎全是举例说明，肯定会重复，叠床架屋的事就不必做了。退一步说，没有丰富的文法资料，怎么能写成这么一本书？

看看书中在文法的认识上，有着怎样的表白，就知道钱先生对文法是如何重视了。有如此的认识，能不着意经营、竭力表现吗？

《围城》第六章开头有这样一段话：

三闾大学校长高松年是位老科学家。这个"老"字的位置非常为难。可以形容科学，也可以形容科学家。不幸的是，科学跟科学家大不相同，科学家像酒，愈老愈可贵，而科学像女人，老了便不值钱。将来国语文法完备，总有一天可以明白地分开"老的科学家"和"老

科学的家"。现在还早得很呢，不妨笼统称呼。（第189页第1行）

品一品，"未来国语文法完备"，也就是说眼下的国语文法是不完备的。不完备，当然要逐步地使之完备。可见，钱先生是有他的国语文法的理念的。还有一处，也说到了文法：

那天晚上方鸿渐就把信稿子录出来，附在一封短信里，寄给唐小姐。他恨不能用英文写信，因为文言信的语气太生分，白话信的语气容易变成讨人厌的亲热；只有英文信容许他坦白地写"我的亲爱的唐小姐"、"你的极虔诚的方鸿渐"。这些西文书函的平常称呼在中文里就刺眼肉麻。他深知自己写的英文富有英国人言论自由和美国人宣言独立的精神，不受文法拘束的，不然真想仗外国文来跟唐小姐亲爱，正像政治犯躲在外国租界里活动。（第82页第8行）

不光有整体文法的理念，就是句法的理念，钱先生也是有的：

李先生再有涵养工夫也忍不住了，冲进房道："猪猡！你骂谁？"阿福道："骂你这猪猡。"李先生道："猪猡骂我。"阿福道："我骂猪猡。"两人"鸡生蛋""蛋生鸡"的句法练习没有了期，反正谁嗓子高，谁的话就是真理。（第173页第7行）

千万别说，这不过是钱先生借了"句法"这个词在奚落李梅亭跟阿福之间的对骂。脑子里有什么，才会拿什么说事。设若一个农村老大爷见了这样的场面，让他评一下，他会说，这跟文法上的什么什么一样吗？我引这个例子，只是说，钱先生是有句法这个概念的。

笔法的理念，也不能说没有：

其实鸿渐并没骂周太太。是逖翁自己对她不满意，所以用这种皮里阳秋的笔法来褒贬。（第 132 页倒数第 7 行）

总括一句话，举以上例子只是想说，钱先生是有他的文法理念的，也是有他的句法上的感觉，形成没形成文字不要紧，有他的皇皇的著作在那儿摆着，只要不惮其烦，细细寻按，不难从中理出一套"钱锺书国语文法"来。简略了说，就是"钱锺书文法"。

用什么办法呢？第一节里，几位大贤的话语已指明了前行的路径。不妨重复一下。胡适先生说，"白话文法不是任意造出来的，是要根据实际的白话文，用精密的方法，归纳出来的"。陈寅恪先生的说法更具体，"由研究这一特种语言之特殊现象，归纳为若干通则，成立一有独特个性之系统学说，定为此种语言之规律"。说的也是用归纳法。

大贤们的教诲，是应当遵循的。我们要研究钱先生的国语文法，也只会用归纳法。只是我不想一入手就在钱先生作品里找例句，分类再分类，找出其中的"通则"。那样做，工作量太大了，到头来，许多会是无用功，白白浪费了我的不是多么充沛的体力。

史学上有"二重证据法"，说是存世文献与地下文物的互证。我的归纳，也想用个"二重归纳法"，即先对已公认的通则做一番筛选与归纳，定下几条，大体上也符合钱先生的文法认识。这是第一重归纳。第二重的归纳，则是在钱先生作品里找出确凿的例句。这两步完成了，钱先生国语文法的框架也就搭起来了。

现在还要辨清一个概念，就是我们归纳创建的这一套，是该叫语法，还是该叫文法。

好像在前面的叙事中，我是一会儿说语法，一会儿说文法，现在有必要订正一下。

既然我们已认同了汤炳正先生的论述，知道文字不完全是记录语言的，那么文字与语言，就该各有各的"法"。过去都叫"语法"，实在有失偏颇。马建忠先生当年借鉴拉丁语和英语创建的"葛朗玛"体系成书时，叫了《马氏文通》，也是从文上着眼的。20世纪50年代初，何容先生写他那本颇有卓见的语法书，叫《中国文法论》，也是从文上着眼的。只是到了50年代中期以后，这类书统名之曰"汉语语法"，才众流归海，定于一尊。不说对不对了，总是有其主导思想上的考虑，其中一条会不会是，文字不过是语言的记录，语言的法则即文章的法则？

我的看法是，这或许是一个时代的误识，几十年了，纵然积重难返，也得慢慢地矫正过来。道理，后面还会说到。这里只说一句话：我们借着钱先生的见识和著作建立起来的这一套，是文法，包括了句法，等等，肯定会对正确地使用语言有影响，但绝不是语法。

接着往下说。

第一个归纳，要舍弃什么，又要留下什么。

先得定个原则，就是陈寅恪先生说的，"夫所谓某种语言之文法者，其中一小部分属于世界语言之公律，除此之外，其大部分皆由研究此种语言之特殊现象，归纳为若干通则"。他说的是研究方法，稍作辨析，亦可视为某一种语言与世界语言公律之比例关系，质言之，便是某种语言中自身特殊性的比例大些，世界语言公律的比例小些。具体到中文，即中国语文的特殊性多些，合乎世界语言公律的普遍性少些。要解救濒于窒息的中国文法，只有遵照陈先生之训示，该抛弃的必须抛弃，该留下的自然会留下。

"有词无类，有类无词"，在旧时代几乎是共识，不言而喻，也不证自明，那么所谓词性之说大可斟酌。

"中国语言的文法永远不会弄明白，除非我们不但要把欧洲语言的文法术语弃掉，而且连这一套术语所代表的概念也去掉。"这是西方学者对中国文法的看法，正大光明地载在第十三版《大英百科全书》的相关词条里。可见，这是西方文化界的共识。人家都说我们的文法跟他们的全不像，要理解我们的文法，必须舍弃他们的文法术语不算，连那些术语所代表的概念也要舍弃。而我们通行多少年的"葛朗玛"体系，几乎是照搬英语之语法。给人的感觉，巴巴地跟在洋人的屁股后面，将汉语套在英语的模子里，以为这样一来，头发会变黄了似的。

我在看现行的语法书中，极偶然地会看到"语位"这个说法。揣想是从"语序"这个概念推衍而来的。好比学生排队集合，在序列中待久了，也就成了站位。西方语言因为词语本身的黏合力强，比如俄语，名词有变格，动词有变位，语序的重要性就弱些。汉语字词，在句中无形态的变化，语序的重要性就强些。通常说的语位，实际是词的位置——词位。

语序——词位，是汉语的一大特征，要留，要看重！

第二个归纳是从钱锺书作品的语言现象中归纳。

　　写到这儿，只能这么说。实际操作上，绝无可能。想想，这怎么能做到，前面都是在思考，写到这儿了，才去翻钱先生的书，看看能归纳出几条。事实是，在动笔写这本书之前多少年，我已将钱先生的作品，主要是《围城》，看过好几遍了。对汉语语法的思考，就算是从教中学语文计起，也有四五十年了。也即是说，这第二个归纳，在写此书前，已基本完成。不说别的，光笔记，就记了两三本。写作此书又这么写，只是想有条理的，将我多少年来，在钱锺书文法研究上的心得告诉诸位。

　　我有个毛病，可能是当中学老师当久了得下的，就是遇上难以理解或难以记忆的知识，编个浅白的顺口溜给学生，不一定准确，但好听、能记住。看到这里，诸位已然看出，对于破除葛朗玛的中国语法体系，韩某人已是成竹在胸。为了便于下面的阐释——下面要用阐释法了——我将我对中国文法的设想，用顺口溜的方式写下来。这也就是我要着重说的，钱锺书先生"国语文法"的框架。全是四字句，且看：

> 字是根基，词是组合，
> 字词不分，俱为名物。
> 句有词位，主辅错落，
> 主词主政，辅词辅佐。
> 全句叙事，意念统摄。
> 文同布阵，笔法调拨，
> 钱氏文法，最便写作。

　　有人看了会说，太小儿科了吧！
　　容我稍作解释。

这个顺口溜共十四句，分三个层面。

第一个层面是前四句："字是根基，词是组合，字词不分，俱为名物。"是说字词的，重点在字。六书造字法，象形、指事、会意、形声、转注和假借，最多的是形声，既表形又表声，确为汉字一大特质。一个字，不是个单纯的字，简直就是个物，有着时代的记录，历史的蕴含。记得看过古文字学家姜亮夫的一本书，他说单个的文字，实则是中国文化的载体。新的中国文法一定要将字的释读放在首位。像《说文解字》这样的书，要移到中小学去教、去读。只有深谙所用的汉字的底蕴，你才能自由地组词，自由地造句，完美地表达。

"俱为名物"要多说几句，这是我引进的一个新的文法概念。早就有这个词，未用在文法里。字是根基，组字成词，词就成了字的扩展。这也就体现了汉语的一个特征，就是字词不分。既然字词不分，只说是字就行了，名词、动词等的区别，没有了必要。那么该给个什么名分呢？我的界定是，原本就是名物，在句中仍叫名物。说白了就是，全都是个名儿。牛是名词，马是名词。美丽，过去说是形容词，不必了，它就是美丽这一性质的名词。打，过去说是动词，不必了，它就是打这个动作的名词。

这道理，前一节说到汤炳正先生的立论时，已经说到了，怕读者没有领会，这儿不妨再强调一下。汤先生《原"名"》里说的情形是，日夕昏冥，视官失其功能，叙事状物，不得不代以口舌，以乞灵于听觉。

打个比方，天黑了，两边看不见，这边问："牵的啥？"那边说："牛。"

这边听见那边有"啪啪"的响声，问："怎么啦？"那边说："打。"

这边看见那边的人身边还有个女人，问好看吗，那边说："美。"

有了这样的口语，早先画的图形，也就有了它们的"名"。

《论语·阳货篇》说，孔子教人学诗之法，以多识于鸟兽草木之名。识名，即是广闻博见，有助于表达。我手边有一函四册《诗经名物图》，画出一个一个鸟兽草木的图形。

字，名物，也就是物名。这个概念，必须牢牢地确立，才有可能理解钱锺书文法的真谛。

第二个层面，由字词进入句子。句子有词位，前面已说了。在主位的为主词，在辅位的为辅词。

这个层面，说的是主词与辅词，如何错落有致，共同完成句子的叙事功能。字词，俱为名物，这个概念确立了，"主词主政，铺词辅佐"，也就好理解了。各自的表意，连缀起来，就是一个句子表意的完成。

这里要强调的，还是对旧的语法概念的廓清。

旧的语法，强调言文一致，怎么说，就怎么写。能说明白，就能写明白，你读了也就什么都明白了。白话文的倡导者太自负了。他们多是大学者，受过正规的文字训诂的教育，精于文言而用以白话，自己懂得的，也就以为天下人都懂了。实际上，文句的表述，与文意的理解，有一个互动的机制。文句有表层的意思，也可能有深层的意思。一般来说，文化水平低的人能理解表层的意思，难以理解深层的意思。就是文化水平高的人，有时也会"哑摸哑摸"一番，才恍然有悟，这个"哑摸哑摸"，究其实，就是一个互动的过程。因此可以说，一个文句的最后完成，是阅读者的最后定夺。

"全句叙事，意念统摄"，说的就是这个意思。

第三个层面，该是章了。

旧时的文法顺序，按刘勰《文心雕龙》的说法，"夫人之立言，因字生句，积句成章"，就是说，写作上有由字到句、由句到章这样三个层次，两个递进。中西交流之后，增加了一个词，而"章"呢，似乎该说是"文"，又增加了一个"修辞"。实际上，旧时文论里，有"义理、考据、辞章"的说法，"辞章"是指文章，而文章的好坏，就包含了修辞。这样一来，在"章"这个层面，要说的太多了，就分为"文"与"笔法"两项。

"文同布阵，笔法调拨"，是说文的好坏，全在笔法的掌握。

关于笔法，杨绛在《记钱锺书与〈围城〉》里说，"我常能从中体味到《围城》的笔法"，可见她对钱先生的笔法还是赞许的。这样，专辟一章谈《围城》的笔法，也就是书中应有之章了。

三层意思都说了，你就该知道，从钱先生著作里归纳出的这套国语文法系统，对掌握者的认知，有着明显的提高。

至此，你该不再嘲笑我"借庙堂哭凄惶"的浅薄，而领会我"筑坛拜将"的一片苦心了。

这些只能算是略论，下面分几章，才是一项一项的细说。

这里得多说几句。

前面说到《围城》引文出处时，我说所引版本，均系人民文学出版社某年某月某版某次印刷的本子，坊间称为通行本。在这儿，就应当说说这家出版社所出《围城》的版本问题。不愿意破坏了行文的流畅，已经涉及，又不便延后，只能是在这一节末尾处理了。

钱先生的《围城》，起初连载于 1946 年 2 月至

1947 年 1 月的《文艺复兴》杂志，称为初刊本。1947 年 5 月上海晨光出版公司出版成书，至 1949 年 3 月共印行三次，称为初版本。人民文学出版社出版《围城》是 1980 年的事。最早的印本上，版权页标的是 1980 年 11 月北京第 1 版，1980 年 11 月北京第 1 次印刷，印数 000,001—130,000。后来再印的时候，出版的时间就变了。什么时候变的，不敢臆测，我手里 1992 年 4 月出的这本上，标的时间是 1980 年 10 月第 1 版，1992 年 4 月北京第 8 次印刷。印数略。凡是标明第 1 版的，均可称为重印本。

第二版是什么时间开印的呢，这得问人民文学出版社的印务科。我手头有本《围城》，是 1999 年 6 月北京第 8 次印刷，上面标明是 1991 年 2 月北京第 2 版，于此可知 1991 年 2 月，就开始印行第二版了。此后未出过第三版。这个第二版，因其印量巨大，可称为通行本。

是通行本，仍有印次，本书所选例句，除特别标明者外，均为 2021 年 1 月第 16 次印刷的本子上的。

既说到版本，不妨多说一句。我的《围城》北京头版首印本，是 1980 年 9 月中旬，在北京东安市场书店买的，上面标明的印刷时间是该年 11 月。后来再出，才改为同年 10 月。严格说，仍是不老实，有所遮掩。这个本子上标明的字数为二十三万三千字，当为长篇小说《围城》的字数。再后来的本子，附上杨绛长文《记钱锺书与〈围城〉》，所标字数就成了二十五万三千了。这个版本，若给个恰当的名称，应为杨绛阐释本。我们看此书，只看前面的《围城》部分就是了。

二〇二一年十月三日

第二章 字

《围城》用字之雅驯

作者是大学者，用字之雅驯当可想见。

有《谈艺录》，可知钱氏行文用语之讲究，有《宋诗选注》，可知其对古人诗句之挑剔。我的看法是，如果这是优长，写小说时会展现；如果这是毛病，写小说时也难改。

为啥，写小说时心态放松，本相也就会显露出来。

本书立论，字词不分，俱为名物。若论用字之雅驯，更多的体现在用词上。格于体例，字词分章，这里只能单就字这一项说说，且仅限于雅驯的一面。

月亮，小说散文都会写到。圆月没什么可写的，银盘铜钲，俗不可耐，见出才情的，是新月残月，天文学上所谓上弦月和下弦月也。看到这一景象的，书中有两处：

满天的星又密又忙，它们声息全无，而看来只觉得天上热闹。一梳月亮像形容未长成的女孩子，但见人已不羞缩，光明和轮廓都清新刻露，渐渐可烘衬夜景。
（第30页倒数第3行）

这是暮秋天气，山深日短，云雾里露出一线月亮，宛如一只挤着的近视眼睛。（第 183 页倒数第 6 行）

看见了吧，作者的睿智在于，没有写月亮本身的形状，而是用了量词来制约，这种量词的选用，最见用字之雅驯。前一例有"满天的星"衬着，当是晴朗的夜空，一个上弦月，可不是恰似旧时的木梳吗？后一例里，不光要注意云雾是忽聚忽散，而一钩残月看去只是"一线"那么柔弱。还要注意"山深日短"这样的物候环境，看到的乃是白天的月亮。这个"一线"已够雅驯的了，加上"暮秋天气，山深日短"这样的景色描状，整个句子就雅驯得没法说了。

这两例，按现行的语法说，是量词上的讲究。再举两个动词上讲究的例子。

现在万里回乡，祖国的人海里，泡沫也没起一个——不，承那王主任笔下吹嘘，自己也被吹成一个大肥皂泡，未破时五光十色，经不起人一搠就不知去向。（第 30 页倒数第 5 行）

他赔小心半天，她脸色和下来，甜甜一笑。（第 277 页第 1 行）

前一例中的"一搠"，通常小说里说个"一戳"就过去了，用个"搠"字就雅了许多。后一例里，脸色"和"下来，这个"和"字加上一个字，构成一个词，比如"平和""温和"，都不如单单一个"和"字妥帖。

再来两个表示情绪状态的例子。

侯营长的眼睛忽然变成近视，努目注视好一会才似乎看清了，放机关枪似的说。（第168页倒数第7行）

鸿渐对太太的执拗毫无办法，怒目注视她半天，奋然开门出去，直撞在李妈身上。（第333页倒数第8行）

同样的情绪变化，在眼睛上的表现，"努"是使劲儿的意思，"怒"是生气的样子。这两者还是好分辨的，只是音上相似，字形相近。

不这样比较了，看几个单独的例子吧。

女用说着，她和周太太、效成三人眼睛里来往的消息，忙碌得能在空气里起春水的縠纹。（第65页第6行）

他自觉这种惺忪迷楼的心绪，完全像填词里所写幽闺伤春的情境。（第46页倒数第1行）

菜馆里供给的烟，他一支一支抽个不亦乐乎，临走还袋了一匣火柴。（第216页倒数第8行）

鸿渐到报馆后，发见一个熟人，同在苏文纨家里喝过茶的沈太太。（第334页第4行）

这四例，各有不同——全是我个人的感觉，高人看了，也许平淡无奇。

第一例是，纵是三个小人物在成精作怪，作者笔下，也用了雅致的字眼，比如那个"縠纹"的縠字。第二个例子是想说，钱先生在用雅驯之字时，也有过了的地方，比如这个"楼"字，不说不知字义的普通读者了，连印刷厂也无法处置。繁体的"帶"字，已简化为"带"，这个字是左"歹"，右"带"，按说这儿该用简化的"带"字，大概是字库里无此字，只能用也还有的这个"殢"字了。不能不说是力气用得过了头。第三个例子是想说书中用字之讲究，不光是用旧字，就是俗字上也别有韵味。比如这里，是现在能看到的一种陋习，在饭店用餐，临走拿上一盒火柴。书中用了"袋"字，而不用"带"字，就又贴切又微妙。用了"带""拿"，有明目张胆的意思，用个"袋"字，给人的感觉是趁人不注意顺手塞进衣袋，就形象多了。

第四例要单另说。这里这个"发见"，读的时候，这个"见"字也要读作"现"的音。它的字义，就是如今用的这个"现"。只能说，这里钱先生用了一个后世也还能看懂的文言字眼。由这一个字的使用，我们可以说，《围城》里用字用词的雅驯，多半是用了文言文的字词。

这种一落笔就写下的词语，雅驯也罢，粗鄙也罢，最早选下的词语也跟一见钟情的姑娘一样，肯定是最合心意的。

能看出作者追求的，还要看改动了的字词，这也跟婚姻一样，离婚重娶的定然是更为心仪的。第二章里，写到方鸿渐回国，先去无锡老家看望父母，当地中学堂请他演讲，他讲了海通几百年来在中国社会里长生不灭的两件西洋东西，一是鸦片，一是梅毒，众人惊骇，流短蜚长。现在看到的本子上是这样说的：

不到明天，好多人知道方家留洋回来的儿子公开提倡抽烟狎妓。（第 37 页倒数第 10 行）

"提倡抽烟狎妓"六字，1946 年初刊本上是"提倡抽烟嫖妓女"。到了 1947 年出初印本时，才改为现在这个样子。所以改为这样，主要的怕还是，方鸿渐所处的社会环境总还是有相当文明程度的，纵使埋汰一个人也不会用那么粗鄙的字眼。次一等的考虑，该是与全书文句的协调吧！进一步说，抽烟与狎妓，可说是对举，用了"嫖妓女"，搭配上就碍眼了。

二〇二二年四月二十五日

《围城》里的『地』『得』『的』

文法的确立，最靠得住的还要数归纳法，演绎在初期，更多的是用来试错。此节谈"的""地""得"三字的用法，也得先走归纳这个程序。

归纳，就是采集并分析一个又一个的例句，显示出一种规律性的东西。

这么一说，问题又来了。全书全选，太浩繁，挑几个说明，又不可凭信。想想，还是将某一章的相关句子依次往下摘。摘到何时为止呢？也得先定下来。我定的标准是，每个字，依次选上二十句，先看看普遍的情形再说。

我选定的是第四章。为避烦冗，摘抄的句子，尽量简约，不相干的部分就不抄了。抄到截断处，不管文中用什么标点符号，这里一律用句号。为方便核查，每句之后，仍标明页码行数。用斜杠标识，斜杠前为页数，斜杠后为行数。再就是，一句之内，"的""地""得"三字，有两个的，为避混淆，仍各归各类。

还有，为篇幅计，例句之间就不隔行了。

第四章里的三种例句

先看"的"字的例句。

(1) 他才像从昏厥里醒来，开始不住的心痛。(110/1)

(2) 就像因蜷曲而麻木的四肢。(110/2)

(3) 昨天囫囵吞地忍受的整块痛苦。(110/3)

(4) 现在，牛反刍似的，零星断续，细嚼出深深没底的回味。(110/4)

(5) 卧室里的沙发书桌。(110/5)

(6) 卧室窗外的树木和草地。(110/5)

(7) 天天碰见的人，都跟往常一样。(110/5)

(8) 对自己伤心丢脸这种大事全不理会似的。(110/6)

(9) 奇怪的是，他同时又觉得天地惨淡。(110/7)

(10) 至少自己的天地变了相。(110/7)

(11) 他个人的天地忽然从世人公共生活的天地里分出来。(110/8)

(12) 宛如与活人幽明隔绝的孤鬼。(110/8)

(13) 瞧着阳世的乐事，自己插不进。(110/9)

(14) 瞧着阳世的太阳，自己晒不到。(110/9)

(15) 人家的天地里，他进不去。(110/10)

(16) 而他的天地里，谁都可以进来。(110/10)

(17) 第一个拦不住的就是周太太。(110/11)

(18) 一切做长辈的都不愿意小辈瞒着自己有秘密。(110/12)

(19) 把这秘密哄出来，逼出来，是长辈应尽的责任。(110/12)

(20) 周太太半楼梯劈面碰见，便想把昨夜女用人告诉她的话问他，好容易忍住了。(110/13)

一页没抄完，已经二十句了。

由不得就想起一个新文学的典故。

清华大学有个规定，教满五年，有一年的带薪假，教授可去世界各地游学。朱自清是 1925 年秋，清华办大学部来的，到 1930 年正好五年，稍事准备，1931 年便与也正要赴法留学的李健吾等二人，一起前往欧洲。他去了英国，参观大英博物馆后写了篇文章，内中有描写一幅油画的文字。很得意的是，在一个颇长的句子里，省去了一个"的"字。他说写文章，最烦的就是时不时会出来的这个"的"字，多少心思全费在了省去这个字上，深以为苦。

我这里一页未完，就检出二十个"的"，有的一句之中就有两个"的"。旧词有句，"满眼风光北固楼"。中国人看中国的新文学书，真可谓"满眼风光的字句"了。

话是这么说，也有多用了"的"字而达到某种修辞效果的。鲁迅《"友邦惊诧"论》中有句怒斥"友邦"的话："他们的维持他们的'秩序'的监狱就撕掉了他们的'文明'的面具。"一句话里就用了五个"的"字。

天下还有爱"的"成癖的人，差点忘了胡适，他写丁文江传，一定要叫成《丁文江的传》，他自己的日记，一定要叫成《胡适的日记》。

鲁迅的句子，胡适的书名，都可说是特例。对普通写作者和读者来说，仍借用一句古语，可说："天下苦'的'久矣！"

再看"地"字的例句。

（1）昨天囫囵吞地忍受的整块痛苦。（110/3）

（2）效成平日吃东西极快，今天也慢条斯理地延宕着，要听母亲问鸿渐话。（110/15）

（3）鸿渐到了银行，机械地办事。（111/22）

（4）他叹口气，毫无愿力地复电应允了。（111/24）

（5）鸿渐刺耳地冷笑，问是否从今天起自己算停职了。（113/12）

（6）周经理软弱地摆出尊严道。（113/13）

（7）周经理象征地咳一声无谓的嗽，清清嗓子。（114/16）

（8）后脑里像棉花裹的鼓槌在打布蒙着的鼓，模糊地沉重，一下一下的跳痛。（115/17）

（9）他们高兴头上也许心气宽和，不会细密地追究盘问。（115/20）

（10）你这年龄自然规规矩矩地结了婚完事。（120/12）

（11）方老太太瞧鸿渐脸色难看，怕父子俩斗口，忙怯懦地、狡猾地问儿子道。（120/23）

（12）遯翁彻底了解地微笑道。（121/3）

（13）有时理想中的自己是微笑地镇静，挑衅地多礼。（122/23）

（14）知道三奶奶兴趣浓厚地注视自己的脸。（123/13）

（15）平时对女人心理的细腻了解忘掉个干净，冒失地说。（123/19）

（16）鸿渐竟会轻快地一阵嫉妒。（125/6）

（17）客观地讲起来，可不得不佩服她。（126/6）

（18）于是，辛楣坦白地把这事的前因后果讲出来。（126/10）

（19）饭后谈起苏小姐和曹元朗订婚的事，辛楣宽宏大度地说。（127/12）

（20）丈夫不会莫测高深地崇拜太太，太太也不会盲

目地崇拜丈夫。(127/15)

最后看"得"字的例句。

(1) 就觉得刺痛。(110/3)

(2) 他同时又觉得天地惨淡。(110/7)

(3) 周太太因为枉费了克己工夫，脾气发得加倍的大。(111/3)

(4) 就是住旅馆，出门也得分付茶房一声。(111/4)

(5) 所以他本想做得若无其事。(111/17)

(6) 瞒得过周太太，便不会有旁人来管闲事了。(111/18)

(7) 女人有化妆品的援助，胭脂涂得浓些。(111/19)

(8) 女人有化妆品的援助，胭脂涂得浓些，粉擦得厚些。(111/19)

(9) 心疲弱得没劲起念头。(111/23)

(10) 医生量她血压高，叮嘱她动不得气。(112/6)

(11) 吓得他安慰也不需要了，对她更短了气焰。(112/12)

(12) 周经理承认他解释得对。(113/4)

(13) 最后那一段尤其接得天衣无缝。(114/10)

(14) 像喉咙里咳不出的粘痰，搅得奇痒难搔。(114/16)

(15) 那小鬼爱管闲事，亏得防范周密。(115/8)

(16) 来就是了，索性让运气坏得它一个无微不至。(115/13)

(17) 自己也懒得再想了。(115/21)

(18) 乐得逍遥几天。(116/3)

(19) 并不觉得创造者的骄傲和主有者的偏袒。

（116/13）

（20）三奶奶瞧公婆要她自己领这孩子，一口闷气胀得肚子都渐渐大了。（118/19）

各摘取二十句，主要的是想让读者看了，对书里的这三类句子，有个大致的印象。

再一个想法，就是看看两种单行本里，句子里的用字，有没有变化。

《围城》先在《文艺复兴》杂志发表。首刊是 1946 年第一卷第二期，原拟第二卷第五期终结，因为作者交稿不及时，延迟一期，到第二卷第六期终结。（吴泰昌《听李健吾谈〈围城〉》）以下简称复兴本。1947 年 5 月由上海晨光出版公司出书前，作者曾做过修订。以下简称晨光本。此后在内地，从未出过。1980 年 11 月，北京出重印本前，又做过一次修订。以下简称重印本。（重印本版权页上标注的日期，先是 1980 年 11 月，后改为 10 月，这里我们仍用 11 月。）

晨光本和重印本的两次修订，改动了哪些字句，在《〈围城〉汇校本》里都有清晰的记载。现在我们费点工夫，看看上面的例句里，"的""地""得"三字，有没有改动。

一句又一句，共是六十句，都查过了，两次修订，都没有改动。复兴本是什么，晨光本、重印本，还是什么。

这是不是就说明《围城》的各种版本上，这三个字都没动过？

但愿如此，却并非如此。

两次修订，有多少"的"字改为"地"字

前面说了，第一次修订是 1947 年 5 月晨光本出版

前，第二次修订是 1980 年 11 月重印本出版前。

这两次修订，在《〈围城〉汇校本》里，都有清晰的记载。我们在第四章里选的句子，没有改动的地方，并不等于全书里，这类句子没有改动的地方。

现在我们就来查一查。

这次不好选某一章了，要查还是从头查起为好。从头，就是从第一章的第一句开始，不说选多少句了，就这么查下去吧。标注的办法，也略加变通。句子选复兴本的，页码行数标通行本的，另起一行，略加说明。

先看第一次修订。

① 红海早过了，船在印度洋面上开驶着，但是太阳依然不饶人的迟落早起，侵占去大部分的夜。（1/1）

复兴本上"依然不饶人的迟落早起"中的"的"字，晨光本改为"地"。

② 鲍小姐毫无幽默的生气道。（18/15）

晨光本改"的"为"地"。

③ 鲍小姐疏远的说。（22/2）

晨光本改"的"为"地"。

④ 鸿渐要喉舌两关不难为这口酒，溜税似的直咽下去。（96/3）

晨光本改"的"为"地"。

这一项，查到第四章结束，将"的"改为"地"的，就这么几处。考虑到第二次修订，改动甚多，给人的感觉，在 1947 年初的那会儿，句中表示动作的某种状态时，用"的"字还是用"地"字，知道是该用"地"字了，钱先生却不怎么当回事。顺手改了几处，就不改了。

再看第二次修订，就是 1980 年 11 月重印本出版之前的那次修订。不单另标明了，以下句子里，原有的"的"，全改为"地"了。

① 他刚会走路，一刻不停的要乱跑。(3/8)

② 不由自主的对她厌恨。(7/16)

③ 鲍小姐好像不经意的说。(16/3)

④ 咱们下去罢，到舱里舒舒服服的躺着说话。(21/2)

⑤ 方鸿渐唤她，她不耐烦的说。(22/7)

⑥ 一个人上甲板闷闷的看船靠傍九龙码头。(22/17)

⑦ 她眼皮有些抬不起似的说。(23/7)

⑧ 小园草地里的小虫琐琐屑屑的在夜谈。(31/1)

⑨ 蓝眼镜拉自己右臂的那只手也清清楚楚的照进去了。(34/6)

⑩ 只生一个女儿，不惜工本的栽培。(39/18)

只摘了十句，实际要多得多。举上十个，足以说明问题了。

这些带"的"字的句子，钱先生第一次修订时，肯定是见了的，见了而不改，说明他不认为这些地方用了"的"字，有什么不妥。而这次修订，注意是 1980 年的前半年（要给编辑校对与工厂印制留下足够的时间），为什么就当回事了，要一一改正呢？只能说，在 1949

年以后的文化环境里，不是立马，而是逐渐，他意识到这样用"的"字，不是不符合他的用语习惯，而是不符合民众的用语习惯兼及阅读习惯。说不定就是出版社的编辑，给他提出了具体的要求，这要求不一定多么具体，大的原则还是要遵循的。于是老先生，便拿起了手中笔，按照时下的规范，一个字一个字的改了起来。

注意，我这里末后的那句话，第二个"字"之后，用了"的"字，按时下的用法，也该改为"地"字的。我试了一下，总觉得有些别扭，似乎不是我要表达的意思。想来老先生在改动之时，也会有我一样的感觉吧，真难为他老人家了。

平和地说，这样的改动，对文意没有任何影响，既无增强，也无减弱。几乎可以说，改与不改是一样的。有的地方，是用"地"字好；有的地方，读起来还是"的"字顺当。

为了更明确地看清"的"字与"地"字的互换，且从书中再挑几个用了"地"的句子，看换成"的"字，别扭不别扭。

① 效成平日吃东西极快，今天也慢条斯理地延宕着。（110/15）

改成：效成平日吃东西极快，今天也慢条斯理的延宕着。

② 他叹口气，毫无愿力地复电应允了。（111/24）

改成：他叹口气，毫无愿力的复电应允了。

③ 鸿渐刺耳地冷笑。(113/12)

改成:鸿渐刺耳的冷笑。

④ 周经理象征地咳一声无谓的咳。(114/16)

改成:周经理象征的咳一声无谓的咳。

⑤ 他们高兴头上也许心气宽和,不会细密地追究盘问。(115/19)

改成:他们高兴头上也许心气宽和,不会细密的追究盘问。

以上五个句子,细细体味改动了的,和没有改动了的,除了例③语义稍有歧义外,还真分不清改了跟没改,语义上有什么不同。

从以上的分析里,我们可以看出,是用"的",还是用"地",对句子的构成与意义,都没有什么实质性的影响。几乎可以说,用"的"就行了,那个"地"字的作用,实在有限。

这说明,在一些句子里,"的"字和"地"字是容易混淆的,也是可以混用的。易混用,就说明其作用有相同之处。"葛朗玛"体系里,将之分为"定语""状语",不过是为了套英语语法而自制的枷锁。

老舍是个读过中国旧书,又读过英语小说的人,在他早年的小说里,现在人们用"地"字的地方,一律用"的"字,清脆流畅,圆融无碍,也不见有什么歧义,多少该给我们一些有益的启发。说老舍用词不规范,不是天大的笑话吗？

句中的"的"字是怎么来的

这就又回到第一章里说过的，先民最初的交流了。

我想，先民最初的交流，在确定了名物之后，其情形跟我们现在拙于言辞，近似口吃者的表达差不了多少。比如有个口吃者，门前柴火被人拿走了，他正好出门看见了，又知道强夺是夺不过来的，便会赶上去说：

我家——吱吱吱——柴火——吱吱吱——不拿！

有尧舜之类的土著头领，派人下来采风，笔录下来会是：

我家之柴火，汝之不拿！

再后来，就成了：

吾家之柴也，汝之不可拿也。

看似开玩笑，怕真的就是这么演化过来的。

细细端详这个"之"字。上面一点，接下来一个"Z"，不正是表示，这个（、）连接（Z）下面的字吗？由此想到古书里常用的"子云""诗曰"的"云"和"曰"也都是符号。"云"的样子很像"之"，是转述，连起来就是了。"曰"是完整表述，相当于引用，就是一个张开的嘴——⊙——圆圈里面一个短横，短横表示舌头。

不说研究了，我们一起来做个比较。

看"的"字的例句，有个感觉，东一句，西一句，不管说个什么，中间都会夹个"的"字。这一现象，在白话文运动的初期，有人就注意到了，且想出了减少的办法。他们注意到，"的"字在句中的用处，不外两类，一是表示性质的形容或限定，比如"鲜艳的花朵""钢铁的架子"；一是表示所属，比如"我们的祖国""村里的孩子"。减少的办法是"分治"。前一类仍用"的"，后一类也该用"的"，不用了，用个"底"字。所举的两个例句，就成了"我们底祖国""村里底孩子"。很早我看到这种用法，还以为是先贤们的创造，后来看书多了，方知明清之际，"的"字就有这种写法。比如见过拍卖图册上，有一副翁同龢的对联，道是：

幻法生机全得妙，
吟诗写字有底忙。

此联见诸 2021 年北京银座秋季（济南）拍卖会"中国书法"图册。

翁同龢是清后期的重要人物。他的联语该是自撰的。"有底忙"，就是"有的忙"或"有忙的"。成语有"干卿底事"，这个"底"，也没有实际意义，相当于"的"字。用白话说，就是"关你的什么事"。

"底"字与"的"字在现行的普通话里读音不同，属另一个问题，这里且不论。

说这些旧事，是想说，很早以前，先贤们就认识到了"的"字的作用，就想着减少的办法。

文句里，这个"的"字，究竟起什么作用，还真得重新确定一下。用反证法，最易明了。提个小问题，除了极少数的拗体诗之外，普通的律诗句子里，绝少用这

个"的"字。古诗里也少有。下面这一句,是杜甫《茅屋为秋风所破歌》的最后两句:

呜呼,何时眼前突兀见此屋,
吾庐独破受冻死亦足。

不说是诗了,就按文说,这也是个完整的感慨句子,语序自然,表意清楚,全句二十个字,语气有起有落,还有转折,并没有用一个"的"字。

再举个例子,看得就更清楚了。京剧《澶渊之盟》,周信芳饰的寇准,在城楼上的一段唱词,前面几句是这样的:

你问我因何故不来交仗,
有几个缘故细说端详。
一来是宋王爷一路劳乏需待静养。
二来是我诗兴发作,酒性也狂,
你看这四顾苍茫,万里银装,
带砺山河,尽入诗囊,
笑人生能几度有此风光。

"带砺山河"作为成语,正确写法应为"带砺河山"。周信芳在戏中确实唱做"带砺山河",可能有声韵上的讲究,且不论。

这简直是既抒发豪情又描述风光,好几十个字,说下来也没有用一个"的"字。现在可以说汉字本身有黏合力,在情感丰沛、语速急骤的情况,表情达意,是不需要那个"的"字的。反之,只有在情感平和、语速舒缓的情形下,言语文句之中,才会用上这个"的"字。

这一点，从这个"的"字的发音上，也能看得出来。

"的"是平舌音，且轻，感觉这就是个语音中转站，发了这个音，再往哪儿拐，都轻便得很。要说"的"的作用么，就是起个黏合的作用。只能说两个字之间，自个儿就黏合得了，不必借助"的"字。两个字组成的词，再跟其他两个字或多个字组成的词黏合，吃力些，就要借助这个"的"了。

句中"得"字，多可用"的"字代替

该着说"得"字句了。

还是看几个例句再说，不举那么多了。

① 方鸿渐住在家里，无聊得很。(122/19)

② 对她客气招呼，她倒窘得不知所措。(123/1)

③ 鸿渐惊异得忍不住叫"咦!"(123/15)

④ 空气给那位万众倾倒的国产女明星的尖声撕割得七零八落。(124/7)

⑤ 脸涨红得有似番茄。(125/13)

⑥ 咱们俩都给她玩弄得七颠八倒。(126/6)

不必一个句子一个句子替换了，又不多，多看两眼是可以照顾过来的。就是，将句中的"得"字换为"的"字，意思有什么不同。

别人是什么感觉，我说不来，我的感觉是没有什么差别。要有，只可说，用了得字，语义更明确些，也只是一些些。

当然，不是所有的"得"字，都可以这么置换。比如更前面的例句里，"出门也得分付茶房一声"的

"得"，就不能换。这个得字，可视为名物，释为"要""该"。此外的"得"字，其作用主要在"黏连"上。

不光这个"得"，就是那个"的"和"地"，说白了，在句子的构成上，起的作用也是"黏连"。

说到这个份上，就要说说这三个"黏连词"是怎么来的了。

古人的书上，是没有标点符号，并不等于古人不懂得语意的停顿与衔接。有学者就认为，古文里的"曰"，极有可能是个符号。受此启发，我转而想到作为符号的字都是很简单的，比如最常用的那个"之"字，最早的时候，很有可能就是个连接符号。我在一本《中国书法》杂志上，看到出土的流沙汉简，毛笔蘸墨写在木片上的"之"字，跟现在草书写的之字很相似，就像个反向的"s"。隶书楷书，笔画生硬，便成了"之"字。

说这些的意思，就是听从启功、季羡林及诸位先贤的教诲，推倒并摒弃套过来的"葛朗玛"体系，建立符合汉语实情的中国文法体系，首要的，也是最基本的，是理清先民语言文法的实况。再一步一步推演下来，就会知道，或是悟出，真正契合当代语言实情的文法体系，该是什么样子。

当前首先要解决的，就是这个"的""地""得"的问题。这个问题解决了，钱氏文法就通了。

眼下能想到的解决办法

岔开一下吧。近日看到一个材料，说担任清朝总税务司的英人赫德先生，1866 年回国结婚，请求清政府派员跟他一起去英国考察，增加两国之间的了解。同文馆的教习斌椿先生奉命，带了三四个年轻人去了。在英国，斌椿在翻译的帮助下阅读英国的报纸，惊异地发现，英文句子之间有许多"小蝌蚪"和小圆圈等符号。询问之下方知，这是句中的标点，用来分隔句子和表示语气的，类似中国书籍中的句读。想到中国人读书，句读上遇到的困难，觉得英人的这个办法甚好。回国后便将这一发现禀报朝廷，他因此成了将标点引入中国的第一人。

这个故事，大体可信。只是禀报恳请，跟颁旨实施，还有相当长的时间距离。说新式标点，是由西方引进，定然不错。我引此材料，是想说，斌椿先生惊异英式标点之优长时，也没有忘了此标点"类似中国书籍中的句读"。

事实上，汉语里起间隔与语气作用的，不光是句读，还有一些字，起着间隔与语气的双重作用。

记不清是不是电影《刘三姐》里，总是一首广西民歌里，有这样的句子："子乎者也亦焉哉，不读诗书哪有才。"是俗了些，可说的确是实情。旧时读书，首先要弄通的是这几个字，这几个字弄不通，也就不会弄清诗文的意蕴，弄不清意蕴，也就不会有真才实学。

那么，用现代文法的观念看，这几个字的意义何在？

细细分辨，它们之中，有的是起着连接的作用，有的是起着间隔的作用，同时也起着舒缓语气或是增强语气的作用，也就是有着表意的功能了。这七个字里，用得最多的，是那个"之"字。先贤们早就注意到这个字了。胡适曾提议，用古汉语中的"之"字，代替现代汉语中表示某种关系的"的"字。他是不是看出了"之"字在竖写行文中，就是个上下连接的符号，这里不敢遽下断语。既然话说到这个份上，我们是否可以拓展开来，说说钱氏文法中"主辅错落"这个话题。

"字是根基，词是组合，字词不分，俱为名物"，这几句，道理说清了，是容易接受的。钱氏文法中，最难接受的，是那个"句有词位，主辅错落，主词主政，辅词辅佐"。这是句法的表述，也是文法的核心，更是迥异于"葛朗玛"的地方。得承认，我们是没有那么多琐碎而不实用的划分，除了不能说清的都能说清，但我们也有我们新设立的文法概念，比如名物，比如词位，比如主辅，最最重要的是，确立了"意念统摄"这一全新的文法理念。

既有了词位，那么可以说，在自左至右横写的文句里，主词和辅词的关系实在是非常简单的。主词一确定，辅词的位置，只有两种，一种是在前，一种是在后。现在的"的""地""得"分了三种情况，完全排除了意念的统摄作用，可说是人为的制造了许多的不便。

依了我们的理论，有一个"的"字，完全够用了。它在主词前，除了原本的"的"的作用，也可以代替现在的"地"的作用；在主词后，那就代替了现在"得"的作用。至于特殊的情形，意念自会分辨出来。

二〇二一年六月三十日

这一节，原拟题名为《〈围城〉通行本里的错字》。一想，不妥。有一个不错，"钱迷"们准会骂我是佛头著粪——自个儿找屎（死）。于是转而用了这么个没骨气的名字。

为叙事清楚，分成三类。为方便核查，例句前面均标明页码和行数。标注方式有所不同，排列方式也有所不同，不是一时粗心，是当初单篇发表时就是这样，不统一了，对这样枯燥的书稿来说，也算是调剂一下视觉吧。

第一类是确实错了，有的是自证，有的是他证

① 第 61 页倒数第 5 行：其实旁人看来，他脸色照常，但他自以为今天特别难看，花领带补得脸黄里泛绿，换了三次领带才下去吃饭。

这是说方鸿渐赴约前的心情的，多抄了两个短语，是为了让场景更清晰些。这句话里，说到花领带和主人的脸色的关系时，用了一个"补"字。我就纳闷儿了，花领带之"花"，定然是有三原色之一的绿吧？方鸿渐为了会心仪的女友，脸上再涂抹也不会油光可鉴得像了真的镜子，稍一低头，就能将领带上的绿色映在脸上。真的映上了，可称之为"补"，没有映上，而脸上有了泛出的绿意，只能说原本就隐含着绿，是叫花领带给"衬"出来了。

查《汇校本》第78页倒数第1行，赫然在目的是："花领带衬得脸黄里泛绿"。下面无注，可见，初刊本初印本都是"衬得"，而非"补得"。

以钱先生之精细，这么个地方怎么会出错呢？想来想去，怨不得钱先生，只能怨搞简化字的衮衮诸公，不该将那个繁体的"補"字，简化成这么个"补"字，连我有时都会误认为是个"衬"字呢。

② 第115页第12行：昨天给情人甩了，今天给丈人撵了，失恋继以失业，失恋以致失业，真是摔了个仰天交还会跌破鼻子！

这儿的"仰天交"，有后面的"还会跌破鼻子"垫着，从行为上说，肯定是摔了一跤，那么这个"交"字，应当是"跤"。同样用了"交"字的，还有两处。一处是第147页倒数第8行："下坡收脚不住，摔了一交，车子翻了。"一处是第258页倒数第12行："走好，别又像昨天摔了一交！"

1947年上海晨光社初版本上，跌跤的跤均为"交"，若一个都不改，可视为保留旧时用法。这在《围城》里有例可循，比如"厉害"一词，晨光本上是"利害"，现在的通行本上照样"利害"着，谁也不会说是错了。

如今的问题是，1980年的重印本上，此前两处的"交"，都改为"跤"了。通行本第15页第3行："他没拉住栏杆，险些带累鲍小姐摔一跤。"第 58 页第 4 行："他没等车停就抢先跳下来，险些摔一交。"同一本书里，不能相同的动作，前面用了"跤"字，后面却用"交"字。

③ 第 121 页第 12 行：邂翁肃然改容道："唔，那也犯不着糟踏自己呀！"

这一错处，跟前一错处相仿，不是用字错了，是同本书中同一意思的字，要改都得改，不能有的地方改了，有的地方一仍其旧。查《〈围城〉汇校本》可知，初刊本与初印本里，"糟踏"是写作"糟蹋"的，有此不同，并不妨碍这里要说的致错的原委。这里的"糟蹋"改成了"糟踏"，别处呢，随便捡出一个，第 157 页倒数第 7 行，鸿渐骂他糟蹋东西，孙小姐只是笑。《汇校本》上标明这里的"糟蹋"早先乃是"糟塌"，翻翻书可知，几乎所有的"糟蹋"都还是"糟塌"，独独第 121 页上的"糟塌"改成了"糟踏"，得到另眼相看。

④ 第 146 页第 11 行：鸿渐道："好了，别算帐了。"

这句里的"帐"字，应当写作"账"字。同样的情形还有两例，分别是，第 193 页第 10 行："他拍桌大骂高松年混帐，说官司打到部里去，自己也不会输的。"第 256 页第 12 行："她把铅笔在桌子上顿，说：'混帐！我正恨得要死呢。'"

同书中，也有地方用的是"账"字。比如第 111 页第 3 行："周太太因为枉费了克己的工夫，脾气发得加倍的大，骂鸿渐混账。"第 180 页第 4 行："给他看破了寒窘，催算账，赶搬场。"不管怎么说，同一本书里，还是应当一致。

⑤ 第 153 页倒数第 6 行："辛楣的箱子太长，横放不下，只能在两位两行坐位中间的过道上竖直。"

坐位，是该写成坐位，还是该写成座位，书中颇为混乱。同样的坐位，154 页倒数第 12 行："孙小姐从座位上滑下来。"你以为是没人坐时叫坐位，坐了人才叫座位？真要这样，也算。很快你就会失望。第 155 页第 7 行："这公务员和军官都是站长领到车房里先上车占好座位的。"这里还没坐上人，该是坐位了。再看，第 170 页倒数第 2 行："方李顾三人也参加了吵嘴，骂这汉子蛮横，自己占了坐位，还把米袋妨碍人家。"这位子又分明是坐了人的。

⑥ 第 101 页倒数第 6 行：方鸿渐"渐悔得一晚没睡好，明天到银行叫专差送去"。

这里的"渐悔"一词，使劲想，似乎也能说得通，渐渐地悔了嘛。但是，参阅一下别的本子，就不然了。三联书店出的《钱锺书集》成书迟，号称"凡正式出版的，我们均据作者的自存本做了校订"。（《出版说明》）他们的《围城》书中，第 119 页倒数第 10 行，这个"渐悔"却是"惭悔"。查《围城》重印本，确也是"惭悔"（第 104 页）。如果人民文学出版社手里没有钱先生关于此词的遗言，就得承认这个"渐悔"是错了。

第二类是不合习惯用法，语义不通，通常认为是错的

① 第 11 页倒数第 3 行："真理大学等等，便宜的可以十块美金出买硕士文凭。"

凡交易，说卖还是买，全看站在哪一方。前面有语"他并且探出，做这种买卖的同行很多"，可知是站在爱尔兰人一方说的。也就是说他是卖方。那么这里的意思就是，便宜的可以十块美金"出卖"硕士文凭，从方鸿渐这边说，也该是"买出"，不应是"出买"。

② 第 48 页倒数第 5 行：世界上大事情像可以随便应付，偏是小事倒丝毫假借不了。

这个句子，以我几十年读史书的感觉，这里的"像"字，应为"向"字，全句读下来便是："世界上大事情向可以随便应付，偏是小事倒丝毫假借不了。"向，在这里是一向、向来的意思。说钱先生不知此处该用向字，是说不过去的，多半是从了俗，照顾了普通读者的理解能力。问题在于，用了"像"，前半句成了假设，后半句的"丝毫假借不了"就少了坚实的对应。

③ 第 104 页第 4 行：方鸿渐给唐晓芙的信中说，"我深恨发明不来一个新鲜飘忽的说法，只有我可以说，只有你可以听，我说过，我听过，这说法就飞了，过去，现在和未来没有第二个男人好对第二个女人这样说。"

前面既说了"只有我可以说，只有你可以听"，下面假设有了这么个说法，就该是，我说了你听了如何如何。而信中接下来竟是："我说过，我听过，这说法飞了，过去，现在和未来没有第二个男人好对第二个女人这样说。"这里的第二个"我"，怎么也该是"你"。

有人或许会说，钱先生这里的意思是，我说了，我听了，也就知道是你听了。有后面的"第二个女人"云云，这样的辩解就太绕了。依情依理，接下来只该说"我说过，你听过"。还有一个较为有力的佐证，就是在初刊本、初印本上都是"我说过，你听过，这说法就飞

了"。奇怪的是，1980 年重印本初版初印上，就成了
"我说过，我听过"。钱先生已作古，不好说别的，只可
说编校人员疏忽了。

④ 第 122 页第 12 行：书旁一大碟枇杷和皮核，想
是效成等自己时消闲吃的。

这句话，在上海晨光本里是："书旁一大碟的枇杷皮
和核。"不知为何，到了 1980 年北京重印本里，成了
"书旁一大碟的枇杷和核"。再到 1992 年，北京第 8 次
印刷本上就成了"一大碟枇杷和皮核"，删去了"的"
字，将"和"字移到"皮"字之前。此后再未动，一直
延续至今。这样和初版相比，只少了个"的"字，再就
是"和"字的位置不一样了。看似没什么，实则文意就
有了不同。

上海晨光初版是书桌旁一个大碟子，碟子里是枇杷
的皮和核，下文对应的是"消闲吃的"。重印本改为
"一大碟的枇杷和核"，给人的感觉是还有没吃完的枇
杷，吃过的只剩下核，连皮一起吃了。1992 年至今的本
子上，成了"一大碟枇杷和皮核"。倒是皮也有了，核
也有了，只是跟晨光本相比，碟子里多了几个枇杷。要
通，只能将下文的"吃的"理解为：吃了的和没吃的。

且让我做个愚蠢的推理吧。晨光版转为 1980 年北
京重印本，录入时，"一大碟的枇杷皮和核"句中，掉
了一个"皮"字，这样就成了重印本的"枇杷和核"。
到 1992 年北京第 8 次印刷时发觉了要添上，一时疏忽，
将"皮"字添在了和字的后面，于是便成了"枇杷和皮
核"，让碟子里不光有吃下的皮和核，还有几个未吃的
枇杷。

⑤ 第 163 页倒数第 10 行："我并不是迷信，可是出门出路，也讨个利市，你这家伙全不懂规矩。"

这里的"出门出路"，应为"出门上路"。道理至明，门可以出，路不能出，出了路就等于跌到沟里去了。我曾经想过，这是不是南方的一个俗语，后来自个儿就否定了。南方人多聪明，怎么会犯这样的糊涂。说错有点过，该是笔下误吧。

⑥ 第 285 页第 5 行："除掉经济的理由以外，他还历举其他利害，证明结婚愈快愈妙。"

这里的"历举"，应为"列举"。说这话的是赵辛楣，对象是方鸿渐，地点是去菜馆的路上。"历举"是不同时段的动作，你不能说他举出不同历史时期的事例为"历举"。"列举"方为同一时间段说的话。

⑦ 第 125 页第 8 行：(在赵辛楣家的墙上) 有一副对，一幅画，落的是辛楣的款。对子是董斜川写的，那幅画是董斜川夫人的手笔。

这里"落的是辛楣的款"，贸然看去，是辛楣自己写的画的。只有看了下面的文字，方知对联是董斜川写的，画是董斜川夫人画的。搞书法绘画的人都知道，题款分上下，上款写赠予的对象，下款写作书画人的名讳。光说落款，当指作书画之人。这儿，也不能说是错。只是不合乎常人的用语习惯。若无歧义，该写成"落的是辛楣的上款"，若光说"款"，当说"题的是辛楣的款"，不能说"落"的谁的款。

⑧ 第 54 页倒数第 1 行：他最擅长用外国话演说，响亮流利的美国话像天心里转滚的雷，擦了油，打上

腊，一滑就是半个上空。不过，演讲是站在台上，居高临下的；求婚是矮着半身子，仰面恳请的。

这句话，粗心的读者不会觉得有什么不妥的。再看一下，"求婚是矮着半身子"，没错呀，不矮着半身子，难道会直挺挺地站着吗？你若是南方人，我不能怪你，若是北方人，再想想，"矮着半身子"，你会这样说吗？这样的情形，通常会说是"矮着半个身子"，或是"矮着半截身子"。

我是"折校"过全书的，在 1980 年的重印本上，确也是"半身子"，那就不是编辑的责任了，他是照着钱先生给的本子排的校的。

钱先生真的会这么写吗？我总有些嘀咕。

且推测一下，钱先生会给个什么本子吧，我想，绝不会是又重抄了一遍给的。有初刊本（实是多少本刊物），有初印本（晨光公司），只会是给了个初印本，或许还在上面勾勾画画。那就看初印本上是怎样的情形。

一查就查到了，汇校本第 66 页倒数第 3 行上是：

"求婚是矮着半截身子，仰面恳请的。"

也就是说，钱先生给的本子上是有个"截"字的。还是我说过的那句老话，若出版社编辑先生没有钱先生的手谕，说这个"截"字可勾去，只能说是你们漏排漏校了。

⑨ 第 127 页第 6 行：

"那么，谁甩了你？你可以告诉我么？"
掩抑着秘密再也压不住了："唐小姐。"鸿渐低声说。

用钱氏文法评判，下一个句中，主词应当是"秘密","掩抑着"是辅词，辅词是说明主词的，中间应有个"的"字，这样才能与另一个主词"压"相呼应。查了重印本和汇校本，都是没有"的"字，只能说是钱先生疏忽了。补与不补，可酌情而定。当看是为了保持原貌，还是为了让名著少些瑕疵。我的看法是，再严谨的写作者，也会有笔下误的时候，既然不通，还是让它通了好。

第三类是词义辨析上的失误，应当视之为错。

这种情形，有人或许认为系南方人的口语习惯。我不这么看。钱先生年轻时在北京上学，回国后无论在西南联大，还是在师范学院，接触的北方人断不会少，日常用语的书写上，不该出这样的错。纵然写了，编校人士也该改过来。

① 第 200 页第 2 行：孙柔嘉说："我教的一组是入学考试英文成绩最糟的一组，可是，方先生，你不知道我自己多少糟，我想到这儿来好好用一两年功。"

这里的"多少糟"，北方话会说是"多么糟"。"多少"是说数量，"多么"是表示感慨。不能说"多少糟"就是说"多么糟"只能说钱先生在词义的辨析上疏忽了。

② 第 157 页倒数第 8 行：咱们先来一杯醒醒胃口，饭后再来一杯，做它一次欧洲人。

这个"它"字用的好蹊跷，我不相信是钱先生在这种地方，会用这么一个"它"字。在钱先生写《围城》的那个时代，指牲畜的"牠"和指物件的"它"，是有明显区别的，不像现在非人的第三人称全用了带宝盖的这个

"它"。钱先生就是要对欧洲人表示鄙夷，在文字上侮辱一下，也会用"牠"，而不会用这个"它"。查《汇校本》，第185页倒数第5行，原来在初刊本上，在初印本上，钱先生写的都是"做他一次欧洲人"。在没有确凿的凭据前，只能说系出版社擅自改动，至少也是误排了。

还有一处，也是这个"它"字，怕是也用错了。书中第167页倒数第2行：顾尔谦忙说："明天一早拍个电报，中午上车走它妈的，要叫我在这个鬼地方等五天，头发都白了。"

前面加了说的人，意在说明下面的文字是口语。口语里来个"它妈的"，谁都知道这是有名的"国骂"。这三个字，谁的书上要写了，都会写作"他妈的"，莫非这儿因为这个"他妈的"是"走"的母亲，特意标明其非人类？这一处《汇校本》上没出注。我只能说，即使是钱先生的笔下误，也不排除编校人员的不细致。

③ 第335页倒数第3行：等柔嘉睡熟了，他想现在想到重逢唐晓芙的可能性，木然无动于中，真见了面，准也如此。缘故是一年前爱她的自己早死了，爱她，怕苏文纨，给鲍小姐诱惑这许多自己，一个个全死了。

引文中"他想现在想到重逢唐晓芙的可能性"，这是方鸿渐跟孙柔嘉吵了一架，哄孙睡着后对自己近年来人生轨迹的反省。他是在想，且是现在，想又想到，不是重叠了吗？我们知道是怎么回事，只是这样的写法太奇特了，不能说不是行文用字上的一个错置。最简便的改动，该是将第一个想字删去。再一个改法，则是将有第二个想字的"想到"删去。

二〇二一年六月三十日

第三章　词

《围城》里的典雅词语

钱先生是学者，古典文学的大学者，写《谈艺录》等学术著作用语典雅，该是本分。《围城》是小说，小说是俗物，用语通俗该是底色。起初我也是这么认为的。还有个情况，也得说个周全。初看时惊异的是，主旨的奇妙，比喻的精巧，还有嘲讽的辛辣，几乎没有顾及词语上有什么不同寻常。写这本书之前，列的提纲里，关于词语这一章，写的名字是《〈围城〉里的自铸新词》。意思是，将书中感觉新颖的词语，统归为"自铸新词"。这题名，一看就是从"为赋新词强说愁"套过来的。

我的写作流程是，我在稿纸背面竖行写下，太太在手机上，用语音输入功能，将之转化为电子文本。再输入电脑，由我校改一次即可。语音输入时，太太觉得好些词语，不像是钱先生"自铸"的，便在《辞源》等辞书上查找校对，果不其然，好些是有条目有出典的。于是我便改变主意，将词语这一章，分为"典雅词语""自铸新词""俚俗词语"和"旧小说词语"四个部分。

　　"典雅词语"这个命名，需要诠释一下的。按说"自铸新词""旧小说词语"里，也有"典雅"的，何以这里专门用了"典雅词语"这个名号呢？我的着眼点在这个"典"字上。意思是，书中的这类词语不光雅——雅驯，还典——出典，有典籍上的依据。

　　以下便是书中摘出的有出典的雅驯之词。

　　为翻检方便，先列出词语及书中所在句子。句末标明通行本中的页码及行数。出处一项，仅注明典籍，不再释义。

(1) 卑逊。书中：苏小姐理想的自己是"艳若桃李，冷若冰霜"，让方鸿渐卑逊地仰慕而后屈伏地求爱。（第 13 页倒数第 4 行）

　　词义：卑下而又谦逊，较恭谨更甚。唐郑处诲《明皇杂录》卷上："九龄泊裴耀卿罢免之日，自中书至月华门，将就班列，二人鞠躬卑逊，林甫处其中，抑扬自得，观者窃谓'一雕挟两兔'。"

(2) 按束。书中：鸿渐不再疑惑，心也按束不住了，快活得要大叫。（第 16 页倒数第 11 行）

　　词义：按捺约束。《三国志·蜀志·诸葛亮传》："若能以吴越之众与中国抗衡，不如早与之绝；若不能当，何不案（按）兵束甲，北面而事之？"

(3) 刻露。书中：一梳月亮像形容未长成的女孩子，但见人已不羞缩，光明和轮廓都清新刻露。（第 30 页倒数第 2 行）

　　词义：如刻之显露的缩略，较显露更有质感。欧阳修《丰乐亭记》："风霜冰雪，刻露清秀，四时之景，无不可爱。"

(4) 评赏。书中：全礼堂的人都在交头接耳，好奇的评

赏自己。（第 35 页第 10 行）

词义：品评鉴赏的合词。明陈继儒《岩栖幽事》：三月茶笋初肥，梅花未困；九月莼鲈正美，秫酒新香。胜客晴窗，出古人法书名画，焚香评赏，无过此事。

(5) 苏息。书中：方鸿渐失神落魄，一天看十几种报，听十几次无线电报告，疲乏垂绝的希望披沙拣金似的要在消息罅缝里找个苏息处。（第 38 页倒数第 12 行）

词义：与前面的"疲乏垂绝"相对应，可理解为苏醒与歇息的合词。唐姚合《闻魏州破贼》诗："生灵苏息到元和，上将功成自执戈。"

(6) 怨抑。书中：方老先生……觉得他爱国而国不爱他，大有青年守节的孀妇不见宠于翁姑的怨抑。（第 39 页第 2 行）

词义：怨恨压抑的合词，较怨恨轻而压抑重，甚合孀妇心态。前蜀杜光庭《第二上表》："致一境之生灵，衔积年之怨抑。"

(7) 傲兀。书中：赵辛楣和鸿渐拉拉手，傲兀地把他从头到脚看一下，好像鸿渐是页一览而尽的大字幼稚园读本。（第 52 页第 13 行）

词义犹傲岸，傲慢而兀突，居高临下蔑视的姿态。晋葛洪《抱朴子·疾谬》："以傲兀无检者为大度，以惜护节操者为涩少。"

(8) 斩截。书中：自己总太心软，常迎合女人，不愿触犯她们，以后言动要斩截些。（第 57 页倒数第 12 行）

词义：干脆利落貌。《朱子语类》卷六九："只是见得这个道理合当恁地，便只斩截恁地做将去否？"

(9) 轻鄙。书中：赵辛楣做出他最成功的轻鄙表情道："也许方大哲学家在讲解人生哲学里的乐观主义，所

以唐小姐听得那么乐。对不对，唐小姐?"（第 63 页
第 6 行）

　　词义：轻蔑鄙夷的合词。三国魏祢衡《鹦鹉赋》："托
　　轻鄙之微命，委陋贱之薄躯。"

（10）鄙塞。书中：他们理想中国是个不知怎样鄙塞落伍
　　的原始国家，而这个中国人信里说几句话倒有分
　　寸。（1992 年重印本第 88 页倒数第 12 行，通行本
　　第 85 页倒数第 9 行）

　　词义：边鄙闭塞的合词。南朝梁陶弘景《冥通记》
　　卷二："子良因曰，鄙塞尘陋，岂得知此不?"李石
　　曾《无政府说》："知识由鄙塞而开展，道德由虚伪
　　而真正，此亦进化之理也。"

　　从例 10 选句后面附注的通行本页码，可以看出，
前面的句子均是从通行本里依次摘选，到第 85 页为止。
实际我在看书的过程中，选的例词有五十多个。原想一
一列出注明，复念，不必了。这一节只是想说，《围城》
里许多看似典雅的词语，实在是钱先生看书多，学养深
厚，写到某情某景，那个妥妥的词儿便窜到了他的笔
下。或是同时来了几个，稍一迟疑，选中了一个。这种
情形，饱学之士多有。这里注明什么古诗文上有此句，
只是说古已有之，非是说这些例句，钱先生记得一清
二楚。

　　这话，说过撂过。还要说的是最后一例里的那个
"鄙塞"。

　　细心的读者，或许已经注意到了，这一例里，例句
后面除了注明通行本的页码，还注明了 1992 年重印本
上的页码。再就是前面的词语，标注出处，只举一个古
诗文的例句，这个"鄙塞"，举了南朝梁陶弘景文中的

句子，还举了近人李石曾文章里的句子，意在表明近人也有用的。

所以多写这些，是想说 1992 年的本子上，是"鄙塞"，现在的通行本上，这个"鄙塞"成了"闭塞"。

在《围城》1992 年的本子上，《重印前记》后面有三则附记，最后一则落款为 1985 年 6 月。也就是说，此后钱先生再未做过修订。1994 年，钱先生因病住院，直到去世再未出院。因此上，我们有理由说，"鄙塞"改为"闭塞"，是出版社编辑的擅自改动。是"明白"了，可是不准确了。"鄙"有"边远"的意思。好多年中学语文课本上都选有《史记》上的《荆轲刺秦王》，在秦廷荆轲说过"北蛮之鄙人"云云，这个"鄙人"就是偏远地方的人的意思。《围城》里，这个例子前面有句话，说全了是："外国哲学家是知识分子里最牢骚不平的人，专门的权威没有科学家那样高，通俗的名气没有文学家那样大，忽然几万里外有人写信恭维，不用说高兴得险的忘掉了哲学。"（第 85 页倒数第 12 行）

这"几万里外"正应了"鄙"这个字。现在将"鄙塞"改为"闭塞"，就没有了"偏远"的意味。拉美的小国，相对于美国来说也是"闭塞"的，能说美国哲学家视中国如同拉美的小国，仅仅是闭塞吗？

典雅的词语，用了若说有什么不好的话，唯一的不好，就是怕遭逢这样的劫数。

二〇二二年五月二日

《围城》里的自铸新词

现在写文章真难，因中国文字实在太不够用，所以写作时几乎个个字在创造起来。如果照文法第几条，那是不可能的，要自己造出新的文法来，外国字每个字有单独的意义，譬如……中国则分不出来，有时加上形容字，亦觉不妥。

这段话，是鲁迅说的，前面的章节里曾引用过，这里再细说一下。

1936 年夏天，鲁迅去世前几个月，身体已经不好了，许广平听从朋友的劝告，以札记的方式，随时记录丈夫的一些谈话。后来病重，忙于照料，就停止了。只记了三千字的样子，一直未发表。改革开放后，载《新文学史料》1993 年第 1 期，题为《札记》。这是"五月十一日"条下的第三段。话很沉痛。我相信这是鲁迅的肺腑之言，也是平生为文的经验之谈。

字太不够用，几乎每个字都在创造出来，这里的"字"，当是"词"。字，是不需要创造的，要创造的是词。

对于词的创造，胡适的一个说法，有些言过其实，却不能说没有道理。他说，创造一个新词，等于在天上发现一颗新的行星。是我看书记下的，一时还真想不起在什么书上。

中文写作上，词汇的不够用，在短篇作品上还看不出来，一到长篇小说，好多作家都有这种感觉。这说的是成熟的作家，至于那些只管编故事，哗哗哗地往下写，不知文学语言为何物的人，不在此列。他们另有一套语码系统，过去叫"报章文字"，叫我说也是高抬了。对优秀的新闻记者先就不恭。古人有言，辞达而已矣，达是畅达，只能说他们的文字，聊可"达意"而已，连畅字都用不着。

还说《围城》。对此书的研究，专著和裒集成书的，一本一本多的是，我看的也不算少，谈书中用词的新颖的，似未见过专文。实在说，《围城》的成功，一半得力于语言的生动活泼，而这生动活泼，一半得力于比喻的精妙，一半得力于用词的新颖。将胡适的那句话套在这里，可以说，有了这一个又一个自铸的新词，《围城》的天上，夜晚时分才会星光灿烂。

"自铸新词"这个提法，一看就是从"为赋新词强说愁"里套过来的，是俗了点，也还贴切。

这里，不避烦冗，且将看书过程中标出的新词，一一列出。

这个筛选，做了两遍，一是选出自己觉得新颖的，再是一一在《现代汉语词典》等辞书上检索，凡是旧诗文里有的，剔除掉。就这，也不敢保险，仍有旧诗文上有的，没有检索出来。总之是，让人挑出错置的，怎么也避免不了。

就这，还是要做。只有这样，才能见出《围城》的佳妙。

还是老办法，先抄出我认为的新词，标明序号，再抄下此词语在书中的句子。句子后面加括号标注通行本中的页码和行数。再起一行，简略说一下这个新词的合成方式，书中赋予的新意，若有的话。为避免多重引号，摘引的书中句子，不再另加引号。

(1) 干滞。书中：皮肤在东方人里，要算得白，可惜这白色不顶新鲜，带些干滞。（第2页倒数第1行）

词义：干燥而呆滞，比不滋润更甚。

(2) 迷瘫。书中：他自觉这种惺忪迷瘫的心绪，完全像填词里所写幽闺伤春的情境。（第46页倒数第1行）

词义：瘫，音 ti 四声，滞留、沉溺的意思。与迷合成一词，意思或近似沉迷。

(3) 迷倦。书中：客堂一扇窗开着，太阳烘焙的花香，浓得塞鼻子，暖得使人头晕迷倦。（第47页第11行）

词义：迷糊困倦的合词。

(4) 粗挺。书中：正想沈子培写"人"字的捺脚，活像北京老妈子缠的小脚，上面那样粗挺的腿，下面忽然微乎其微的一顿就完事了。（第47页倒数第8行）

词义：粗壮直挺的合词。

(5) 扑凑。书中：这时候空气里蠕动着他该说的情话，都扑凑向他嘴边要他说。（第57页第3行）

词义：扑过来凑在一起的缩略。

(6) 撑负。书中：天气渐转晴朗，方鸿渐因为早晨那电话，兴致大减，觉得这样好日子撑负不起，仿佛篷

帐要坍下来。(第 66 页第 10 行)

词义：撑持负担的合词。

(7) 羡服。书中：连董斜川也羡服了。(第 92 页第 8 行)

词义：羡慕而佩服的缩略。

(8) 畏闪。书中：周经理见了这位挂名姑爷，乡绅的儿子，留洋学生，有点畏闪。(第 112 页第 9 行)

词义：因畏惧而躲闪之缩略。

(9) 恐怯。书中：鸿渐知道今天的睡眠像唐晓芙那样不可追求，想着这难度的长夜，感到一种深宵旷野独行者的恐怯。(第 143 页第 8 行)

词义：恐惧怯懦的合词。

(10) 温淡。书中：他想也许女孩子第一次有男朋友的心境也像白水冲了红酒，说不上爱情，只是一种温淡的兴奋。(第 152 页第 5 行)

词义：温和平淡的缩略，不热烈之谓。

(11) 高高荡荡。书中：鸿渐惊异得叫起来，才知道高高荡荡的这片青天，不是上帝和天堂的所在了。(第 297 页倒数第 3 行)

词义：高渺而又空荡之意。

(12) 笨朴。书中：鸿渐想现在都市里的小孩子全不要这种笨朴的玩具了。(第 346 页第 2 行)

词义：笨拙而朴实的合词。

这种自铸的新词，我们看了会觉得新鲜，甚至惊奇，想想钱先生是大学者，饱读诗书又文思飞扬，拼凑几个新词，该不是多么难的事。它给我们的启发，或许更重要些。这启发便是，用现成词语是常规，偶尔自铸新词，也会别有意趣。

多说一句吧，在自铸新词上要把握一个原则，摒除一个心态。这个原则是，鲜活，响亮，恰切。要摒除的心态则是，别怕是别人用过的。没用过是别出心裁，用过恰说明人心同我。只要恰切，这个险是值得冒的。

二〇二二年四月三十日

《围城》里的俚俗词语

善用俚俗词语，是我在关注《围城》用词上没有想到的。现在看来，《围城》语言的丰赡漂亮，俚俗词语亦功不可没。

换个路数吧，先看例句，再说原委。仍是列出词语，引原文注明页码。不敢说"词义"了，那太确切，不是一个北方人能做到的。只能是揣度，揣度似乎又远了点儿，还是叫"释义"吧，先给自己的无知，垒个下坡的台阶。

(1) 打乡谈。书中：她不会讲法文，又不屑跟三等舱的广东侍者打乡谈，甚觉无聊。（第13页倒数第6行）

　　释义：用家乡话交谈。

(2) 射眼。书中：方鸿渐心中电光瞥过似的，忽然照彻，可是射眼得不敢逼视，周身的血都升上脸来。（第16页第4行）

　　释义：亮得晃眼。

(3) 药房掌柜带开棺材铺子。书中：方鸿渐撩拨她道：

"学医而兼信教,那等于说:假如我不能教病人好好的活,至少我还能教他好好的死,反正他请我不会错,这仿佛药房掌柜带开棺材铺子,太便宜了。"(第18页倒数第6行)

释义:药房掌柜带开棺材铺子,似乎是个歇后语,下半句是:生意太好了。鸿渐在这里说了半句,因为是替病人着想,只好跟个太便宜了。

(4)烧盘。书中:全礼堂的人都在交头接耳,好奇地评赏自己。他默默分付两颊道:"不要烧盘!脸红不得!"(第35页第10行)

书中后面还用过一次:柔嘉笑道:"还用我说么?你心里明白,哙,别烧盘。"(第334页倒数第3行)

释义:脸红,害羞。

(5)便晚饭。书中:周太太说,命是不可不信的,张先生请他去吃便晚饭,无妨认识那位小姐。(第39页第11行)

释义:平常晚饭。北方人不会这样说,要说只会说请他晚上吃顿便饭。

(6)搓油滴粉。书中:那女孩子不过十六七岁,脸化妆得就像搓油滴粉调胭脂捏出来的假面具。(第57页倒数第7行)

释义:油呀粉呀糅合在一起,指化妆。

(7)嫩阴天。书中:最后醒来,起身一看,是个嫩阴天。(第64页倒数第9行)

释义:不太阴的阴天。江南阴天多,才有这样细的划分。有嫩阴天,也该有中阴天、老阴天。或许中老阴天,统称阴天。

(8)作酸泼醋。书中:唐小姐临了"我们的朋友"那一句,又使他作酸泼醋的理想里,隐隐有一大群大男

孩子围绕着唐小姐。（第 70 页第 1 行）

释义：嫉妒的形象化表述。

(9) 闪活。书中：鸿渐偷看苏小姐的脸，光洁得像月光泼上去就会滑下来，眼睛里也闪活着月亮，嘴唇上月华洗不淡的红色变为滋润的深暗。（第 99 页倒数第 9 行）

释义：闪动活泛的合词，较闪动更富有生气。

(10) 仰天交还会跌破鼻子。书中：昨天给情人甩了，今天给丈人摔了，失恋继以失业，失恋以致失业，真是摔了仰天交还会跌破鼻子。（第 115 页第 12 行）

释义：这里的"交"字应为"跤"字。仰天跤，脸朝上跌倒；脸朝上跌倒还会跌破鼻子，类似北方话"喝凉水还会硌了牙"。

(11) 眉花眼笑。书中：因此我恍然大悟，那种眉花眼笑的美满结婚照相，全不是当时照的。（第 140 页第 7 行）

释义：眉毛眼睛都有笑意。北方人说"眉开眼笑"。

(12) 风话。书中：他向孙小姐问长问短，说了许多风话。（第 145 页第 6 行）

释义：调情的话。

(13) 烧路头。书中：那女人在房里狠声道："打了你耳光，还要教你向我烧路头！"（第 173 页第 1 行）

释义：烧路头，该是烧香求饶吧。

(14) 打偏手。书中：鸿渐拿了些公款里的余钱，准备买带壳花生回来代替早餐，辛楣警告他不许打偏手偷吃。（第 179 页倒数第 8 行）

书中后面还出现一次：我说难道我打过偏手，高校长也说岂有此理。（第 241 页倒数第 10 行）

释义：两下权衡，当是贪污、作弊之意。

(15) 换生不如守熟。书中：我想年纪老了，路又不好走，换生不如守熟，所以我最初实在不想来。（第193页倒数第1行）

释义：还是老地方好。相当于北方话"走一处不如守一处"。

(16) 红活。书中：孙小姐来了，脸色比路上红活得多。（第199页第1行）

释义：红润活泛的意思。

(17) 支扯。书中：心慌意乱中找出话来支扯，说不上几句又完了，偷眼看手表，只拖了半分钟。（第210页倒数第6行）

释义：胡拉乱扯的意思。

(18) 麻口袋倒米。书中：就把韩学愈买文凭的事麻口袋倒米似的全说出来。（第225页倒数第9行）

释义：痛快说出。同样的意思，南方俗语还有"竹筒倒豆子"，可知俗语与地方物产相关，北方无竹也无米（大米），同样的意思说成"毛褛倒西瓜"，豪气得多。

(19) 搬嘴。书中：他这个人爱搬嘴。（第243页倒数第1行）

释义：翻闲话，嚼舌头。北方话里也这么说。

(20) 隔壁醋。书中：让她去跟陆子潇好，自己并没爱上她，吃什么隔壁醋，多管人家闲事？（第254页第3行）

释义：没来由的嫉妒。书中另一处说"吃不相干的醋"。

(21) 因头。书中：我正要写信骂他，只恨没有因头，他这封来信给我一个回信痛骂的好机会。（第281页倒数第11行）

释义：引发的东西。北方话说"由头"。

(22) 做花头。书中：苏文纨说："出风头，充冤大头，还有——呃——情人做花头——"大家都笑了。（第296 页倒数第 4 行）

释义：当指男女间的性事。

(23) 街上捉虱。书中：鸿渐两手到外套背心和裤子的大小口袋里去掏钱，柔嘉笑他道："电车快来了，你别在街上捉虱。"（第330 页第 7 行）

释义：大庭广众之下做丢人现眼的事。

(24) 拿糖作醋。书中：孙柔嘉道："来去我有自由，给你面子问你一声，倒惹你拿糖作醋。"（第331 页倒数第 10 行）

书后面还有一处用了此语：鸿渐笑他拿糖作醋。（第342 页第 8 行）

释义：借机生事。该是典型的江南俗语。

(25) 一个指头遮羞。书中：孙柔嘉说："高松年告诉你他在捣乱？你怎么知道？不是自己一个指头遮羞么？"（第340 页第 13 行）

释义：一个指头遮阴私处，是遮不住的。其义当是想掩饰怎么能掩饰得了。

(26) 点点饥。书中：柔嘉说："家里的饼干前天吃完了我忘掉去买，要给你点点饥的东西也没有！"（第346 页倒数第 3 行）

释义：压压饥。北方话说"垫垫饥"。

《围城》书中的俚俗词语，就摘了这么多。实际上还有一些，自认为应当属于此类，所以没有摘引，是我不太自信，觉得也可能属于旧小说词语。钱先生年轻时喜欢看旧小说，眼熟能详，会转化为得心应手，想都不想，顺手就写了出来。对此，我并不表示顺从式的认同。我觉得，各是各的。受旧小说词语的影响是一回事，自个顺性写下另是一回事。你以为你找到了作家写下的依凭，而对于作家来说，不过率性而为，信笔所至，一种出自肺腑的自然的表达。

中国的评论家，总以掘得根须为能事，殊不知对于成熟的作家来说，他的任何一处自由的表达，全是来自心性，来自真切的感受。若此时此刻，他还能溯源到某一词语最早的出处，我们只能说此人真的是个天才，不光过目不忘，而且经久不忘。另一个可能，他像古代的圣贤一样，举足为法，吐口为经，一切全是从他的言动开始。可是，这经典的出处，谁敢凭信呢？于是我们只能说，文法的创立，全是人在自由状态下的，任由心性为之。再没有本其自然，本其心性创立出的法则，更接近法则的本真的面目。实在无法阐释，我们只有将之归于神的旨意。应当说，这是最靠实的托付，也是最真诚的告慰。

这一节的意思已大致说清，我还有个小小的顽皮。

此节开头我说，善用俚俗词语，是我在关注《围城》用词上没有想到的。这是实话。写这么一本书，在我，有一个"日新又日新"的过程。起初是闲下来无事，细细地看《围城》解烦愁，看着看着看进去了，陷入沉迷，由不得会有小小的发现。

最初的一个小小的发现，是对书中俗语"拿糖作醋"的好奇。

作醋，怎么会拿糖？这定然是出于人们对镇江醋的误解，以为发甜必然是加了糖的缘故。由此得到惊醒——文学用词的一种顿悟，便写了一篇小文章，名为《钱锺书先生的酿醋术》，发在《北京晚报》上。后来又找见两则材料，予以充实，换了个篇名发在《沈阳日报》上。《读者》的编辑看到，觉得新鲜，就在 2022 年4 月号的《读者》上转发了。

这里，我本想借"酿醋术"这个名目，说说《围城》里对俗语的运用，如何的拈之即来无不妥帖。如此行事，既增加了《围城》的用词量，又让这部以世事为描摹对象的小说，有了地域特色的亲切与繁丽。但是本年（2022 年）4 月的最后一天，楼下的核酸检测点前，排队有三个楼的基础那么长，我也无心耗神组织新的文字的阵势了，且将先前写的小文章抄录在这里，以见我平日对《围城》的一种小人物式的钟爱，同时显现低层次关照下的《围城》的精微。抄录这篇小文，还有一个私心，就是将本节开头说的"善用俚俗词语"这一论断，落到实处，以见钱先生这种俗的智慧。

且将此文列为本章的下一节。

二〇二二年六月十五日

钱锺书先生的酿醋术

　　钱锺书先生会酿醋，这是我看《围城》的一个小小的发现。

　　钱先生不是山西人，也未到过山西，他是无锡人，无锡对面是镇江。镇江出醋。地方特产，差不多全是这地方及周边地方人的口味培育出来的。钱先生做的醋，只会是镇江醋。镇江醋跟山西醋的差别在于，山西醋就是个酸，镇江醋发甜。

　　这甜是怎么来的呢？外行人以为准是加了糖，我还多少懂点，知道绝不会是加了糖；多半是作料在发酵的过程中产生了某种酶，这种酶发甜，做出的醋就有了淡淡的甜味。《围城》里，有两处拿这种误识，嘲讽那些无来由就嫉恨的人。我看的是人民文学出版社的本子（2021 年 1 月第 16 次印刷），一处在第 331 页，说这几天，方鸿渐孙柔嘉小两口闹别扭，方不随孙去她姑姑家，孙回来说起在姑姑家听到的什么新闻，"鸿渐总心里作酸，觉得自己冷落在一边，就说几句话含讽带刺"。一个星期天早晨，孙柔嘉又要去姑姑家，两人吵了起来，柔嘉说："来去我有自由，给你面子问你一声，倒惹你拿糖作醋。"

另一处在 342 页。冬至前一天，方家老太爷打来电话，要儿子媳妇晚上回家吃冬至饭。鸿渐跟柔嘉说了，柔嘉说："真跟你计较起来，我今天可以不去，前一晚姑母家里宴会，你不肯陪我去，为什么今天我要陪你去？"鸿渐笑她拿糖作醋——去姑姑家跟去公婆家能一样吗？

这两处都可说是借喻。《围城》写的是世态人情，人情中"羡慕嫉妒恨"是常有的事，这种情绪，往浅里说，就是吃醋。钱先生既通晓酿醋术，想来醋碗就在手边，书中这里那里，总会洒上几滴醋水——

第 55 页：赵辛楣对方鸿渐虽有醋意，并无什么你死我活的仇恨。

第 103 页：她为她死掉的女儿吃醋道："瞧不出你这样一个人倒是你抢我夺的一块好肥肉！"

第 286 页：辛楣取过相片，端详着，笑道："你别称赞得太热心，我听了要吃醋的。"

第 297 页：鸿渐暗想，苏文纨也许得意，以为辛楣未能忘情、发醋劲呢。

醋碗不会端得很平，有时不免洒出来泼在地上，于是笔下也就变了花样。第 69 页有一例。方鸿渐搭上唐晓芙，约唐外出进餐，提出要趋府拜访，唐小姐说非常欢迎，又说父母对她姐妹们绝对信任，"不检定我们的朋友"。鸿渐"在回家的洋车里，想今天真是意外的圆满，可是唐小姐临了'我们的朋友'那一句，又使他作酸泼醋的理想里，隐隐有一大群大男孩子围绕着唐小姐"。

钱先生的酿醋术，不止这么简单的几招。山西醋里有"老陈醋"，指放上一两年的醋，多了也不好。镇江醋里有没有"老陈醋"不知，倒是钱先生的酿醋作坊里，确确实实有"隔年陈醋"。第277页，方鸿渐和孙柔嘉的恋爱关系确定后，柔嘉强迫鸿渐说出他过去的恋爱，鸿渐不肯讲，经不起柔嘉一而再、再而三的逼问，讲了一点。孙柔嘉嫌不够，他又讲一些，柔嘉还嫌不详细，说道："你这人真不爽快！我会吃这种隔了年的陈醋么？"

我是山西人，山西醋只说年份，地点上不刻意标榜。太原附近的清徐县以产醋闻名，最有名的是"水塔牌"，好坏在那个"陈"字上，不说是哪儿产的。《围城》里的醋，前面说的隔年醋，也是按年份说的。钱先生聪明过人，酿醋术上，断不会甘于平庸。《围城》里，他发明了一种新的品牌，以处所命名，称之为"隔壁醋"。乍一看，似乎是山西永济市出的。永济旧称蒲州，黄河边上有个普救寺，《西厢记》的本事就发生在那儿。他们要做醋，可以堂而皇之地叫"西厢醋"。西厢者，隔壁西房也。钱先生笔下的"隔壁醋"，是在湘西三闾大学校园里酿制的。书中第254页有详细介绍——

孙小姐和陆子潇通信这一件事，在方鸿渐心里，仿佛在复壁里咬东西的老鼠，扰乱了一晚上，赶也赶不出去。他险的写信给孙小姐，以朋友的立场忠告她交友审慎。最后算把自己劝相信了，让她去跟陆子潇好，自己并没爱上她，吃什么隔壁醋，多管人家闲事？

怎么起了"隔壁醋"这么个品牌名？无他，陆子潇住在方鸿渐隔壁也。

钱先生的醋作坊里，还有一种醋，不酸，但确实是钱氏品牌醋之一种。事见书中第71页苏文纨语。苏在赵辛楣、方鸿渐、曹元朗三个男人之间周旋，喜欢的还是方鸿渐，有一次方对曹元朗表示了某种嫉恨，苏文纨听了似嗔似笑，左手食指在空中向他一点道：

"你这个人就是爱吃醋，吃不相干的醋。"

仿红葡萄酒有"干红"之例，这种醋可称为"干醋"吧。

二〇二二年一月二日

《围城》里的旧小说词语

这一节很不好写。"旧小说词语"先不好鉴定。有的确是旧小说里用过,已成了平常词语,总不好因"出身"而定了它的品质。再说,我们平常说的旧小说,并非连五代时的《虬髯客传》也算上,多是指清末民初坊间流行的"说部"。这样的小说,原是用当时的民间语言写下的。清末民初离钱先生写《围城》的时候并不是多么遥远,钱先生用的语汇,看起来像旧小说里的,说不定恰是当时街谈巷议的家常语呢。

这是说道理。论实际,又不同了。钱先生少年时代,曾一度沉迷于旧小说的阅览。这在其夫人杨绛女士的文章里有确凿的记载:

> 锺书和锺韩跟伯父读书,只在下午上课。他父亲和叔父都有职业,家务由伯父经管。每天早上,伯父上茶馆喝茶,料理杂务,或和熟人聊天。锺书总跟着去。伯父化一个铜板给他买一个大酥饼吃(据锺书比给我看,那个大酥饼有饭碗口大小,不知是真有那么

大小，还是小儿心目中的饼大）；又化两个铜板，向小书铺子或书摊租一本小说给他看。家里的小说只有《西游记》、《水浒》、《三国演义》等正经小说。（杨绛《记钱锺书与〈围城〉》）

《围城》里也有作者熟悉旧小说的文字凭证：

△ 杜慎卿厌恶女人，跟她们隔三间屋还闻着她们的臭气，褚慎明要女人，所以鼻子同样的敏锐。（第 86 页第 4 行）

这儿的杜慎卿乃《儒林外史》里的一个人物，太熟悉了，到了笔下，连他的"籍贯"也省了。

△ 方鸿渐在外国也写信回来，对侄儿的学名发表意见，说《封神榜》里的两个开路鬼，哥哥叫方弼，兄弟叫方相，"方非相"的名字好像在跟鬼兄弟抬杠，还是趁早换了。（第 117 页第 13 行）

有鉴于此，这里只举几个例子，说明有些词语是旧小说里有的，就行了。

1. **标劲。书中**：鸿渐有点儿战前读书人的标劲，记得那姓张的在美国人洋行里做买办，不愿跟这种俗物往来。（第 39 页第 12 行）

   词义：显摆，好面子。《官场现形记》第五十二回："他本是个阔人，等到这笔昧心钱到手之后，越发闹起标劲来。"

2. **护惜。书中**：辛楣听苏小姐护惜鸿渐，恨不得鸿渐杯里的酒滴滴化成火油。（第 89 页第 10 行）

   词义：呵护怜惜的意思。《醒世恒言》"灌园叟晚逢仙女"一回里："吾姊妹居此数十余年，深蒙秋公珍重护惜。"

3. 红活。书中：孙小姐来了，脸色比路上红活得多。
（第 199 页第 1 行）

词义：红润活泛的意思。《醒世恒言》"吴衙内邻舟赴约"一回里："夫人也因见女儿面色红活，不像个病容，正有此疑惑。"

4. 佯佯不睬。书中：柔嘉佯佯不睬地走了。（第 303 页第 12 行）

词义：不理不睬，北方人说"佯球不睬"。《西游记》第二三回："师父！这娘子告诉你话，你怎样佯佯不睬？"

以下词语，不打算找书上的依据了，只是凭了我过去看旧小说的经验，觉得是旧小说的词语，不能全举，举几个意思到了就行了。先列词语，再标出处，词义只能是我的理解了。

5. 利害。书中：你希望些什么？那味道还不够利害么？（第 61 页第 9 行）

词义：同现在用的"厉害"。现在用"利害"，指"好坏"。书中也有一处用了现在这个意思。就在刚刚用了"厉害"之意之后，同页第 14 行："让他知道我跟他毫无利害冲突。"

6. 分付。书中：周经理收到信，觉得这孩子知礼，便分付银行里文书科王主任作复。（第 8 页倒数第 2 行）

词义：现在写作"吩咐"。

7. 妆假。书中：效成骨朵了嘴，心里怨道：别妆假！你有本领一辈子不娶老婆。（第 30 页第 13 行）

词义：现在写作"装假"。

8. 明天。书中：明天方鸿渐才起床，那两位记者早上门了。（第 34 页第 4 行）

词义：第二天。今天、明天、昨天，这样的说法，都是站在今天的立场上说的。书中的明天，通常都说"第二天"。

9. 一壁。书中：鸿渐怄气不肯吃，熬不住嘴馋，一壁吃，一壁骂自己不争气。（第341页第4行）

词义：一边。

10. 毛厕。书中："你别上毛厕，熬住了，留点东西维持肚子。"（第179页倒数第11行）

词义：茅厕。

这些旧小说词语，1980年11月出重印本之前，钱先生修订时，定然有慎重的考虑，改，还是不改，思之再三，决计不改。最明显的是那个"毛厕"。"文革"之初，华君武有幅漫画叫《毛厕里的石头》，批判为"用心险恶"，他该是知道的，仍不改。这一坚持，让《围城》在语言上增添了不少的时代色彩，读来不隔，反觉得分外亲切。

二〇二二年五月一日

《围城》里旧诗文的使用

　　《围城》是小说，不是论著。论著用了旧诗文，可说是引用，小说里用了，只可说是使用，跟用个成语俗语什么的没有两样。

　　记得一本《钱锺书传》里说，20 世纪 50 年代初，钱先生杨绛两口子，应郑振铎先生之召，赴北京任职于文学研究所。其时文学所分中国古典文学组和外国文学组。郑将杨安排在外国文学组，将钱安排在古典文学组，给钱的解释是，外文组人满了，古典文学组正缺人，只好委屈一下。听起来蛮有人情味儿的。在我看来，郑说这话，不过是客气，意思是不该将你俩分开了。从实情说，郑的安排是很妥善的，一是旧时官场，忌讳夫妇在同一部门任职，学术机关也应遵循。二是杨绛北上前，是以戏剧写作名世，文学所无相应部门，外文也好，安排在外文组是说得过去的。钱先生其时名世的著作是《谈艺录》，《围城》刚问世不久，别说没有后来那么大的名气，就是有，文学所没有小说组也是枉然。分配到古典文学组可谓得其所哉。钱北上后不久，又在一个翻译委员会任职。书上还说，翻译委员会的事消停了，回到古典文学组，郑振铎还分给他个任务，让他编一本《宋诗选注》。再后来古典文学组与外国文学组升格，一个叫中国文学研究所，一个叫外国文学研究所，钱先生就是中国文学研究所研究员了。现在知道，钱先生后来还编了一部"唐诗选"，这几年有个出版社给出了。

说了这么多，意思是说，古诗文上他的根底很好，写小说时不会不露上一手。

细细看了，不时露上一手，没到显摆的份上。正是这样不显眼的展示，才见出饱学与自信。

归纳一下，从用的地方说，一是增加人物的特点，身份的，学识的，有时也是品质的。二是增加作者叙事说理的依凭，显示行文的品格与亮色。具体到使用的方式，有的是一联，有的是单句，还有的是意释，就是意思有了，而不用原句。总之是融入上下文中，像一个寻常词语那么自自然然。这也是有他的理念的。借用钱锺书《宋诗选注》里给王安石《书湖阴先生壁》一诗作注，引用《颜氏家训》里的一句话，就是"用事不使人觉，若胸臆语也"。（《宋诗选注》，1979 年人民文学出版社，第 56 页）

说了用的地方，用的方式，还有遵循的原则，该着摘取书中例句——说明了。

先说用的地方。增添人物的特点，增加叙事的依凭，两项之中，还是第一项多些。

增添人物的特点

书中第三章，写了方鸿渐在上海，以赵辛楣之介，结识了一个叫董斜川的狂傲诗人。诗人只是名分，另有他的体面职业，中国驻捷克公使馆军事参赞。因出言不逊得罪上司，内调回国，尚未到部。生性狂傲，又负才子之名，一两句旧诗文，张口就来，比吐唾沫还方便。不说情由了，看引文便知缘何而发。

斜川呵呵笑道："你既不是文纨小姐的'倾国倾城貌'，又不是慎明先生的'多愁多病身'，我劝你还是'有酒直须醉'罢。好，先干一杯，一杯不成，就半杯。"（第89页第6行）

斜川看鸿渐好了些，笑说："'凭阑一吐，不觉篕簏'，怎么饭没吃完，已经忙着还席了！没有关系，以后拼着吐几次，就学会喝酒了。"（第97页第13行）

在第四章里，方鸿渐跟董斜川仍有交往。去湘西前，方鸿渐、赵辛楣、董斜川三人小聚，方鸿渐说董斜川该去三闾大学当中文系主任，辛楣说你问他肯去吗，董的回答里，引用了一联诗。这是民间常说的句子，就不必深究是出于何人之手了。

斜川笑道："别胡闹，我对教书没有兴趣。'若有水田三百亩，来年不作獬獬王'；你们为什么不陪我到香港去找机会？"（第129页第13行）

方鸿渐的父亲方遯翁，有举人功名，书中说他在本乡江南一个小县里做大绅士。有功名，有声望，言语中带出旧诗文，也就成了"曲不离口"的好习惯，也可说老毛病了。书中第二章，方鸿渐回到无锡老家，家人说起他的婚事，父亲给他讲了一通择偶应持的原则。

父亲捻着胡子笑道："鸿渐，这道理你娘不会懂了——女人念了几句书最难驾驭。男人非比她高一层，不能和她平等匹配。所以大学毕业生才娶中学女生，留学生娶大学女生。女人留洋得了博士，只有洋人才敢娶她，否则男人至少是双料博士。鸿渐，我这话没说错罢？这跟'嫁女必须胜吾家，娶妇必须不若吾家'，一个道理。"（第 33 页第 3 行）

第九章里，方鸿渐与孙柔嘉成婚后要回上海，母亲为新媳妇准备了旧式首饰，方遯翁笑话老伴不识时务，他自有他的主张。

方老太太当夜翻箱倒箧，要找两件劫余的首饰，明天给大媳妇作见面礼。遯翁笑她说："她们新式女人还要戴你那种老古董么？我看算了罢。'赠人以车，不如赠人以言'；我明天倒要劝她几句话。"（第 310 页倒数第 4 行）

书中汪处厚是老名士，又是三闾大学的中文系主任，随口来句旧诗文更是不在话下。一次汪处厚约了方鸿渐去野外谈心，在一棵新倒下来的瘦柏树上坐下，汪随口吟了两句旧诗，将眼前的景致夸了一通。

过了溪，过了汪家的房子，有几十株瘦柏树，一株新倒下来的横在地上，两人就坐在树身上。汪先生取出嘴里的香烟，指路针似的向四方指点道："这风景不坏。'阅世长松下，读书秋树根'；等内人有兴致，请她画这两句诗。"鸿渐表示佩服。（第 262 页第 10 行）

李梅亭是书中一个重要人物，奸诈好色，一肚子坏水。从宁波到溪口的路上，过一座藤条扎的长桥，鸿渐胆怯，跟在孙柔嘉身后，战战兢兢地过去了。已过了桥的顾尔谦和李梅亭都看在眼里，李梅亭乘机说起风凉话。

鸿渐跳下桥堍，嚷道："没进地狱，已经罚走奈何桥了！前面还有这种桥没有？"顾尔谦正待说："你们出洋的人走不惯中国路的，"李梅亭用剧台上的低声问他看过《文章游戏》么，里面有篇"扶小娘儿过桥"的八股文，妙得很。（第 148 页第 12 行）

虽未说出文中词句，有"扶小娘儿过桥"这样的题名，可知是篇淫荡的文字。

这几例，说的是增添了人物的特点，再看第二项，增加叙事的依凭的。

增加叙事的依凭

这样的叙事，往往有说理的成分。

第三章里，方鸿渐去了苏文纨家，遇上将他视为情敌的赵辛楣，几句话下来，让他局促不安，手足无措。

假如苏小姐也不跟他讲话，鸿渐真要觉得自己子虚乌有，像五更鸡啼时的鬼影，或道家"视之不见，抟之不得"的真理了。（第 52 页倒数第 6 行）

书中方鸿渐的挂名岳父，做生意还行，治家无方，甚是惧内。自命让妻三分，实则这三分，不是十分之三的三分，而是十分之十。书中所述，借了旧诗，甚是风雅。

当年死了女儿，他想娶个姨太太来安慰自己中年丧女的悲哀，给周太太知道了，生病求死，嚷什么"死了干净，好让人家来填缺"，吓得他安慰也不需要了，对她更短了气焰。他所说的"让她三分"，不是"三分流水七分尘"的"三分"，而是"天下只有三分月色"的"三分"。（第 112 页第 10 行）

在去湘西的路上，行至吉安，学校汇来钱，没有铺保取不出。去教育局不行，孙柔嘉去妇女协会，找见一个女同志帮了大忙。作者叙说此事，便用了两句旧诗。

晚上八点钟，大家等得心都发霉，安定地绝望，索性不再愁了，准备睡觉。那女同志跟她的男朋友宛如诗人"尽日觅不得，有时还自来"的妙句，忽然光顾，五个人欢喜得像遇见久别的情人，亲热得像狗迎接回家的主人。（第 181 页倒数第 4 行）

书中第七章，说到汪处厚的风雅，举的例证是，前妻去世后，不是多么的哀痛，而是想到可以借此写几首好的悼亡诗。

汪处厚在新丧里做"亡妻事略"和"悼亡"诗的时候，早想到古人的好句："眼前新妇新儿女，已是人生第二回"，只恨一时用不上，希望续弦生了孩子，再来一首"先室人忌辰泫然有作"的诗，把这两句改头换面嵌进去。这首诗到现在还没有做。（第 228 页倒数第 3 行）

使用的方式

该着说使用的方式了。书中没有全诗引用的，多是一联（两句），也有单句的，还有的，只是用了诗意，将句子融在文意里。用了一联的，单句的，前面的引文里都有，再举两三例，以见其使用之得心应手。

第七章，方鸿渐赵辛楣寒假里，游过桂林回校，汪处厚夫妇请两人来家商议说媒的事，汪先生借诗句说事的毛病又犯了。

"我倒有句忠言奉劝。这战争看来不是一年两年的事，要好好拖下去呢。等和平了再结婚，两位自己的青春都蹉跎了。'莫遣佳期更后期'，这话很有道理。两位结了婚，公私全有好处。"（第 233 页倒数第 8 行）

化用在文中，不着痕迹的，当是第二章里，说日本飞机来投炸弹的事。

开战后第六天日本飞机第一次来投弹，炸坍了火车站，大家才认识战争真打上门来了，就有搬家到乡下避难的人。以后飞机接连光顾，大有绝世佳人一顾倾城、再顾倾国的风度。周经理拍电报，叫鸿渐快到上海，否则交通断绝，要困守在家里。（第 38 页第 6 行）

引用诗句较多的，是第三章里，方鸿渐与赵辛楣又一次在苏文纨家见了面，苏意在挑起两个男人间的醋意，说赵给她写信，诉说失眠之苦，方无意于苏，借用《诗经》之句，巧妙地将自己摘出。

方鸿渐笑道:"《毛诗》说:'窈窕淑女,寤寐求之;求之不得,寤寐思服。'他写这种信,是地道中国文化的表现。"(第 84 页倒数第 11 行)

还有些旧时俗语,也可视之为旧诗文,且举一例。第七章里,汪处厚意欲将方鸿渐收罗到麾下,在做人上对方加以开导。还是在野外,坐在新倒下的瘦柏树身子上,夸过眼前的景致,接着说了一番话。

"讲师升副教授容易,副教授升教授难上加难。我在华阳大学的时候,他们有这么一比,讲师比通房丫头,教授比夫人,副教授呢,等于如夫人——"鸿渐听得笑起来——"这一字之差,不可以道里计。丫头收房做姨太太,是很普通——至少在以前很普通的事;姨太太要扶正做大太太,那是干犯纲常名教,做不得的。前清不是有副对么?'为如夫人洗足;赐同进士出身。'有位我们系里的同事,也是个副教授,把它改了一句:'替如夫人挣气;等副教授出头。'哈哈——"(第 262 页倒数第8 行)

总体来说,以钱先生之博学多识,书中于旧诗文的使用,还是很节制的。

也不是没有可訾议的

说了这么多,也不是没有可訾议的。先看两例。

方鸿渐道:"谁?孙小姐?我看你关心她得很,是不是看中了她?哈哈,我来介绍。"

陆子潇道:"胡闹胡闹!我要结婚呢,早结婚了。

唉，'曾经沧海难为水'！"（第 214 页倒数第 7 行）

苏小姐沉着脸不响，曹元朗才省悟话说错了。一向致力新诗，没留心到元微之的两句："曾经沧海难为水，除却巫山不是云"，后悔不及。苏小姐当然以为看中自己的人，哪能轻易赏识旁的女人？她不嫁赵辛楣，可是她潜意识底，也许要赵辛楣从此不娶，耐心等曹元朗死了候补。（第 123 页倒数第 4 行）

"曾经沧海难为水，除却巫山不是云"，元微之的这两句，诚然是名句，众口相传，已到了熟烂的程度。钱先生这样的高人，不该用在书中，作为苏文纨的心思，作为陆子潇的口实。陆子潇是个丑化了的人物，可毕竟是历史系的教授，就是为了炫耀作家自己的才学，也该用个雅致的诗句或典故。像这样的句子，出自第一章里的孙太太之口，还说得过去。事实上，孙太太在前面也还真的说了一个七字的俗语，原话是："这真是有缘千里来相会了。"（第 4 页第 13 行）而《围城》书中，元微之的诗句，一次一联，一次一句，竟用了两回，不能说不是个小小的遗憾。两相比较，说苏文纨用心思的地方，也还说得过去。有引申，见出思绪的缜密。

非是寻章摘句，也是关乎诗的，最能见出钱先生学识与机警的，是第三章里，狂傲诗人董斜川的一番诗论。毕竟是在小说里，正经了不行，太离谱了也不行，钱先生的处置手法是，另辟蹊径，深入堂奥，似乎荒诞不经，又有让人心折之效用。

这段文字太妙了，虽说与本节内容不是多么契合。这个不契合，也只是从现成诗句的引用上说的，若从诗人评价上说，又是最符合作家本人古典文学专家的身份的。由诗句到诗人，也还顺理成章。不管怎么说，都是值得品评的。

苏小姐道："我也是个普通留学生，就不知道近代的旧诗谁算顶好。董先生讲点给我们听听。"

"当然是陈散原第一。这五六百年来，算他最高。我常说唐以后的大诗人可以把地理名词来包括，叫'陵谷山原'。三陵：杜少陵，王广陵——知道这个人么？——梅宛陵；二谷：李昌谷，黄山谷；四山：李义山，王半山，陈后山，元遗山；可是只有一原，陈散原。"说时，翘着左手大拇指。鸿渐懦怯地问道："不能添个'坡'么？"

"苏东坡，他差一点。"（第94页倒数第4行）

二〇二二年四月二十八日

第四章 句

《围城》里的句子及其扩展

上一章里说了《围城》里的词，这一章说说《围城》里的句子。一节说不完，要分几节说，主要说单句。

单句是句法的核心

句法是文法的核心，单句又是句法的核心。单句弄通了，句法也就通了。掌握句法，一是能解析遇到的句子，二是能用句子体现想要表述的意思。前一个做到了，后一个差不多也能做到。更何况，我们的文法是以著名作家的作品为范例的，他们要表达且已表达出来的意思，较之常人会复杂些。复杂的都弄通了，简单的，次一等的复杂，该不在话下。

这是从道理上说，从实际运用上说，又要重提启功先生说过的那个话了。前面已引用过，不妨再重复一下。这回不照抄原文了，只说意思。他老人家说，他从二十一岁起，开始教中学语文，不能不充实些语法知识，就似懂非懂地学起"葛朗玛"来。没学好，自然是他的责任,有些明明学好了,遇到实际的语言现象,却怎么也套不上,拆不开,或拆开"图解",却恢复不了原句。每当这时,他去请教语法家,也曾碰上有摇头皱眉的时候。

这里,启功先生说他从二十出头年纪,就开始教中学语文,实际上,教中学没多久就到辅仁大学中文系教书了。辅仁大学后来并入北京师范大学,北师大是现代汉语语法的重镇,好几个大师级的语法学者,就雄踞在那里。我们可以设想启功先生遇上语法难题,向之请教的,很有可能就是这样量级的语法家。中学里的语法老师,是称不起语法家的。

请出启功先生说这些话的意思,是我们凭了钱锺书先生的文法理念,又费心费力从钱先生著作中理出这套文法,绝不能又一次落入"葛朗玛"的窠臼,让人学了,遇到实际的句子,套不上又拆不开,或拆开了又合不上。

用什么办法验证呢?

只有用钱先生自己的作品来检验了。

还是《围城》。全书二十三万三千字,以十五个字为一个单句算,该有一万五千五百四十四个单句。我们的书中不可能对这么多的句子一一分析。那就挑选吧,万万不能。你一挑选,别人就会说,你选的全是标准句型。怎么办呢,又要从《围城》里选,又要让人凭信,我大体翻了翻书,想出一个办法,全书九章,每一章都有个开头的自然段,就是它了。

钱氏文法歌诀,关于句法的几句是:"句有词位,主辅错落。主词主政,辅词辅佐。全句叙事,意念统摄。"四字句,总有不周全的地方。句中词位,分了主位辅位,用于主位的词,就是主词,用于辅位的词,就是辅词。这不是又给词分了性，归了类吗？不是的，这里说的词，仍是名物。主词辅词，说的是用处，或者说职责。就像战士在战场上给你一个任务，去爆破一个目标，你就是主攻手，再给你配备一个人，就是助攻手。只是一时的职责，并非永久的身份。

说到这里，还要提醒一点的是，前面已强调过了，在这套文法系统里，任何一个字，一个词，都是名物。词好理解，字易混淆。一定要记住，你是读过《说文解字》的，没读过也不要紧，看了本书前面几章，你已明白，字是有它的本意的，也是有它的黏合力的。它在句中的意义，不外乎它的本义；它的引申义，是它在黏合力的支配下起到的作用。什么介词、连词、是字句，这些陈腐的语法概念，统统不要。且以"是字句"为例。旧语法总是说，"是"加上什么，成为是字句，言下之意，这个"是"字起了谓语的作用，那个什么就是宾语。多么完整的一个句式。

在我们这里，"是"就是个"是"字，是"是"的本意的名物。用在句中，跟日、月、风、雨一样的。它的本意呢，《说文解字》给的解释，是：直也，从日正，凡是之属皆从是。直就是对的意思。有了这个理解，哪用得着再立个"是字句"的名目。同理，用了"在"，也不是什么介词，用了"和"也不是什么连词，不过是它们的本意的呈现，黏合力的使然。

这两章的单句

全书九章，每章挑开头的一段，这个我已经做了，真要放进书里，得二三十个页码。太不合算，那就再缩减吧。

也不能由着我的性子来，那样了别人会说，你挑的全是体现你的语法概念的段落。九章，那就取开头与中间。第一章是开头不用说了，中间呢，没有四个半，那就选第五章吧。

为节省篇幅，用词下画线的方法，主词下面画直线，辅词下面画浪线。试了一下，不行，若全画了，看去不太清，眼睛不好的，会看成全是直线。

这样吧，光在主词下面画直线，辅词下面什么线都不画了。反正，除过主词，就是辅词，也直观。

再就是，那些长句，多是由一个一个的小句连接而成的，我们要标注，只能将之分成单句。为表示它们在句中的属性，后面不用句号，还用它们原来的逗号，只有这一长句终结时，用了原有的句号。

第一章第一段。拆分开来成了：

红海早过了，
船在印度洋面上开驶着，
但是太阳依然不饶人地迟落早起，
夜仿佛浸了油，变成半透明体；
它给太阳拥抱住了，
分不出身来，
也许是给太阳陶醉了，
所以夕照晚霞隐褪后的夜色也带着酡红。
到红消醉醒，船舱里的睡人也一身腻汗地醒来，
洗了澡赶到甲板上吹海风，
又是一天开始。
这是七月下旬，合中国旧历的三伏，
一年最热的时候。
在中国热得更比常年利害，
事后大家都说是兵戈之象，

因为这就是民国二十六年 ［一九三七年］。

第五章第一段。拆分开来成了：

鸿渐想叫辆汽车上轮船码头。
精明干练的鹏图说，汽车价钱新近长了好几倍，
鸿渐行李简单，又不匆忙，
不如叫两辆洋车，
反正有凤仪相送。
二十二日下午近五点，兄弟俩出门，
车拉到法租界边上，
有一个法国巡捕领了两个安南巡捕在搜检行人，
只有汽车容易通过。
鸿渐一瞧那法国巡捕，
就是去年跟自己同船来上海的，
在船上讲过几次话，
他也似乎还认识鸿渐，
一挥手，放鸿渐车子过去。
鸿渐想同船那批法国警察，
都是乡下人初出门，
没一个不寒窘可怜。
曾几何时，适才看见的一个已经着色放大了。
本来苍白的脸色现在红得像生牛肉，
两眼里新织满红丝，
肚子肥凸得像青蛙在鼓气。
法国人在国际上的绰号是"虾蟆"，
真正名副其实，
可惊的是添了一团凶横的兽相。
上海这地方比得上希腊神话里的魔女岛，

好好一个人来了就会变成畜生。

至于那安南巡捕更可笑了。

东方民族没有像安南人那样形状委琐不配穿制
服的。

日本人只是腿太短，

不宜挂指挥刀。

安南人鸠形鹄面，皮焦齿黑，

天生的鸦片鬼相，

手里的警棍，更像一支鸦片枪。

鸿渐这些思想，安南巡捕仿佛猜到，

他拦住落后的凤仪那辆车子，

报复地搜检个不了。

他把饼干匣子，肉松罐头全划破了，

还偷偷伸手要了三块钱，

终算铺盖袋保持完整。

鸿渐管着大小两个箱子，

路上不便回头，到码头下车，

找不见凤仪，倒发了好一会的急。

这也够多的了。

这主要是因为钱先生每章的开头，跟唱戏的开场锣
鼓似的，咚咚嚓嚓，总要敲上一阵子。

也就得这么多，这么多才能看出名堂。

先说个感觉。你肯定看过《围城》，——没看过也
假定看过，看了我的书，你会找来看的，——这里放的
这两章的开头，不会没有印象。请你想一想，看印在书
上的一行一行的句子，跟这里拆分开来，一行一行诗也
似的排列起来的句子，感觉上有什么不同。

你会不会脱口而出，哎呀，原来都是些小句子呀。

小句，你无意间说了一个句法概念。有一位语言学家在他写的一本厚厚的书里就引进了这个概念，且有繁复的论述。应该说他的这一着，触着了中国文法的肌理。可惜的是，他在大的方面，着眼的仍是完善那个根本不可能完善的"葛朗玛"体系。这样一来，他的这个富有真知的发现，不过是在"葛朗玛"的圈子里，铆足了劲儿劈八叉、翻筋斗，博儿声喝彩而已。

我们不用小句这个概念，我们愿意拿更直观的感觉来说事：短句、长句。

短句，结构简单，表述的意思也直白。

长句，长句的长，没有量的标准，系比较而言。分两种，一种是结构简单，只是主词的连缀成分即辅词太多，把句子拉长了。这种长句，从结构上说，亦可视为短句。真正的长句是句子里包含的短句多，除了本身的结构而外，还有一个以上的短句裹挟在里头。处于长句中的短句，也有自身的特征，就是大多经过一番"打掐"的处置。

"打掐"这个词，是晋南农村的一个土语，说的是棉田劳动的一道工序。棉花苗，长到相当的高度，怕它疯长，把主干上已生出的一些小芽剥掉，把留下的结棉蕾的枝条的尖儿掐掉，这些抑制生长的处理，统称为"打掐"。将之移用在句法中，说那些进入长句的短句，因在一个特定的环境里，已无须原先的完整，该省的就省了，该略的就略了，这样才能与整个句子融为一体，和谐地表达一个完整的意思。

这种在一个长句中的省略，也可以扩大到有长短句组成的段落里。顺势而下，只要不扭曲文意，该省略的都可以省略。比如上句已点明的主使者，下一句的主使者即可省去，上一句已经点明的时间地点，下一句就可不提。只有做到双重的省略，句子本身的，段落的，你的文章才显得干净利落。

总之是，能省的尽量省，省得越多，越能见出你的文字水平。多少作家文字上的失败、臃肿与拙劣，全在不会省上。文字好的作家，全在会省上。

在这上头，钱锺书并不是顶呱呱的，这又成全了他的另一种风格，用语绵密而灵动。这又是那些省出来的作家所不及的。也就是说，敢省，还要会省，会简，还要会繁。总之是，会的怎么都是个好，不会的怎么都弄不好。说是见识，实际上是一种感觉。

第三章首段的逐句分析

未做段落的逐句分析之前，还要说个小故事。

1987 年的春天，我去上海文艺出版社送一个长篇稿子，住在上海建国西路该社的招待所里。说是招待所，实则是个石库门房子，三层，我住在三层一个房间。二层一间，住的是当时正红着的作家马原先生，他住了好长时间了，给《收获》写一个长篇，后来发表了，叫《上下都很平坦》。

住了两天，熟悉了，就有了来往。白天他写作，不便打扰，吃过晚饭，我会下去坐坐，聊天。他正在写他的长篇，用的是《收获》杂志社特制的一种稿纸，八开大，绿格子，四百字，上下两边留得很宽，为的是便于修改。有次我就坐在桌子边，顺手拿起他写好的稿纸看看，有一点很奇怪，稿纸上干干净净，没有勾画的地方，也没有增添的地方，偶尔有个错了的字，也是剪一块同样的纸贴住，写上要写的字，看去跟没改过的一样。我跟他说，前几年我在北京的文学讲习所学习的时候，跟贵州来的作家叶辛在一个班，叶辛写的稿子，也是干干净净，不过他不是用纸片贴，是用橡皮擦。马原对他自己的这一手，也很得意。我夸他，只有文思缜密，笔力老道，才能一次成文，不事涂改。我这一夸，他反倒不好意思了，笑笑，别看他高高大大，像个壮汉，笑起来还挺妩媚的，有那么点儿害羞的样子。他说，你老兄是作家，我就实话实说了，谁写小说，也会有写了一句话，觉得不周全，想添上个词，或是半句话。他起初也是这样，后来琢磨出个办法，就不勾画增补了。写小说只要写下第一句话，不管有怎样的缺憾，都不要管，不是真的不管，是往回找补，补了前面一点，又会开启下面一点。找补着，开启着，一句一句就写下去了。这样写下去的句子，看似破碎，不完整，整体看去又是酣畅的、完整的，也才有个人特色，也才是小说语言。有时候有点不通的地方，也不要管，一点"涩"的感觉，才更能显出个人品格，只有新手才把小说语言弄得顺顺畅畅，跟白开水似的。

我听了，大悟，大为佩服。高手就是高手。

在后来写的文章里，我把马原这一套做了发挥，使之理论化。我说，每个词语，如同一个小小的水泥预制件，它的四面都留着一个小钩子，随时可以钩住另一个水泥预制件。这样前后左右钩下去，想要一长条就是一长条，想要一大片就是一大片。还是马原的办法，就是错了也不要紧，找补呗，找补不光是补充，也可以是纠错。写正规的报告，不能用这个办法，你不能说前面一个词用错了，本该是什么，这样写了，非丢了饭碗不可。写小说就不同了，你纠个错，说不定会有出乎意料的效果。

有次在外地演讲，我还特意说了这个办法。是在河南的濮阳，为我的长篇小说《边将》开的研讨会上。那次演讲，说到怎么随意地写下去，说过马原的办法，又顺便举了个例子，且抄在这里。

比如我是昨天后晌来的，傍晚去了市里的戚城公园，且以此为开头写篇小说。第一句话写下：来到濮阳的当天傍晚，我和老伴去了戚城公园，我们是从南门进去的。刚写下就知道错了，这个公园只有东门没有南门。要是写散文，非得改不可，但我是写小说，要的就是语言的生动活泼，非同寻常，于是就不改了。接着写：进去以后，发现影子正落在身后，才知道方才进来的不是南门，而是东门。一落笔就写来到濮阳，直截是直截了，总有些突兀，那就再找补，说这次来濮阳非是旅游，是应出版社之邀给我的一本新书造势的。这样一写，又留下个缺口要找补，什么书呢，又拐到《边将》上，这样这篇小说就铺开了。过去教学生作文，在山西谈写作，把这种办法叫"推衍"。也可以叫"推碾"，就像个碾子似的，将情节碾开了。给人的感觉，像是先设下一个又一个扣子，再一个一个地解了开来。等于你所有的关节，都是预设的。明明知道进的是东门，为了绕个弯子，偏说是进了南门，再借个由头纠正过来。自然了还好，不自然了就让人觉得是在卖关子，矫揉造作，故意卖萌。马原的办法是，拿起笔只管扣住预设的思路写下去，顺了就写下去，不顺了再扭回来找补。这是被动的，错了才找补，不错就那么一口气顺下去。这样一找补，常会出现意料不到的文字效果，看似零乱，而筋骨相连。（《次第春风到草庐》第269—270页，2021年3月，浙江古籍出版社）

道理讲清了，仍接着说句子的扩展。

　　说是扩展，非是说扩开了，展开了就行了。往下的扩展，实则有"揖让"的意思在里头。有如集市上，并不是人挤人，而是人让人。这个道理，在书法上讲得最是明白。隶书楷书不说了，各有各的位置，不挨着。行书和草书就不然了，行之间，字之间，要相互躲避，这个躲避，不是畏惧，也不是谄媚，而是"揖让"。像旧时代的文士相见，你作揖，他打恭，彼此客客气气，却又各自舒展自如。句子在扩展中，要找补，要纠错，最最重要的，是要有这种雍容揖让的风度，这样才能打造好一个和谐优雅而又灵动的段落。

　　该着以《围城》中的段落为例，做个案的分析了。

　　怎样选段呢，为了不被人指责为选了简易的段落，我决计仍在每章的第一自然段中选。

　　全书九章，首段也是九个。为避免冗长，决定选上三个。九段，且分三组，一四七，二五八，三六九。我拿了个骰子，在手心摇摇，轻轻一掷，朝上的一面是三点，好，三六九，就这三段了。

　　为了看起来直观些，仍要不惮其烦，将这三段，抄出一段，剖析一段。

　　先看第三章首段。

　　也许因为战事中死人太多了，枉死者没消磨掉的生命力都迸作春天的生意。那年春天，气候特别好。这春气鼓动得人心像婴孩出齿时的牙龈肉，受到一种生机透芽的痛痒。上海是个暴发都市，没有山水花柳作为春的安顿处。公园和住宅花园里的草木，好比动物园里铁笼子关住的野兽，拘束、孤独，不够春光尽情的发泄。春来了只有向人的身心里寄寓，添了疾病和传染，添了奸情和酗酒打架的案件，添了孕妇。最后一桩倒不失为好现象，战时人口正该补充。但据周太太说，本年生的孩子，大半是枉死鬼阳寿未尽，抢着投胎，找足前生年龄数目，只怕将来活不长。

我们一句一句的来剖析。前面说了句子的接续，一是找补，即回溯，一是延展，即前行。实际上，回溯也是一种延展。这情形，真像一首写插秧的唐诗里说的"后退原来是向前"。（唐布袋和尚《插秧诗》）

第一句最重要，先定下这一段的调调。时值抗战期间，战事初起，就很惨烈，中国军民死亡甚众。由此引发了作者的一个揣度：枉死者没有消磨掉的生命力，会迸发为春天的生意。这里有两个扣子，一个是春天，一个是生意，接着生意说也行，接着春天说也行。作者选择了春天，这样可以让笔荡得更开一些。

要说春天，最重要的是先确定这个春天，是哪年的春天。"那年春天"，并非远指，于书中人而言，就是今年的春天，1938年的春天。这一句，既是找补，也是延展。"气候特别好"，自然春意盎然，生机勃勃。这样，就把春景拉到眼前。眼前是上海，是主人公生活的地方。这是暴发的城市，到处都是高楼大厦，灯红酒绿，再好的春色春景也没个宽敞的安顿处。于是，盎然的春色只能见缝插针，向公园的绿地，有树木的庭院去寻个落脚之地。这些地方太小了，春色春景在这里是关不住的，极而言之，如同动物园里关住的野兽，又拘束，又孤独，难以尽情的发泄。这一来坏了，公园庭院盛不下这春色春景，只能向人心寄寓，于是这人世间便起了乱象。添了疾病和传染，添了奸情和酗酒打架的案件，还添了孕妇。说到这里，实际是由春天起头，将春意说了个淋漓尽致，就此打住也就够了。

钱先生是懂得放，也懂得收的写家。这个意思说罢，下一自然段要写方鸿渐因春天而生的烦躁不安。此时方鸿渐住在周家，与其在下一段的开头，另外提到周家，不如先在这儿设个扣子。于是添上周太太的一句话。这样的混话，由周太太这样又俗又蠢的女人，说了最见人物的性格特征。

第六章首段的逐句分析

再看第六章的首段。

三闾大学校长高松年是位老科学家。这"老"字的位置非常为难，可以形容科学，也可以形容科学家。不幸的是，科学家跟科学大不相同，科学家像酒，愈老愈可贵，而科学像女人，老了便不值钱。将来国语文法发展完备，总有一天可以明白地分开"老的科学家"和"老科学的家"，或者说"科学老家"和"老科学家"。现在还早得很呢，不妨笼统称呼。高校长肥而结实的脸像没发酵的黄面粉馒头，"馋嘴的时间"咬也咬不动他，一条牙齿印或皱纹都没有。假使一个犯校规的女学生长得非常漂亮，高校长只要她向自己求情认错，也许会不尽本于教育精神地从宽处分。这证明这位科学家还不老。他是二十年前在外国研究昆虫学的；想来二十年前的昆虫都进化成为大学师生了，所以请他来表率多士。他在大学校长里，还是前途无量的人。大学校长分文科出身和理科出身两类。文科出身的人轻易做不到这位子，做到了也不以为荣，准是干政治碰壁下野，仕而不优则学，借诗书之泽、弦诵之声来休养身心。理科出身的人呢，就全然不同了。中国是世界上最提倡科学的国家，没有旁的国家肯这样给科学家大官做的。外国科学进步，中国科学家晋爵。在外国，研究人情的学问始终跟研究物理的学问分歧；而在中国，只要你知道水电、土木、机械、动植物等等，你就可以行政治人——这是"自然齐一律"最大的胜利。理科出身的人当个把校长，不过是政治生涯的开始；从前大学之道在治国平天下，现在治国平天下在大学之道，并且是条坦道大道。对于第一类，大学是张休息的摇椅；对于第二类，它是个培养的摇篮——只要他小心别摇摆得睡熟了。

这一段差不多有六百五十个字，够长的了。

关键还在第一句话。

且看"三闾大学校长高松年是位老科学家"这句话里，有几个扣子，可以搭上别的话语延展下去。三闾大学是一个，校长是一个，高松年是一个，老科学家是一个。四个名词，四个扣子，端看你要扣哪个。

最后一个扣子先用。老科学家云云，简直是一篇迷你型的小品文。先用这个扣子，并非坏了"按部就班"的官场规矩，后进者反而捷足先登。这种接法，是遵循了老派文人写作的一个不成文的规矩。比如前面说了，第一项是什么，第二项是什么，下面要一一论列，年轻人写起来，多是先论第一项，再论第二项，按原先排好的顺序来。老派文人不是这样，而是说完第二项是什么，就论起这项来，论完扭回头再说第一项。钱先生这里，是写小说，未必想到这个规矩，只能说暗合了。也有他的道理，顺口也顺手嘛。

倒着往回说，下一个扣子该是"高松年"了。单说高松年，就得说哪里人氏，年岁几何，那就离了题。这回是来了个"子母扣"，将高松年跟校长合为一个扣子——高松年校长。说的事呢，"假使一个犯校规的女学生长得非常漂亮，高校长只要她向自己求情认错，也许会不尽本于教育精神地从宽处分"。未必是"使坏"，不过是为了显示这个校长的人老心不好，顺便带了一笔他的爱美兼好色。

第三个扣子也是"子母扣"，将"校长"跟"科学家"拧在一起，成了一个新的扣子——科学家校长，或校长科学家。这也够绝的，亚似一篇迷你型的"戏说科学家校长"的小品文，比前面那篇"戏说老科学家"还要长。

四个名词都用了，组成三个扣子，一扣接一扣，将第九章的首段抻长到差不多满满一页。现在的通行本上是一页半，那是因为这是一章的开头，那个"六"字差不多就占了半页。

前面我们说过，《围城》每章的开头，先生都咚咚嚓嚓，敲一通开场锣鼓。戏里的开场锣鼓，要的是营造气氛，让角儿及时地出场亮相。用在小说上，就是及时切入。从这个意义上说，九章的开头，除了一、三两章不算长之外，其余七章的首段，都够长的。这个第六章，还不是最长的，最长的是第八章，连上章名"八"占的位置，差不多就是整整两页。

不说别处了，仍说这个第六章的首段。

这么几个扣子，都要用完吗？

我以为没这个必要。"老科学家"的宏论，太精彩了，要。说到校长，又已经奚落了老科学家，"科学家校长"的一番话，也不妨留下。"高松年校长"，这个扣子，就大可不必在这儿解了。

为啥？这个扣子是可以带出情节的，放在下面的正文里，衍化为情节更好些。如放在赵辛楣与方鸿渐的闲谈里：赵是政治系的主任，跟校长见面多，亲自观察到的，也可以是听来的，更热闹些，更逼真些。也可以让孙柔嘉和方鸿渐说，是亲历的感受，高校长对她有言语的搭讪，近似勾引，当然得是雅驯的，"科学"的，毕竟身份不同嘛。怎么着都比在一章的首段和盘托出要强些。有显摆之嫌，仅是小疵而已，哪个作家不是这么"呈才使性"的？若论弊端，不能说大，小还是有的，就是延缓了情节的快速进入。

第九章首段的逐句分析

最后看第九章的首段。

鸿渐赞美他夫人柔顺，是在报告订婚的家信里。方遯翁看完信，叫得像母鸡下了蛋，一分钟内全家知道这消息。老夫妇惊异之后，继以懊恼。方老太太尤其怪儿子冒失，怎么不先征求父母同意就订婚了。遯翁道："咱们尽了做父母的责任了，替他攀过周家的女儿。这次他自己作主，好呢再好没有，坏呢将来不会怨到爹娘。你何必去管他们？"方老太太道："不知道那位孙小姐是个什么样子，鸿渐真糊涂，照片也不寄一张！"遯翁向二媳妇手里要过信来看道："他信上说她'性情柔顺'。"像一切教育程度不高的人，方老太太对于白纸上写的黑字非常迷信，可是她起了一个人文地理的疑问："她是不是外省人？外省人的脾气总带点儿蛮，跟咱们合不来的。"二奶奶道："不是外省人，是外县人。"遯翁道："只要鸿渐觉得她柔顺，就好了。唉，现在的媳妇，你还希望她对你孝顺么？这不会有的了。"二奶奶三奶奶彼此做个眼色，脸上的和悦表情同时收敛。方老太太道："不知道孙家有没有钱？"遯翁笑道："她父亲在报馆里做事，报馆里的人会敲竹杠，应当有钱罢，呵呵！我看老大这个孩子，痴人多福。第一次订婚的周家很有钱，后来看中苏鸿业的女儿，也是有钱有势的人家。这次的孙家，我想不会太糟。无论如何，这位小姐是大学毕业，也在外面做事，看来能够自立的。"遯翁这几句话无意中替柔嘉树了两个仇敌；二奶奶和三奶奶的娘家景况平常，她们只在中学念过书。

这个首段，比较特殊。

前面第八章的首段，是讲三闾大学校长高松年的驭人之术，引发了方鸿渐的辞退，完成了《围城》这一整体设计的后半截，即从城里逃出来的第一步。第六、七两章，首段是写此章中重点人物的概貌，都可说是这一章的引子，或者说是开场锣鼓。第九章的首段，也是开场锣鼓，却不能说是引子，因为这儿一下笔就进入了情节，非是单纯的人物介绍，或是单纯的理念引导。当然，从下面要写到方鸿渐孙柔嘉夫妇回到上海的种种不堪来说，也可视为全章故事的背景预设。

还是有点奇怪。

这样的预设，在常人写的这类小说里，多是概括性的叙事，而钱先生这里用的办法是，铺开场面，当作故事来写，有行为，有对话。如果放到旧小说里，就是一回书的前半部分。如果这一回的回目若是"遯翁老两口先存疑虑，鸿渐小夫妻后来觉醒"，这一大段文字，恰恰写了回目的前一句。旧小说回目讲究对句，内容则有偏有正，有轻有重。毕竟是新小说，钱先生不会这么迂腐，后面的文字还是这么一糊片地写下去。如此处理，只能说《围城》快结束了，他不愿意多费笔墨，铺得太开，又限于叙事视角，镜头不能过多的离开中心人物，便将方鸿渐夫妇回上海前，家里的景况，用旧小说的笔法，做了个一揽子介绍。

探明了作家的用心，再来剖析，看一句一句是如何展开的。

关键还在第一句。

两个扣子，一是"柔顺"，一是"家信"。

家信传递两个信息，信到了家里，信上写的什么。捋住"家信"往下写，就有了展开的第一句："方遯翁看完信，叫得像母鸡下了蛋，一分钟内全家知道这消息。"接着是老太太的愤慨，怎么不征求父母的同意，连长的什么样子都不知道。方遯翁一一解释。第二个解释，本该说样子的，方遯翁也不知晓，便退而求其次，说信上说"性情柔顺"。这样又转到第一个扣子上。这是上溯。光上溯不行，还得下接。接到哪儿呢，不能在性情上瞎猜，只能是节外生枝，在地域上设疑：是不是外省人？老太太的成见是，外省人的脾气总带点蛮。方遯翁自然知晓，老太太在地域上设疑，怕的是这个大儿子的媳妇不孝顺，于是开导道："现在的媳妇，你还希望她对你孝顺么？"老太太见识小，又问媳妇娘家是否有钱，方老先生又是一番开导，不光说了孙家"应当有钱"，还说了孙柔嘉大学毕业，又在外面做事能够自立。末尾落在：孙柔嘉还未到家，老公公无意中，也是成功地替她树了两个仇敌——二奶奶和三奶奶。下面正文里，方鸿渐和孙柔嘉两口子，在这个家庭的处境，也就可想而知了。

说到这里，一段文句的构成，已可明白个大概。按我原来的章节设计，还要设一章，专谈"段"，现在看来没必要了。倒是与"句"有关联的别的话题，还是可以铺开谈一谈的，那就是下面几节的事了。

二〇二二年六月十三日

这是一个偶然的发现。

书中第五章里，说方鸿渐一行人到了吉安住下，学校的钱汇来了去取，银行要找铺保盖图章才能付给。当天没取上，第二天一早，赵辛楣和李梅亭吃过早饭，去找当地教育机构，看能不能给担保，结果是无功而归。书中写道：

下午两点多钟，两人回来，头垂气丧，精疲力尽，说中小学全疏散下乡，什么人都没找到。（第 178 页第 15 行）

"头垂气丧"这个短句，平日人们用到，都写作"垂头丧气"，是个成语。成语的字序，一般是不能改窜的，钱先生怎么就如此轻妄呢？连想都没再想，往下一看就明白了。下面跟着的是"精疲力尽"。就是它！为了跟这个"精疲力尽"字字相对，成为对句，只好将"垂头丧气"施以极刑，将"头"割下提了上来，将"气"揪下置于"丧"前。

对句就这么好吗？再念成"垂头丧气，精疲力尽"，怎么都没有原先那样顺溜了。

再往上看，就在这句的前面，还有一句：

明天早上，辛楣和李梅亭吃几颗疲乏的花生米，灌半壶冷淡的茶，同出门找本地的教育机关去了。（第178页第14行）

其中"吃几颗疲乏的花生米"与"灌半壶冷淡的茶"，也可视为对句。

有人会提出疑问，说"花生米"跟"茶"对不上，就算是对句，对得也不规范呀。我的看法则是，绝不会是钱先生一时疏忽，想写个规范的对句，忘了推敲。他就是要这么着。花生米要对那个茶，只要写成"夜剩茶"，不就对上了？

这种小技巧，连我这种脑子都能想到，钱先生那么聪明的脑子，怎么会智不及此？这是写小说，若是写旧体诗，他会前一句后三字是"花生米"，下一句后三字对不上个什么茶吗？恰恰是这种不甚工整的对句，最能见出钱先生为文的心机。

对句在汉语文法中的重要，前人之论述夥矣。

将会不会对对子，提高到是否深谙中文写作程度的，是大名鼎鼎的陈寅恪先生。1932年，他为清华大学国文系招生出的试题，竟是对对子，有人批评，声言绝不改悔，下年要他出题一仍其旧。此事前面说过，这里不过是顺便提一下罢了。

因对句惹出文坛公案的，亦有一事。

1926年1月，徐志摩写了篇称赞陈西滢一则《闲话》的文章，名为《闲话引起的闲话》，登在他编的《晨报副刊》上。过了一天，有个朋友说有句话不好，他也觉得是不好，只是没想到会闹出大动静来。当天下午，周作人就着人送来批评文章，名曰《闲话的闲话之闲话》。由此便爆发了著名的"闲话事件"，震惊文坛，辉耀后世。

引起周作人勃然大怒的是，徐志摩文中这样一句话："唯一的动机是怜悯。"陈的未婚妻是凌叔华，凌此前是周作人的学生，深得周的喜爱，学生跟了年轻名人原本没什么，若这个年轻名人对未婚妻过去的老师，竟动了"怜悯"之情，那就等于是嘲讽了。

徐志摩一看就知道是自己错了，致错的缘由一想就明白了："这实在是骈文的流毒，你仔细看看那全句就知道。"（《再添几句闲话的闲话乘便妄想解围》）全句是什么呢，是："他还是他的冷静，搅不混的清澈，推不动的稳固，他唯一的标准是理性，唯一的动机是怜悯。"（《闲话引起的闲话》）

论者多以为前面用了"唯一的标准是理性"，后面也要跟上个"唯一的什么"，一时凑不下恰当的，便凑了个"唯一的动机是怜悯"。自然不错。但想想志摩说的，"看看那全句就知道"，就知道毛病不止在此。前面还有个骈句："搅不混的清澈，推不动的稳固。"高手写文章，讲究个气韵，要的是通畅，顺流而下，一气贯通。前面既已"一池春水将绿绕"，下面定规是"两山排闼送青来"。要是下面来一个短句打住，比如"满山青葱"，这就成了曲艺节目里的"三句半"。对文章高手来说，比噎死都难受。

钱锺书先生绝对是文章高手，也有这个毛病，该说是这个优长。起初我看《围城》，倾心于他的精妙的比喻，此番重读，看到前面说的"头垂气丧，精疲力尽"，起初一愣，继而一喜，顿时悟出钱先生比喻的精妙，只可说是文思的奇突，像这样的善用对句，才是他行文的优雅。于是发心写写《围城》中的对句之美，于是又将《围城》看了一遍，将书中的对句及其变异，一一摘抄出来，略加分析，写成这一节文字。

我摘出的对句及其变异，有六十几个。将之分为七类，分别是四字对、垫字对、规整对、流水对、残损对、散句对、单句对。举例时，尽量引用全句，以见其行文之风采。

(1) 四字对

这是很平常的一种对法，常因字数少，被忽略过去。前面提到的"头垂气丧，筋疲力尽"，可谓标准句型。这种对法，多用成语或熟语。好处是积久成习，平仄合式，用起来干脆利落，还音韵铿锵。只是不宜多用，一多就俗。

为了醒目，全句不变楷体，对句部分，标为黑体。

△（方鸿渐）四年中倒换了三个大学，伦敦、巴黎、柏林；随便听几门功课，**兴趣广泛，心得全无**，生活尤其懒散。（第 9 页倒数第 10 行）

△ **天色渐昏，大雨欲来**，车夫加紧赶路，说天要变了。（第 148 页倒数第 3 行）

△（方鸿渐）身体嵌在人群里，**脚不能伸，背不能弯**，不容易改变坐态，只有轮流地侧重左右屁股坐着。（第 155 页倒数第 9 行）

△ 她**风采依然，气味如旧**，只是装束不像初回国时那样的法国化，谈话里的法文也减少了。（第 334 页第 7 行）

(2) 垫字对

这种对句究其实，与四字对无二致。在小说里，为了语速的和缓，口气的随便，在规整的搭配外，加了个垫字，多为"的""地""了"一类的字眼。

△（方鸿渐）拆开一看，"平成"发出的，好像是湖南一个县名，**减少了惊慌，增加了诧异**。（第 102 页倒数第 3 行）

△ 今天太值得纪念了，**绝了旧葛藤，添了新机会**。（第 103 页第 8 行）

△ 今天的谈话，**是义不容辞，而心非所乐**。（第 112 页第 9 行）

△ 有时理想中的自己是**微笑地镇静，挑衅地多礼**，对她客气招呼，她倒窘得不知所措。（第 122 页倒数第 2 行）

△ 他们忙问她身体有什么不舒服，她说头晕得**身不敢转侧，眼不敢睁开**。（第 184 页第 4 行）

△ **拥挤里的孤寂，热闹里的凄凉**，使他像许多住在这孤岛上的人，心灵仿佛一个无凑畔的孤岛。（第 317 页第 6 行）

△ 少顷，**这月亮圆滑得什么都粘不上，轻盈得什么都压不住**，从蓬松如絮的云堆下无牵挂地浮出来。（第 183 页倒数第 5 行）

△ 早晨方醒，听见窗外树上鸟叫，**无理由地高兴，无目的地期待**。（第 46 页倒数第 6 行）

△ 柔嘉瞧他**搔汗湿的头发，摸涨红的耳朵**。（第 301 页第 2 行）

(3) 规整对

对句中最常见，书中用得较多，例句也就多些。有几个例句的句式，跟前面说到徐志摩的那个句式很相似，也是前面用了对句，后面紧跟着还是个对句，不一一指出了，自个儿细看便见分晓。

△ 她头发没烫，眉毛不镊，口红也没有擦，似乎**安心遵守天生的限止，不要弥补造化的缺陷**。（第 49 页倒数第 7 行）

△ 我在欧洲，听过 Ernst Bergmann 先生的课。他说**男人有思想创造力，女人有社会活动力**，所以男人在社会上做的事该让给女人去做，男人好躲在家里从容思想，**发明新科学，产生新艺术**。（第 50 页倒数第 5 行）

△（方鸿渐）便痛骂《沪报》一顿，把干老丈人和假博士的来由用春秋笔法叙述一下，**买假文凭是自己的滑稽玩世，认干亲戚是自己的和同随俗**。（第 48 页第 7 行）

△ 世界上**大事情像可以随便应付**，偏是**小事倒丝毫假借不了**。（第 48 页倒数第 5 行）

△ 鸿渐自以为这结论**有深刻的心理根据，合严密的逻辑推理**。（第 58 页第 2 行）

△ 元朗摊开扇子，高声念了一遍，音调**又像和尚施食，又像戏子说白**。（第 74 页第 12 行）

△ 外国哲学家是知识分子里最牢骚不平的人，**专门的权威没有科学家那样高，通俗的名气没有文学家那样大**，忽然几万里外有人写信恭维，不用说高兴得险的忘掉了哲学。（第 85 页倒数第 12 行）

△ 方家已经二十多年没有听见小孩子哭声了，老夫妇不免溺爱怂恿，结果**媳妇的气焰暗里增高，孙子的品性显然恶化**。（第 118 页第 7 行）

△ 大家庭里做媳妇的女人平时**吃饭的肚子要小，受气的肚子要大**；一有了胎，肚子真大了，那时**吃饭的肚子可以放大，受气的肚子可以缩小**。（第 119 页第 2 行）

△（方遯翁）自己不好生气，只得隐忍，另想方法来**挽回自己医道的体面，洗涤中国医学的耻辱**。（第 119

页倒数第 7 行）

△（汽车）**有时标劲像大官僚，有时别扭像小女郎，**汽车夫那些粗人休想驾驭了解。（第 154 页第 10 行）

△ **咬得体无完肤，抓得指无余力。**（158 页倒数第 9 行）

△ 好像个进口，背后藏着深宫大厦，引得人进去了，原来什么没有，**一无可进的进口，一无可去的去处。**（第 187 页倒数第 5 行）

△ 辛楣因为韩学愈没请自己，独吃了一客又冷又硬的包饭。**这吃到的饭在胃里作酸，这没吃到的饭在心里做酸。**（第 207 页倒数第 11 行）

（4）流水对

流水对的几个例子，是从规整对里析出来的。这个名目，是我一时想起的。记得二三十年前看过的一本谈旧诗的书，说到对句的种类，有一类叫流水对，举的例子是两句旧诗："但使统帅如灵运，能使江山似永嘉。"流水对的句型，规规整整，按说搁在规整对里也没有什么不对。这是从外在形式上说的，从表意上说，还是有所不同。

规整的对句，一是两相补充，使语意明确，或是两相背离，使语意飞扬。而流水对，前后两句，有着因果关系，至少也是有某种递进。从修辞上说，别具一格。流水对的例子不多，有的还有些勉强。

△ 好比睡不着的人，**顾不得安眠药片的害处，先要图眼前的舒服。**（第 47 页第 5 行）

△（赵辛楣）招呼后说："方先生**昨天去得迟，今天来得早。**想是上银行办公养成的好习惯，勤勉可嘉，佩服佩服！"（第 58 页第 11 行）

△ 董斜川道："好，好，**虽然'马前泼水'，居然**

'破镜重圆',慎明兄将来的婚姻一定离合悲欢,大有可观。"(第 93 页第 4 行)

△ (赵辛楣)道:"我总不像你那样袒护着唐晓芙,她知道你**这样余情未断,还会覆水重收呢**。"(第 130 页倒数第 7 行)

△ **因为这门功课容易,他们选它;也因为这门功课容易,他们瞧不起它**。(第 209 页倒数第 11 行)

(5) 残损对

指对得不那么整齐,像是少了什么,究其实,还是真正的对句。不会是作者的疏忽,全是有意为之,真要对全了,反倒少了那个意思。毕竟这是小说,要的是流畅,还要有那么点儿非同寻常。太整齐了,反而会造成阅读上,因顺溜而少了的涩味。

像下面第一个例子里,"父亲是科举中人",对的是"丈人是商人",科举中人四个字,商人两个字,宁要讲究,就对不上。前面改为"举人",跟要看报条就拧了,已是举人,要什么报条?这里是要说方遯翁是科举出来的人,知道"报条"才是身份的确认。于此可知,这里用的科举中人、商人,还有准确表达的用意,两下里凑成等同的字,反而显得矫情了。

△ 干脆骗家里人说是博士罢,只怕哄父亲和丈人不过;**父亲是科举中人,要看"报条",丈人是商人,要看契据**。(第 10 页第 6 行)

△ 他最擅长用外国话演说,响亮流利的美国话像天心里转滚的雷,擦了油,打上蜡,一滑就是半个上空。不过,**演讲是站在台上,居高临下的;求婚是矮着半截身子,仰面恩请的**。(第 54 页倒数第 1 行)

△ 鸿渐道:"这不是大教授干政治,这是小政客办

教育，从前愚民政策是不许人民受教育，现代愚民政策是只许人民受某一种教育。**不受教育的人，因为不识字，上人的当，受教育的人，因为识了字，上印刷品的当**，像你们的报纸宣传品、训练干部讲义之类。"（第130页第7行）

△ 辛楣笑道："预谢，预谢！**有了上半箱的卡片，中国书烧完了，李先生一个人可以教中国文学；有了下半箱的药，中国人全病死了，李先生还可以活着**。"（第160页倒数第1行）

△ 那女同志跟他的男朋友宛如诗人"尽日觅不得，有时还自来"的妙句，忽然光顾，五个人**欢喜得像遇见久别的情人，亲热得像狗迎接回家的主人**。（第181页倒数第3行）

最妙的是中外文混杂的对句，鄙人外文不行，不懂得它是规整的，还是残损的，暂系于此。这本事，怕只有钱先生有。不对，有个人也行，就是自诩"诗译英法唯一人"的许渊冲先生，注意，这里没有一点嘲讽的意思。这个俏皮之极的对句是：

△ 后来跟中国"并肩作战"的英美两国，那时候只想保守中立；中既然不中，立也根本立不住，结果这"中立"变成了只求在中国有个立足之地，此外全让给日本人。**"约翰牛"（John Bull）一味吹牛；"山姆大叔"（Uncle Sam）原来只是冰山（Uncle Sham），不是泰山；至于"法兰西雄鸡"（Gallic cock）呢，它确有雄鸡的本能——迎着东方引吭长啼，只可惜把太阳旗误认为真的太阳**。（第317页第9行）

(6) 散句对

这个名目不通，有凑字数的嫌疑，既是散句，就不能说是对句。确实是为了凑数字，让它跟前几个名目字数相等，都叫个什么对。真正的意思是，看似散句，实为对句。在《围城》书里，这样的散句对，最见钱先生的才智。太规整了总有卖弄之嫌，这种散句对，既显得小说语言随意流畅，又别具一种儒雅的风度，诗意的情怀。当下能轻易感知，过后可从容品咂。钱氏小说，若光有那些精妙却俚俗的比喻，整个作品格调就不会很高。精妙，俚俗，且多以性事比喻，有了这样雅致的叙事风格，任谁也得承认，这是中国第一流学者写的第一流小说。

△ 她跟辛楣的长期认识并不会日积月累地成为恋爱，好比冬天每日的气候罢，你没法**把今天的温度加在昨天的上面，好等明天积成个和暖的春日**。（第 54 页倒数第 3 行）

△ 斜川一拉手后，正眼不瞧她，因为他承受老派名士对女人的态度：**或者谑浪玩弄，这是对妓女的风流；或者眼观鼻，鼻观心，不敢平视，这是对朋友内眷的礼貌**。（第 88 页第 1 行）

△ 有人失恋了，会把他们的伤心立刻像叫花子的烂**腿，血淋淋地公开展览，博人怜悯，或者事过境迁，像战士的金疮旧斑，脱衣指示，使人惊佩**。（第 111 页第 13 行）

△ 辛楣道："办报是开发民智，教书也是开发民智。两者都是'精神动员'，无分彼此。**论影响的范围，是办报来得广；不过，论影响程度，是教育来得深**。"（第 129 页倒数第 7 行）

△ 刘东方教鸿渐对坏卷子分数批得宽，对好卷子分数批得紧。因**不及格的人多了，引起学生的恶感，而好分数的人太多了，也会减低先生的威望**。（第 226 页倒数第 10 行）

△ 在吵架的时候，**先开口的未必占上风，后闭口才算胜利**。（第 275 页第 13 行）

△ **方家恨孙家简慢，孙家恨方家陈腐**，双方背后都嫌对方不阔。（第 314 页倒数第 11 行）

（7）单句对

这个名目也不通，该说更不通。散句至少有两个，勉强吧，也能"对"上。单句只是一句，跟谁去对？还是那个缘故，要凑成三个字，就得是个什么对。展开了说该是，单句里面有对句的成分，也可以说是，单句里面有成对子的词语。

△（方鸿渐）经辛楣细陈厉害，刘东方恳切劝驾，居然**大胆老脸、低头小心**教起英文来。（第 219 页倒数第 12 行）

△ 他想以后非点名不可，照这样下去，只剩有脚而跑不了的椅子和桌子听课了。不过从**大学者的放任**忽变而为**小学教师的琐碎**，多么丢脸！（第 210 页第 11 行）

△（方鸿渐）进旅馆时，遮遮掩掩的深怕落在掌柜和伙计的势利眼里，给他们看破了寒窘，**催算账，赶搬场**。（第 180 页第 3 行）

以上，七种类型的对句说完了，聪明的读者已看出了对句的妙用，还有运用的效果。我是兴犹未已，还想说说这妙用的一个小小的规律。

对句用在小说里，有"贫嘴"的感觉。这感觉，有好的一面，也有不好的一面。好的一面是顺溜，上下句子的相扣或相离，都能发生字面上不一样的效果。不好的一面是，对句有程式化的感觉，顺了也就俗了。这样一来，就存在一个用的处所的问题。读《围城》，我的直观的感觉是，用在叙事里，作者尽量使之残损化、散句化，用在对话里就不管不顾，能怎么顺畅就怎么顺畅。

想想，也是有原因的。小说是闲书，是俗物，首要条件是读得下去，领略啦诗教啦，是随后的事。读得下去有两个条件：一是叙事要生动有趣，二是人物要尽量显现性情。这样在对句的使用上也就有了不同。约略言之，同样是使用对句，叙事上残损对、散句对多些，对话上规整句、单句对多些。叙事上的情形，看前面的例句不难窥之。对话上是否如我所感，特意留几个例句在这里，以着重说明。想来这也是叙事不宜太油滑，要有些许庄重感，甚至迟涩感，对话就是贫嘴，要的是伶牙俐齿，张口见人心。除非是写到韩学愈那样的人物，原本就口吃，又在一个尴尬的场合。

△ 鸿渐掉文道："**妹妹之于夫人，亲疏不同；助教之于教授，尊卑不敌**，我做了你们刘先生，决不肯吃这个亏的。"（第 200 页倒数第 5 行）

待到两个人斗起嘴来，最显对句之功效。第三章里有唐晓芙与方鸿渐关于电话的一场斗嘴，两人都是对句连连。仍仿前面的格式，分为两条。

△ 唐小姐："对了，我也有这一样感觉。做了朋友应当彼此爱见面；通个电话算接触过了，可是面没有见，所说的话又不能像信那样留着反复看几遍。**电话是偷懒人的拜访，吝啬人的通信，最不够朋友**！"（第 68 页倒数第 4 行）

△ 方鸿渐道："教育愈普及，而写信的人愈少；并非商业上的要求，大家还是怕写信，宁可打电话。我想这因为写信容易出丑，地位很高，讲话很体面的人往往笔动不来。可是，**电话可以省掉面目可憎者的拜访，文理不通者的写信**，也算是个功德无量的发明。"（第 69

页第5行)

末了，重复前面一句话：对于钱先生来说，比喻的精妙，是他文思的奇突，善用对句，才是他行文的优美。

二〇二二年二月七日

《围城》里的文句接续

文句，指文章里的句子。

文句的接续，是句子在表意之外，最大的用场。可以说，没有句子的接续，就没有文章，更别说什么文学作品了。

文学作品，不，一切文字作品都是，若要理出一个为文的关节，只有三个字：写下去。有了写下去，接下来才是写得好。这个道理很少有人倒过来想：写得好，才能写下去。在这上头，真该看看《围城》里钱先生是怎么摆弄的。

一部《围城》，除了章节的划分，可说全是凭句子的接续完成的。一说接续，由不得想起书法上，行草的笔势。一个条幅，三行两行，纵向连绵而下，左右又相互避让，绝不重叠。这样的避让，书法上有个形象的说法，叫揖让。给人的感觉，就像旧时两个读书人，长袍马褂，窄道相遇，各自作个揖，退让半步，示意对方先过。揖让之法多多，统观之下，这一节里只打算谈五个手法。一是平面铺开，二是轻松推进，三是跳跃前行，四是局部生发，五是深入开掘。听起来怪玄虚的，看看例子也就知道，在钱先生那里，不过是顺势而为，不落樊篱，也不着痕迹。于此可知，自自然然，才是为文的最佳境界。这里割裂开来，一一解析，实在是不得已而为之。

一是平面铺开

先举个平常的例子——

苏小姐似嗔似笑，左手食指在空中向他一点道："你这人就爱吃醋，吃不相干的醋。"她的表情和含意吓得方鸿渐不敢开口，只懊悔自己气愤装得太像了。一会儿，唐小姐来了。苏小姐道："好架子！昨天晚上我打电话问候你，你今天也没回电话。这时候又要我请了才来。方先生在问起你呢。"（第71页第4行）

是平常些，也有不平常的地方。一般作家写到这种地方，就是苏文纨正跟方鸿渐说着，唐晓芙来了，总要有个交代，怎么进门，怎么寒暄，甚至来点儿先声夺人，未见其身，先闻其声，如《红楼梦》里王熙凤的出场。钱先生在这里，几乎是不动声色，只有戋戋的八个字，"一会儿，唐小姐来了"就交代过去。接下来便是苏文纨跟唐小姐说的话。从情节的推进上说，可谓简到了极致。

平面铺开，可说是情理接续，也可说是逻辑推进，要的是清晰而又黏合。也有它的奥妙，不多就是了。

这上头最该注意的是详略得当。详，都会；略，就难了。

何处该详，何处该略，详又如何的详，略又如何的略，钱先生不愧大手笔，每有惊人之举。且看一例——

　　为了飞机票，他们在桂林一住十几天，快乐得不像人在过日子，倒像日子溜过了他们两个人。两件大行李都交给辛楣介绍的运输公司，据说一个多月可运到上海。身边旅费充足，多住几天，满不在乎。上飞机前一天还是好晴天，当夜忽然下雨，早晨雨停了，有点阴雾。两人第一次坐飞机，很不舒服，吐得像害病的猫。到香港降落，辛楣在机场迎接，鸿渐俩的精力都吐完了，表示不出久别重逢的欢喜。辛楣瞧他们脸色灰白，说："吐了么？没有关系的。第一次坐飞机总要纳点税。我陪你们去找旅馆好好休息一下，晚上我替你们接风。"到了旅馆，鸿渐和柔嘉急于休息。辛楣看他们只定一间房，偷偷别着脸对墙壁伸伸舌头，上山回亲戚家里的路上，一个人微笑，然后皱眉叹口气。（第282页第3行）

　　这在《围城》里，不是多么精彩的文字，但它的讲究，也不是三言五语能说尽的。

　　这一章写的是离开三闾大学，到香港及在香港活动的全过程。这一节之前的一段，他们还在学校到衡阳的路上，说到了衡阳如何如何。这一段之后的一段，方鸿渐已在旅馆里睡了一觉醒来，要如何如何。他们的行程是到了衡阳再转桂林乘飞机去香港。衡阳到桂林两地之间有公路，不提也罢，可你看桂林到香港是如何衔接的。先说了在飞机上的呕吐，然后轻轻一笔，"到香港降落，辛楣在机场迎接"，完事。不在于多么简略，而在于这简略又是多么的具象，多么的实在。起飞前下了雨，雨停了天阴着，气候不好，飞行中的状况会多些，呕吐也就特别厉害。到了机场，辛楣见了，还能就呕吐说句"纳税"的俏皮话。一句话没完，将回到市内的行事都安排好了：先找旅馆住下，晚上接风。还不忘对辛楣见了这一对宝贝的感受，顺便来上一笔：偷偷别过脸对墙壁伸伸舌头。

前面说过，"详，都会，略，就难了"。在这里，还要接上说一句：略，也都会，能这么会略，就难了。

二是轻松推进

这儿的轻松，有两个小原则，一是有趣，二是机警。实际上是一回事。有趣也就机警，机警多半有趣。还是那句老话，写得好，才能写得下去。

鸿渐道："我忘掉问你，你信上叫我'同情兄'，那是什么意思?"

辛楣笑道："这是董斜川想出来的，他说，同跟一个先生念书的叫'同师兄弟'，同在一个学校的叫'同学'，同有一个情人的该叫'同情'。"（第126页倒数第5行）

这个例子的有趣，几乎到了极致，"同情兄"作为谑称，自《围城》风行后，在知识界，已成了相互调笑的俗语。

再看个平常些的例子——

方鸿渐要博鲍小姐欢心，便把"黑甜"、"朱古力小姐"那些亲昵的称呼告诉她。鲍小姐怫然道："我就那样黑么?"方鸿渐固执地申辩道："我就爱你这颜色。我今年在西班牙，看见一个有名的美人跳舞，她皮肤只比外国熏火腿的颜色淡一点儿。"

鲍小姐的回答毫不合逻辑："也许你喜欢苏小姐死鱼肚那样的白。你自己就是扫烟囱的小黑炭，不照照镜子!"说着胜利地笑。

方鸿渐给鲍小姐喷了一身黑，不好再讲。（第17页倒数第9行）

有人或许会说，怎么这一节里举的例子，一抄就抄这么多字。一个自然段还好说，这里一抄就三个自然段。实际上还少抄了许多。第一个自然段只是原段的少一半。第三个，只是原文开头的一句。

句子的接续，是从文法上说的，究其实，则是情节的展开。说得再俗点儿，就是怎么能写得多又写得好。

再举一例。不是多个自然段的，才是半个自然段——

饭后谈起苏小姐和曹元朗订婚的事，辛楣宽宏大度地说："这样最好。他们志同道合，都是研究诗的。"鸿渐、斜川一致反对，说同行最不宜结婚，因为彼此是行家，谁也哄不倒谁，丈夫不会莫测高深地崇拜太太，太太也不会盲目地崇拜丈夫，婚姻的基础就不牢固。辛楣笑道："这些话跟我说没有用。我只希望他们俩快乐。"大家都说辛楣心平气和得要成"圣人"了。圣人笑而不答，好一会，取出烟斗，眼睛顽皮地闪光道："曹元朗的东西，至少有苏小姐读;苏小姐的东西，至少有曹元朗读。彼此都不会没有读者，还不好么?"大家笑说辛楣还不是圣人，还可以做朋友。（第127页第12行）

几个自然段可说是一节，一个自然段也可说是一节。笼统地说，文要有"文眼"，小说里，节也该有

"节眼"。文眼是文的闪亮处，节眼该是节的闪亮处。如是观之，前面一节的节眼该是，鲍小姐说方鸿渐是"扫烟囱的小黑炭"，接下来说，方鸿渐给鲍小姐喷了一身黑。文心细的人，也可以将鲍小姐说方鸿渐喜欢苏小姐死鱼肚那样的白，作为节眼。都是读来让人眼前一亮，抑或会心一笑的地方。这一段呢？该是赵辛楣说了一番话，大家（实则二人）说他心平气和得要成圣人了。因为此前他一直追苏文纨，闻听苏与曹元朗订婚，一点儿也不沮丧，不能不让人刮目相看。

三是跳跃前行

这在小说里，是常用的手法，不必多言。举两个例子便是。

第三章里，前面说了，方鸿渐在去张家相亲的路上，看到一家外国皮货铺子卖獭绒西装外套，动了心思。在张家打牌，不管不顾，一心想赢了钱，遂了心愿。到这一章最末一个自然段，作者写道——

当时张家这婚事一场没结果，周太太颇为扫兴。可是方鸿渐小时是看《三国演义》、《水浒》、《西游记》那些不合教育原理的儿童读物的；他生得太早，还没福气捧读《白雪公主》、《木偶奇遇记》这一类好书。他记得《三国演义》里的名言："妻子如衣服"，当然衣服也就等于妻子；他现在新添了皮外套，损失个把老婆才不放在心上呢。（第45页第8行）

再看一例，可视为文意的跳跃。纵然跳跃，也可视为一种别致的衔接——

鸿渐等了一个多钟点，不耐烦了，想自己真是神经过敏，高松年直接打电报来的，一个这样机关的首领好意思说话不作准么？辛楣早尽了介绍人的责任，现在自己就去正式拜会高松年，这最干脆。

高松年看方鸿渐和颜悦色，不相信世界上会有这样脾气好或城府深的人，忙问："碰见赵先生没有？"（第194 页倒数第 5 行）

怎么进的校长室，两人怎么寒暄，全免了，这边一说要去见校长，那边校长是坐是站，是客气还是冷傲，什么都不说，另起一段，上来就是较长直观的感受。这样的跳跃，让读者在惊愕之际感受到的是一丝快意。小说，尤其是长篇小说情节的推进，要的就是这样快捷的效应。

四是局部生发

这样的例子，在《围城》里俯拾即是，不必详加分析，随便举两处就是了。一处是由"中文系学生更不会高明"这一局部生发开来的——

苏小姐说不出话，唐小姐低下头。曹元朗想方鸿渐认识的德文跟自己差不多，并且是中国文学系学生，更不会高明——因为在大学里，理科学生瞧不起文科学生，外国语文系学生瞧不起中国文学系学生，中国文学系学生瞧不起哲学系学生，哲学系学生瞧不起社会学系学生，社会学系学生瞧不起教育系学生，教育系学生没有谁可以给他们瞧不起了，只能瞧不起本系的先生。（第 76 页第 10 行）

如此这般，从一个局部生发开来，在《围城》里只能算小菜一碟。再看一个洋洋洒洒，一扯开没上千字打不住的例子——

过一天，韩学愈特来拜访。通名之后，方鸿渐倒窘起来，同时快意地失望。理想中的韩学愈不知怎样的嚣张浮滑，不料是个沉默寡言的人。他想陆子潇也许记错，孙小姐准是过信流言。木讷朴实是韩学愈的看家本领。现代人有两个流行的信仰。第一：女子无貌便是德，所以漂亮女人准比不上丑女人那样有思想，有品节；第二：男子无口才，就表示有道德，所以哑巴是天下最诚朴的人。也许上够了演讲和宣传的当，现代人矫枉过正，以为只有不说话的人开口准说真话，害得新官上任，训话时个个都说："为政不在多言"，恨不能只指嘴、指心、指天，三个手势了事。（第204页第6行）

不能再抄了，再抄还得这么两倍多。虽说生发得头头是道，也只敢说，如此铺排，钱先生可，我们是万万不可。再极端一点，钱先生年轻时可，到了四五十岁也不会这么鲲鹏展翅似的，有天没日头。别以为这个"有天没日头"，是我一个山西人的粗鄙之语，在《围城》里，钱先生也这么用了一回，说的还是一位小姐的物件——

李先生爱惜新买的雨衣，舍不得在旅行中穿，便自怨糊涂，说不该把雨衣搁在箱底，这时候开箱，衣服全会淋湿的。孙小姐知趣得很，说自己有雨帽，把手里的绿绸小伞借给他。这原是把有天没日头的伞，孙小姐用来遮太阳的，怕打在行李里压断了骨子，所以手里常提着。上了岸，李先生进茶馆，把伞收起，大家吓了一跳，又忍不住笑。这绿绸给雨淋得脱色，李先生的脸也回黄转绿，胸口白衬衫上一摊绿渍，仿佛水彩画的残稿。孙小姐红了脸，慌忙道歉。（第 147 页第 3 行）

借此又举了个局部生发的例子。不能说借个伞了事，总得出个"拐"，才叫小说叙事。这里的出个"拐"，是山西土语，别的地方或许会说成"出个怪"。意思是一样的。

看《围城》你会发现，只要有个"扣子"，钱先生总能拉扯出一段妙文。记得作家刘富道先生说过，小说是闲话的艺术。推衍开来，好的小说语言就是把闲话说得有滋有味。

五是深入开掘

这个手法跟前一个有相似之处，些微的不同在于，前一类里，多是情节的推演，捎带说上两句俏皮话，这里多是理念的阐发，有飞流而下的气势。先看一例——

鸿渐道："怪不得贵老师高先生打电报聘我做教授，来了只给我个副教授。"辛楣道："可是你别忘了，他当初只答应你三个钟点，现在加到你六个钟点。有时候一个人，并不想说谎话，说话以后，环境转变，他也不得不改变原来的意向。办行政的人尤其难守信用，你只要看每天报上各国政府发言人的谈话就知道。譬如我跟某人同意一件事，甚而至于跟他订个契约，不管这契约上写的是十年二十年，我订约的动机总根据着我目前的希望、认识以及需要。不过，'目前'是最靠不住的，假使这'目前'已经落在背后了，条约上写明'直到世界末日'都没有用，我们随时可以反悔。第一次欧战，那位德国首相叫什么名字？他说'条约是废纸'，你总知道的。我有一个印象，我们在社会上一切说话全像戏院子的入场券，一边印着'过期作废'，可是那一边并不注明什么日期，随我们的便可以提早或延迟。"鸿渐道："可怕，可怕！你像个正人君子，很够朋友，想不到你这样的不道德。以后我对你的话要小心了。"辛楣听了这反面的赞美，头打着圈子道："这就叫学问哪！我学政治，毕业考头等的。吓，他们政客玩的戏法，我全懂全会，我现在不干罢了。"说时的表情仿佛马基雅弗利的魂附在他身上。（第 222 页第 12 行）

这还是伴随着情节的进行，借机而发的议论。再看个几乎是纯粹的——

他对自己解释，热烈的爱情到订婚早已是顶点，婚一结一切了结。现在订了婚，彼此间还留着情感发展的余地，这是桩好事。他想起在伦敦上道德哲学一课，那位山羊胡子的哲学家讲的话："天下只有两种人。譬如一串葡萄到手，一种人挑最好的先吃，另一种人把最好的留在最后吃。照例第一种人应该乐观，因为他每吃一颗都是吃剩的葡萄里最好的；第二种人应该悲观，因为他每吃一颗都是吃剩的葡萄里最坏的。不过事实上适得其反，缘故是第二种人还有希望，第一种人只有回忆。"从恋爱到白头偕老，好比一串葡萄，总有最好的一颗，最好的只有一颗，留着做希望，多少好？他嘴快把这些话告诉她，她不作声。他和她讲话，她回答的都是些"唔"，"哦"。他问她为什么不高兴，她说并未不高兴。他说："你瞒不过我。"她说："你知道就好了。我要回宿舍了。"鸿渐道："不成，你非讲明白了不许走。"她说："我偏要走。"鸿渐一路上哄她，求她，她才说："你希望的好葡萄在后面呢，我们是坏葡萄，别倒了你的胃口。"他急得跳脚，说她胡闹。（第 276 页第 9 行）

说是情节带出了议论，莫若说是为了议论而构造出这么个情节。

还有更绝的——

这次兵灾当然使许多有钱、有房子的人流落做穷光蛋，同时也让不知多少穷光蛋有机会追溯自己为过去的富翁。日本人烧了许多空中楼阁的房子，占领了许多乌托邦的产业，破坏了许多单相思的姻缘。譬如陆子潇就常常流露出来，战前有两三个女人抢着嫁他，"现在当然谈不到了！"李梅亭在上海闸北，忽然补筑一所洋房，如今呢？可惜得很！该死的日本人放火烧了，损失简直没法估计。方鸿渐也把沦陷的故乡里那所老宅放大了好几倍，妙在房子扩充而并不会侵略邻舍的地。（第 231 页第 5 行）

这里也说到个人，不过全是论据而已，并未衍化为情节。

末后要说的是，这样的高谈阔论，是这部小说的基调默许的。若是寻常小说，要说这样的话，先要考虑一下，自己的那点知识水平，能不能激起他人理智的涟漪，且别说还应飞溅起敬佩的浪花。

二〇二二年五月十四日

《围城》里动作与话语的相互衔接

文法里，最讲究的是句法。

句法，不光注重一句的构成，多句的延续与揖让，还要顾及不同句型的衔接。甚至可以说，这才是句法的一个重要用场。

不同句型的衔接，有种种情形，一一论列，太占篇幅。小说作品里，最常见的是，动作与话语的衔接。这一关过了，别的关口就不在话下。等于是三国名将关云长，提起青龙刀，跨上赤兔马，尽可以过五关斩六将去了。

还有个道理，也该说清。

小说是写人物的。人物的描写，不外动态和静态两种。静态写面貌，写心理，议论也该算上。动态写话语，写动作，回忆往事算不算都行。往事既然是事，里面主要的还是话语与动作。一般而论，动态描写占的比例大些，长篇小说，尤其如此。说是满纸话语动作，都不为过。

这样一来，为避免行文的枯燥、单一和重复，聪明的作家无不在话语与动作的衔接上，下足了功夫。功夫是下足了，效果可就难说。有的成功了，有的无济于事，有的只能是掷笔长叹，徒呼负负。在这上头，钱锺书先生绝对是个高手，是个成功者。一本《围城》，风趣而又丰满，清新而又圆润，所用手段多多，主要的，或者说用力甚多、达成浑然滋润的，还要数话语与动作的衔接。

掂一掂在这上头，钱先生用了些什么手段，无论是对时下的阅读者，还是对后世的写作者，都会有获益的启发，甚至是现成的借鉴。

(1) 说、道、说道，交替使用

常用于多人交谈。第三章里，赵辛楣、方鸿渐和新回国的沈太太夫妇有一番交谈，有的用说，有的用道，还有的用问，比单用说，单用道，气氛要活络些。

赵辛楣专家审定似的说："回答得好！你为什么不做篇文章？"

"薇蕾在《沪报》上发表的外国通讯里，就把我这一段话记载进去，赵先生没看见么？"沈先生稍微失望地问。

沈太太扭身子向丈夫做个挥手姿势，娇笑道："提我那东西干嘛？有谁会注意到！"

辛楣忙说："看见，看见！佩服得很。想起来了，通讯里是有迁都那一段话——"

方鸿渐道："我倒没看见，叫什么题目？"

辛楣说："你们这些哲学家研究超时间的问题，当然不看报的。题目是——咦，就在口边，怎么一时想不起？"（第59页倒数第10行）

说道、笑道、回答道，也都是说的一种。各举一例。

苏小姐听了最后几句小孩子气的话，不由心里又对孙太太鄙夷，冷冷说道："方先生倒不赌。"（第 4 页第 7 行）

讲不到几句话，鲍小姐笑道："方先生，你教我想起我的 fiancé，你相貌和他像极了！"（第 14 页第 2 行）

方鸿渐诚心佩服苏小姐说话漂亮，回答道："给你这么一讲，我就没有亏心内愧的感觉了。"（第 48 页倒数第 7 行）

(2) 冒号连接动作与话语

这是小说里常用的，等于省去了说字。

鲍小姐的回答毫不合逻辑："也许你喜欢苏小姐死鱼肚那样的白。你自己就是扫烟囱的小黑炭，不照照镜子！"（第 17 页倒数第 4 行）

鸿渐跟苏小姐两人相对，竭力想把话来冲淡，疏通这亲密得使人窒息的空气："你表妹说话很利害，人也好像非常聪明。"（第 56 页第 8 行）

(3) 话语在前，动作在后

西方小说多用这样的顺序。若动作在前，话语在后，话语当另起一段。老派的作家，多用这一着，新派

的多是接着写下去。动作在后，有的只是某某说，有的
则是另一个动作。

"你不是也恨着他么？"唐小姐狡猾地笑说。（第56
页第1行）

"不，简直是拉来的伕子。"说着，方鸿渐同时懊恼
这话太轻佻了，唐小姐难保不讲给苏小姐听。（第61页
倒数第5行）

(4) 动作在话语的中间

好多作家用这种方式衔接时，这动作只是说话人
的，钱先生不同，有说话人的，也有他人的，甚至会插
入一个小情节。先看说话人的：

"你知道这首诗是谁做的？"她瞧方鸿渐瞪着眼，还
不明白——"那首诗就是表姐做的，不是王尔恺的。"
（第77页倒数第11行）

看看他人的。第三章里，方鸿渐冒雨到了唐小姐
家，唐责怪他前两天曾来到家门口，却不进来。要注意
的是，鸿渐的反应用破折号隔离开了。

"收到了。方先生，"——鸿渐听她恢复最初的称
呼，气都不敢透——"方先生听说礼拜二也来过，为什
么不进来，我那天倒在家。"（第105页第6行）

再看第三种，插入一个小情节，也可以视为额外的

说明。等于是趁书中人物说话喘气的空儿，作家荡开一笔，乘便揭开事情的真相。第三章中，赵辛楣一班人，在饭馆里高谈阔论，有哲学家之称的褚慎明说起他在国外结识了多少名人，谈起罗素，竟直呼 Bertie，举座皆惊：

世界有名的哲学家，新袭勋爵，而褚慎明跟他亲狎得叫他乳名，连董斜川都叹服了，便说："你跟罗素很熟？"

"还够得上朋友，承他瞧得起，请我帮他解答许多问题。"天知道褚慎明并没有吹牛，罗素确问过他什么时候到英国、有什么计划、茶里要搁几块糖这一类非他自己不能解答的问题——"方先生，你对数理逻辑用过功没有？"（第 92 页第 7 行）

(5) 动作一句，话语一句，无连接词语

这种情形，必须是在同一自然段，若动作一个自然段，话语另起一行，就屡见不鲜了。且举两例，一例是动作在前，一例是动作在后，从使用频率上说，在后的多些。

赵辛楣看苏小姐留住方鸿渐，奋然而出。方鸿渐站起来，原想跟他拉手，只好又坐下去。"这位赵先生真怪！好像我什么地方开罪了他似的，把我恨得形诸词色。"（第 55 页倒数第 3 行）

"唐晓芙！好眼力，有眼力！我真是糊涂到底了。"本来辛楣仿佛跟鸿渐同遭丧事，竭力和他竞赛着阴郁沉

肃的表情，不敢让他独得伤心之名。这时候他知道鸿渐跟自己河水不犯井水，态度轻松了许多，嗓子已恢复平日的响朗。（第 127 页第 8 行）

第二例多抄了一句，意在显示文意的完整。

(6) 话语的内容，一部分放在动作里

这样处理的好处是，让叙事融洽滋润，有时还可起到远远照应的作用。

赵辛楣与汪太太的私情暴露后，方鸿渐除了应付同事的询问，还想着要尽快告诉孙柔嘉，两人半路遇上了。

直到傍晚，鸿渐才有空去通知孙小姐，走到半路，就碰见她，说正要来问赵叔叔的事。鸿渐道："你们消息真灵，怪不得军事间谍要用女人。"（第 269 页第 2 行）

两人见面，总会有一番寒暄，孙小姐的话，以叙事的方式写出。方鸿渐一开口，就这么一句开玩笑的话。

下面这个例子，要多引一句，才能看出行文的佳妙。

"哼，你赵叔叔总没叫过她 precious darling，你知道这句话的出典么？"

孙小姐听鸿渐讲了出典，寻思说："这靠不住，恐怕就是她自己写的。因为她有次问过我，'作者'在英文里是 author 还是 writer。"（第 269 页第 12 行）

这里的她，是与孙小姐同住一室的女教师范懿小

姐。出典的事还在书中十页之前。本事是，范小姐送了几个剧本（书）给赵辛楣，赵让校役取来让方鸿渐看，方看了大叫"辛楣，你看见这个没有"？辛楣接过一看，只见两行英文：

To my precious darling

From the author

书中有作者的脚注：给我亲爱的宝贝，本书作者赠。

这么多事，在方与孙的对话里，用方"讲了出典"全带过了。

(7) 动作包含在话语里不做表述

这不是什么高超的技巧，好处是可以使话语的内容丰富活泼。且举两例，都还比较长。

孩子的母亲有些觉得，抱歉地拉皮带道："你这淘气的孩子，去跟苏小姐捣乱，快回来。——苏小姐，你真用功！学问那么好，还成天看书，孙先生常跟我说，女学生像孙小姐才算替中国争面子，人又美，又是博士，这样的人到哪里去找呢？像我们白来了外国一次，没读过半句书，一辈子做管家婆子，在国内念的书，生小孩儿全忘了——吓！死讨厌！我叫你别去，你不干好事，准弄脏了苏小姐的衣服。"（第 3 页倒数第 11 行）

听（看）着这样的话语，你眼前会晃动着一个小孩子，绷紧母亲拽着他的皮带，朝苏小姐扑过去，手掌几乎抓住了苏小姐的衣服。

他知道鸿渐已经跟高松年谈过话，忙道："你没有跟他翻脸罢？这都是我不好，我有个印象以为你是博士，当初介绍你到这儿来，只希望这事快成功——""好让你去专有苏小姐。"——"不用提了，我把我的薪水，——好，好！我不，我不！"（第 197 页第 5 行）

从赵辛楣的话语里，能明显地感到，在他说了"我把我的薪水"之后，方鸿渐坚决地表示不要，赵在说"好，好！我不，我不"时，展开手掌朝上做了个推送的动作，表示收回此前的提议。

(8) 破折号隔开话语里的插入语

是两个人的话，但不是对话，对话是你一言我一语，相互平等的交流，这是一主一从，整个话语是一个人的，另一个人的话语只是适时插入，起推波助澜的作用。好处是集中，流畅，丰富话语的感情色彩。也举上两例。

下面这句话，原句是赵辛楣说的，中间插了方鸿渐的一个"啊"。

"我一点儿不嫉妒。我告诉你罢，苏小姐结婚那一天，我去观礼的——"鸿渐只会说："啊?"——"苏家有请帖来，我送了礼——"（第 138 页倒数第 10 行）

下面这句话又有不同，全句很长，都是校长高松年说的。有断了的地方，但再起时没有"又说""再说"字样，可见这是整整一句话。是长了点，但细细品味，不难发现，此中的运思之妙。

校长道："我一下办公室，他就来，问我下星期一纪念周找谁演讲，我说还没有想到人呢。他说他愿意在'训导长报告'里，顺便谈谈抗战时期大学师生的正当娱乐——"汪太太"哼"了一声——"我说很好。他说假如他讲了之后，学生问他像王先生家的打牌赌钱算不算正当娱乐，他应当怎样回答——"大家恍然大悟地说"哦"——"我当然替你们掩饰，说不会有这种事。他说：'同事们全知道了，只瞒你校长一个人'"——辛楣和鸿渐道："胡说！我们就不知道。"——"他说他调查得很清楚，输赢很大，这副牌就是你的，常打的是什么几个人，也有你汪先生——"汪先生的脸开始发红，客人都局促地注视各自的碗筷。（第 247 页倒数第 1 行）

像这样，一个人说了这么繁复的一大套话，全书中仅此一例。要是一小句一小句，单另列出，或许会清晰些，但就没了这种紧促的感觉了。

(9) 用逗号连接话语与动作，成一句子

这个手法，现在的小说上很少见人用，在过去翻译的外国小说上，还是常见的。比如李健吾译的《包法利夫人》上就多有。钱锺书留学欧洲，比李健吾迟了几年，所受的习染该差不多。这样的处置，初看怪怪的，细细咂摸，一个明显的好处是，将话语与动作连为一体，眼前少了个句号；话语的末尾多用句号。就好像少了个禁行的路标，纵是曲曲的小径，也通畅了许多。这一招值得推广，举上三个例子。

赵辛楣道："斜川有了好太太不够，还在诗里招摇，我们这些光杆看了真眼红，"说时，仗着酒勇，涎着脸看苏小姐。（第 96 页第 10 行）

"哈，汪太太，请客为什么不请我？汪先生，我是

闻着香味寻来的,"高松年一路说着话进来。（第 244 页
倒数第 1 行）

　　第三个长些，是接着上面第二个例句来的。内中有
三句带了引号的话，第一句话和第三句话的末尾用了逗
号，只有第二句用了句号。这一手法，用在这样字多的
段落，少了两个句号，更显得圆润舒畅。

　　大家肃然起立，出位恭接，只有汪太太懒洋洋扶着
椅背，半起半坐道："吃过晚饭没有？还来吃一点,"一
壁叫用人添椅子碗筷。辛楣忙把自己坐的首位让出来，
和范小姐不再连席。高校长虚让一下，泰然坐下，正拿
起筷，眼睛绕桌一转，嚷道："这位子不成！你们这坐位
有意思的，我真糊涂！怎么把你们俩拆开了：辛楣，你
来坐。"辛楣不肯。高校长让范小姐，范小姐只是笑，
身子像一条饴糖粘在椅子里。高校长没法，说："好，
好！天下大势，合久必分，分久必合,"呵呵大笑，又
恭维范小姐漂亮，喝了一口酒，刮得光滑的黄脸发亮像
擦过油的黄皮鞋。（第 245 页第 2 行）

　　要叫我说，这段话中，高校长说罢"辛楣，你来
坐"，也是不必用句号的。用个逗号，跟下面的"辛楣
不肯"衔接得更紧，更自然。

(10) 略去人物主词，以动作连接话语

　　这种情形，或前或后，须得有照应。

　　书中第三章方鸿渐情有别移，要跟苏文纨了断，两
人在电话上交谈，你一言我一语，话是谁说的，清清楚
楚。前一句是方鸿渐的："我放了心了，你好好休养罢，

我明天一定来看你。你爱吃什么东西?"下来是苏文纨的一句:

"谢谢你,我不要什么——"顿一顿——"那么明天见。"(第 65 页倒数第 3 行)

这样的用法,最常见的情形是,前面一句已说了主使者的动作行为,第二句接上就不必说主使者了。例如:

明天方鸿渐到唐家,唐小姐教女用人请他在父亲书房里坐。见面以后就说:"方先生,你昨天闯了大祸,知道么?"(第 77 页第 10 行)

还有一种情形,并不承接前文,而是后面补上一句,说是谁说的。连上前面一句,也就不会有歧义了。

"那么,谁甩了你?你可以告诉我么?"
掩抑着秘密再也压不住了:"唐小姐。"鸿渐低声说。(第 127 页第 6 行)

第二句里,"掩抑着秘密"这一短语,说成"掩抑着的秘密",意思更通顺些。

(11) 略去表示人物与动作的主词,由表示状态的辅词连接话语

这种情形极为罕见,书中只有一例。

第三章里,方鸿渐恋上唐晓芙,竭力摆脱苏文纨的纠缠,有次回到住处,苏文纨来了电话,说她晚上不能

参加峨嵋春饭馆的聚会了。连上前后两句是这样的：

> "唐小姐，去不去呢？"鸿渐话出口就后悔。
> 斩截地："那可不知道。"又幽远地："她自然去呀！"
> "你害的什么病？严重不严重？"鸿渐知道已经问得迟了。（第65页倒数第9行）

动作与话语的连接，可说没有一定之规，原则还是有的，那就是既要清晰自然，又要生动活泼。

二〇二一年十二月二十九日

《围城》里的标点符号

一本《围城》，读过好几遍，从未想过要写这么一篇文章。直到某一天，忽然悟出，一部《围城》，二十几万字，标点符号几乎应有尽有，省略号仅有一处，还是在引用的歌声里。他自己的文字，没有用过。对这个符号，我也是有成见的。以为只有在引用文字中，嫌太多时可用可不用，可用不说了，可不用是说，引的两部分单独加引号，使用一个引号时，可加括号内写一略字。总之是，写别的文体用不用暂时不论，写小说是万万不可用的。小说语言，通称文学语言。夫文学语言者，具文学性也。夫文学性者，隐晦含蓄，言有尽而意无穷，省略多少，均属题中应有之义。若说用省略号是省略了不便言说的文义，那一篇深奥又不便言说的作品，是否可以通篇全是省略号？

没想到老童生这点卑陋之见，竟与大学者的旷世之作，明合而不是暗合！

有此一悟，再看《围城》里的标点符号，果然异彩纷呈，不同凡俗。于是决定写这么一篇，就叫《〈围城〉

里的标点符号》。

还是要装成像个做学问的样子。

刚给一个黄姓朋友写了个小条幅，道是：做人可以马里马虎，做事定要有板有眼。朋友诘问，反了吧？我说不反，做人要旷达，旷达就有马虎的意思。古之学者为己，为己就得对自己负责，就得有板有眼，扎扎实实。做学问的样子，就是有板有眼，一丝不苟。

谈标点符号，就要以标点符号的名字为序。这里的顺序是：顿号，逗号，句号，分号，冒号，引号，破折号。毕竟不是真学者，难免有市井之风，打赤膊，扪虱谈，仿张中行老先生的书名，叫"负暄琐话"吧。

(1) 顿号

旧小说用新式标点，最早是哪家书局不知道，出得最多的，怕还要数上海的泰东书局。胡适给他们标过好几本，直到 1931 年夏天，还抓了徐志摩的差，让徐标点《醒世姻缘传》并写了长序。

写小说用新式标点，该比这还早。总是看有标点的书成了习惯，成了社会共识，做旧书生意的，才想到给旧小说标了标点卖。

文人是有习性的。养成了的习性，要改也难。固守旧习，先不说是陋还是雅，常是贵气的表征。这，在用标点上也能看得出来。看刻板书，先要断句，断句之法，只分句读。句是句号，字旁画个小圆圈；读是逗号，点个点点。最好用朱砂，墨笔也将就。新文人，有的原本就是旧文人，不是的也是老文人教出来的。我说的是清末民初的文人，作家也在里头。这样一来，所谓的新式小说里，难免就会有旧文人的痕迹。用字上最明显，次之便是标点的运用上，很少有用顿号的。现在我们认为该用顿号的,他们都用逗号。

这种情形,《围城》初版本里,随处可见。该用,是说几个并列的词语连在一起的时候。下面的几个例句,都是 1947 年上海晨光本上的。摘自《〈围城〉汇校本》。

这里要特别介绍一下《〈围城〉汇校本》这本书。按版权页所示,系四川文艺出版社 1991 年 5 月第 1 版第 1 次印刷。汇校者为胥智芬。实则是由该社编辑龚明德策划完成的。该书对《围城》研究功不可没。它以《文艺复兴》杂志上的初刊全文为底本,参校的是上海晨光公司的初印本和人民文学出版社的重印本。等于给研究者提供了初刊本与初印本的全文。为查阅方便,例句后面标的是通行本上的页码。

吃晚饭的时候,有方老太太亲手做的煎鳝鱼丝,酱鸡翅,西瓜煨鸡,酒煮虾,都是大儿子爱吃的乡味。(第 33 页倒数第 7 行)

只要坐定了,身心像得到归宿,一劳永逸地看书,看报,抽烟,吃东西,瞌睡,路程以外的事暂时等于身后身外的事。(第 154 页第 5 行)

这箱子里一半是西药,原瓶封口的消治龙,药特灵,金鸡纳霜,福美明达片,应有尽有。(160 页倒数第 6 行)

离开学校不到半里的镇上,一天繁荣似一天,照相铺,饭店,浴室,地方戏院,警察局,中小学校,一应俱全。(第 190 页第 13 行)

三点定一平面，仿几何学上的这一原理，有此四点（例），几乎可以断定，《围城》初版本上，就没有用顿号的地方。几十年后，是一个新的用语时代，旧习不能不改。这样到 1980 年 11 月出重印本时，作者将上述句子里，并列词语间的逗号，全都改为顿号。凡三个以上并列词语之间的逗号，概莫能外。正当我为这一发现沾沾小喜的时候，两个例句忽然闪现在眼前：

公园和住宅花园里的草木，好比动物园里铁笼子关住的野兽，拘束，孤独。（第 46 页第 5 行）

面烧得太烂了，又腻又粘，像一碗浆糊，面上面堆些鸡颈骨、火腿皮。（第 157 页倒数第 6 行）

这两例，只有两个词语，重印本上，也改为顿号了。可见钱先生"痛改前非"之决绝。

然而，百密一疏，也有不改的，且看两例：

方鸿渐看大势不佳，起了恐慌。洗手帕，补袜子，缝纽扣，都是太太对丈夫尽的小义务。（第 26 页第 12 行）

深怕落在掌柜或伙计的势利眼里，给他们看破了寒窖，催算账，赶搬场。（第 180 页第 3 行）

这两例，初版本上是这个样子，重印本上仍是这个样子。

两点定一条直线，几何学上这一小定理，在这里还是适用的。一眼就看出了一个规律性的东西，就是这两三个词语虽是并列，但它们的组词性质不同。用钱氏文法的概念说，就是这里的两三个词语，各自均由主词辅词构成，相当于短句了。既是短句，享受的隔离的待遇也就升了一格，由顿号变为逗号。

好些现在的小说书里，这些地方多是用顿号的，甚至两个并列的成语之间也用顿号。我看了颇有不舒适的感觉。我以为两三个短句，两三个成语并列，最好不要用顿号。用了给人一种局促憋气的感觉。像钱先生这样，用了逗号，语气舒缓，于文意的表达上会更好一些。

(2) 逗号

普通的用法就不说了，说一些特殊的用法。并列词语通常用顿号隔开的地方，为使语气舒缓，算一种。前面讲了，这里略过，再讲两种。

第一种，前话语，后叙事。通常是话语完了，来个句号。后面要叙事，叙事好了。《围城》里不是，话语完了，还是个逗号（在引号里），接下来叙事，两截儿跟一句话似的。

李梅亭这时候插嘴道："你想法把我的箱子搬上来，那箱子可以当床，我请你抽支香烟，"伸出左手的食指摇动着仿佛是香烟的样品。（第163页倒数第8行）

这一例里，前面有"李梅亭插嘴道"，还可以理解为，这个李梅亭主词，遥领了后面的动作叙事。有时候小说里面彼此呼应的对话，后面接着就是叙事，话语完了也是个逗号。第六章里方鸿渐与陆子潇的对话，陆有一句：

"我要结婚呢，早就结了，"仿佛开留声机时，针在唱片上碰到障碍，三番四复地说一句话。（第 214 页倒数第 1 行）

下面这一例里，又有不同。就是前一人的话语，依话语规范（加引号）写出，末尾不用句号，接下来后一人的话语，用叙事方式写出，前后两截儿也跟一句话似的。

顾尔谦正待说："你出的洋人走不惯中国路的，"李梅亭用剧台上的低声问他看过《文章游戏》么，里面有篇"扶小娘儿过桥"的八股文，妙得很。（第 148 页倒数第 12 行）

这个例子有缺陷，顾尔谦的话是"正待说"，说了没说还不一定，似乎只是给了李梅亭一个说话的时机。下面这一例就完美了。

辛楣顽皮地对鸿渐说："好好陪着孙小姐，"鸿渐一时无词可对。（第 151 页倒数第 1 行）

第二种，前叙事，后话语。要说明一下，小说里，前面叙事，要说话了，来个"说"加个冒号，这太平常了，不属于我们这里要探究的。这里要探究的是，前面系动作叙事，接下来没有"说"的提示，就是话语了。也即叙事与话语，构成一个流畅的句子。

不料她大反对，说辛楣和他不过是同样地位的人，求他荐事，太丢脸了；又说三闾大学的事，就是辛楣荐的，"替各系打杂，教授都没爬到，连副教授也保不住，辛楣荐的事好不好？"（第 278 页第 4 行）

范小姐看她上轿子，祝他们俩一路平安，说一定要把人家寄给孙小姐的信转到上海，"不过，这地址怎么写？要开方先生府上的地址了，"说时格格地笑。（第 280 页倒数第 4 行）

这一例里，动作之后没有用说字，也没有用冒号，引用的话语末后也未用句号，跟后面的笑声连成一气，整个叙事，极为顺畅。

(3) 句号

按说句号没什么好说的，一句话完了画个小圈就是。那是别处，《围城》里的句号，还是值得单另说说的。

平常地方，与普通小说无两样。《围城》的特异处在于，作者写作时，气势足，思绪畅，写到得意处，常是句子偏长，有刹不住的感觉。这是读惯了寻常小说的人的直觉，一旦适应了钱先生的叙述风格，读起来就顺顺溜溜，无障无碍。

第七章说到汪处厚的吹牛，就是个这样的长句子：

汪处厚在战前的排场也许不像他所讲的阔绰，可是同事们相信他的吹牛，因为他现在的起居服食的确比旁人舒服，而且大家都知道他是革职的贪官——"政府难得这样不包庇，不过他早捞饱了！"他指着壁上挂的当代名人字画道："这许多是我逃难出来以后，

朋友送的。我灰了心了，不再收买古董了，内地也收买不到什么——那两幅是内人画的。"（第 231 页倒数第 10 行）

这是写了一个情节，还是看两个单句吧。

仍是第七章里，由汪处厚的感慨，引发了作者的一番宏论，说这次兵灾，使许多有钱、有房子的人流落成了穷光蛋，同时也让不知多少穷光蛋有机会追溯自己为过去的富翁。接下来对陆子潇、李梅亭、方鸿渐、赵辛楣、汪处厚均有一句挖苦的话。说方鸿渐是这样说的：

方鸿渐也把沦陷的故乡里那所老宅放大了好几倍，妙在房子扩充而并不会侵略邻舍的地。（第 231 页第 11 行）

说赵辛楣是这样的说的：

赵辛楣住在租界里，不能变房子的戏法，自信一表人材，不必惆怅从前有多少女人看中他，只说假如战争不发生，交涉使公署不撤退，他的官还可以做下去——不，做上去。（第 231 页第 12 行）

引了这么多，有长有短，就是短的也不是多么的短，是要引出钱先生关于小说的一个理念。他在评论某大作家时，说过一句很客观的话，说此人的小说"枯瘦"。还有一处，说他的小说"短气"（水晶《两晤钱锺书先生》），意思差不了多少。枯瘦者，不丰满之谓也，短气者，篇幅不长也。有一个现象，他一定注意到了，就是在中国，在他那个时代，似乎大作家都以写短篇小说见长。夹一点我的看法吧，从《围城》能看出钱先生长篇小说上的理念，就是故事不一定多么复杂，但一定要丰满，而丰满的致之之道，重要的一条则是文句的丰润酣畅。

这个理念，写长篇小说的，一定要谨记再谨记，不要老在故事、人物上打主意。再好的故事，再好的人物，没有酣畅丰盈的表述，全是白搭。反过来说，没有好的表述，故事人物也好不到哪里。

(4) 分号

说完句号再说分号，是我认为分号是介于句号与逗号之间的一种标点符号。它可以像逗号一样融入句子之中，却有着句号一样的间隔作用。前面谈句号的一节，引的一个例句里，汪处厚说了"那两幅是内人画的"之后，书上说了方鸿渐和赵辛楣两人，对汪太太的画作，同是赞叹而有不同的表达：

两人忙站起来细看那两条山水小直幅。方鸿渐表示不知道汪太太会画，出于意外；赵辛楣表示久闻汪太太善画，名下无虚。（第 231 页倒数第 5 行）

再举两个例子吧，对书中分号的使用，我还有话要说。

赵辛楣说："也许我说过的，可是我要训练的是人，不是训练些机器。并且此一时，彼一时。那时候我没有教育经验，所以说那些话；现在我知道中国战时高等教育是怎么一回事，我学了乖，当然见风转舵，这是我的进步。话是空的，人是活的；不是人照着话做，是话跟着人变。假如说了一句话，就至死不变的照做，世界上没有解约、反悔、道歉、离婚许多事了。"（第 222 页第 7 行）

选择某人一段完整的话，是长了点，意在能看分号使用的语言环境，前面说了什么，后面说了什么。这段话里，用了两个分号。第一个分在，前面是一个时段，后面另是一个时段。后一个分在，前面是一个判断，后面是这个判断的引申。也就是说，分号的使用，要么是一种时序上的并列关系，要么是一种理念上的推论关系。有这么两种，对分号的使用，就有了一个大体的认识。

邂翁笑她说："她们新式女人还要戴你那种老古董么？我看算了罢。赠人以车，不如赠人以言；我明天倒要劝她几句。"（第 310 页倒数第 4 行）

这句里的分号，看了总觉得怪怪的。

我要说什么呢？说我看书多了，对用分号的一个说不来的感觉。说不来，是我都觉得有些奇异而无从理喻。就是留学英法回来的，好用分号，留学美国回来的不怎么用分号。留学英法的，钱锺书是一例。徐志摩也要算一例，他先去的美国，后去的英国，写文章是在英国起步的。他回国后的文章，动不动就来个分号。起初我不明白，只是觉得别扭，看《围城》多了，始想到，这是不是留学欧洲人的一种习惯？

得出这一感觉的，还有个对比。看几个留美背景的文化人，作品里就少用分号。手边有唐德刚先生的一本

《胡适杂忆》（广西师范大学出版社），前面有夏志清的长序，十八九页总有一万五千字吧，也只用了三个分号，唐德刚的正文里，用分号的地方也不多。

我个人的看法，文章里有"对句"意味的地方，可用分号，意在使人看出前后的照应。没有对句意味的地方，尤其是小说里，用个逗号或是句号点断就行了，没必要用分号着重提示。像前面举的例子里，方鸿渐和赵辛楣同赞汪太太的画，一个不知，一个久闻，不知者说出于意外，久闻者说名下不虚，用分号就好。像后一个例子里，"赠人以车，不如赠人以言"，和"我明天倒要劝她几句"之间，实在没有用分号的必要。

(5) 引号

《围城》里的引号，没什么可说的。书中对话甚多，有的用了引号，有的化为叙事，可说是避免了引号的滥用。如此行事，也即知道用多了不好，不是表意上有什么不好，是视觉上不利落。好像旧时老先生见到学生的文章好，全都加了圈似的。虽说有所节制，总还有疏忽的地方。看这句：

赵辛楣说："我一点儿不嫉妒。我告诉你罢，苏小姐结婚那一天，我去观礼的——"鸿渐只会说："啊?"——"苏家有请帖来，我送了礼——"（第138页倒数第10行）

这句里的啊字加了引号。前面有说字，这个啊，是说的话语，也可视为一声惊叫，若写作"鸿渐啊了一声"，看去是否简洁些?

不用远找，同书第四章，也是赵方二人对话，也是方的惊叫，其表达就简朴得多。

> 方鸿渐惊异得忍不住叫"咦!"想来这就是赵辛楣信上所说的"要事"了。(第 123 页倒数第 10 行)

(6) 破折号

破折号的使用，最见钱先生行文的特色。似乎是个双引号，起"夹"的作用，又有突兀的感觉。看似拖泥带水，实则简略而又浑然一体。

第一种，夹注说话者的感情动作。第四章里，赵辛楣先是误会方鸿渐恋上苏文纨，及至苏与曹元朗订婚，才知错怪了人，邀方到自己家里叙谈，说明原委。对话中，问方什么时候知道苏爱上曹的，方说今天早上看见报上订婚的启事才知道。赵的话是：

> "嗳!"——声音里流露出得意——"我大前天清早就知道了。"(第 125 页倒数第 1 行)

这说的是表情，再看个说动作的。也是赵辛楣说给方鸿渐听的话：

> "你想，一个大学毕业生会那样天真幼稚么？'方先生在哄我，是不是？'"——赵辛楣逼尖喉咙，自信模仿得维妙维肖——"我才不上她当呢! 只有你这个傻瓜!"(第 142 页倒数第 8 行)

第二种，对正说着的话，说者又有补充。第九章里，方鸿渐孙柔嘉婚后回到上海，感情不睦，不时争吵，孙尤不满方对赵辛楣的依赖。一次又吵起来，孙柔嘉说：

"我在听你做多少文章。尽管老实讲出来得了。结了婚四个月，对家里又丑又凶的老婆早已厌倦了——压根儿就没爱过她——有机会远走高飞，为什么不换换新鲜空气。你的好朋友是你的救星，逼你结婚是他——我想着就恨——帮你恢复自由也是他。"（第339页第5行）

这一种里，还有的，是自己的话语中断，接下来的话语里，能听出对方说了什么话。仍是赵辛楣和方鸿渐的对话，赵说：

"不用提了，我把我的薪水——好，好！我不，我不！"（第197页第8行）

第三种，话语进行中，掐断了，插入他人反应性质的话语或表情。

李梅亭摇手连连道："笑话！笑话！我也决不是以'小人之心'推测人的——"鸿渐自言自语道："还说不是！"——"我觉得方先生的提议不切实际——方先生，抱歉抱歉，我说话一向直率的。"（第177页第8行）

高松年说："方先生，我是要跟你谈谈——有许多话我已经对赵先生说了——"鸿渐听口风不对，可是脸上的笑容一时不及收敛，怪不自在地停留着，高松年看得恨不能把手指为他撮去——"方先生，你收到我的信没

有?"(第 195 页第 5 行)

第四种，叙事中夹了作者诠释性话语。第六章在三闾大学，方鸿渐对自己教的功课没有信心。

辛楣安慰他说："现在学生的程度不比从前——"学生程度跟世道人心好像是在这装了橡皮轮子的大时代里仅有的两件退步的东西——"你不要慌，无论如何对付得过。"(第 197 页倒数第 1 行)

这一用法最极端的例子，是一段话中有说话人自己感情的变化，还有对方的神情表现，真可说是一个浑圆的球体。下面是第三章里唐晓芙对方鸿渐说的一番话。

"方先生人聪明，一切逢场作戏，可是我们这种笨蛋，把你开的玩笑都得认真——"唐小姐听方鸿渐嗓子哽了，心软下来，可是她这时候愈心疼，愈心恨，愈要责罚他个痛快——"方先生的过去太丰富了！我爱的人，我要能够占领他整个生命，他在碰见我以前，没有过去，留着空白等待我——"鸿渐还低头不响——"我只希望方先生前途无量。"(第 106 页倒数第 10 行)

这里一定要看清，起"夹"的作用的两个破折号，各标在什么位置。看清了吧，两处都是，前一个破折号在话语里，后一个在叙事语的末尾。等于是停了一下，自个儿或对方另有表示。

写到这里，禁不住一声长叹。技精近乎道。钱先生于长篇小说之道，已达到他在书里曾引用过的古语，"视之在前，忽焉在后"所标示的境界。现在我这样的莽汉，做的却是，在技的层面上拆分，以窥其道的奥秘。七宝楼台，拆下来只会是琉璃瓦块，罪过罪过。

二〇二二年六月十五日

《围城》重印本里改坏了的句子

《围城》一书，若不计《文艺复兴》的连载发表，初版于 1947 年 5 月，上海晨光出版公司印行。世称"初版本"。至 1949 年 5 月，印过第三次后再没有印行。三十一年后，1980 年 10 月人民文学出版社重印，又大量发行。世称"重印本"。

重印之前，钱先生说他"校看一遍，也顺手有节制地修改了一些字句"。（《围城·重印前记》）

以常理推之，自己的小说三十年后重见天日，其欣喜自不待言。钱先生曾对人言，饱经风霜，处变不惊，"誉不喜而毁不怒"做不到，至少可以做到"誉不狂喜而毁不暴怒"。看书的过程中，我觉得老先生的喜，较他的自许还是多了些；其表现为喜不自胜，心有旁骛，好些地方走了神，从了俗。明说了便是，好些不该改的句子给改了。古人有言，闻过则喜，钱先生在修订过程中的这些失误，是不是可以颠倒过来，称作"闻喜则过"？

还得要借助《〈围城〉汇校本》这本书。因为这本书上，为我们提供了《文艺复兴》上初刊本的全文，还有 1947 年上海晨光公司出的初印本的改动。这个初印本，可视为当年的定本。人民文学出版社 1980 年的重印本，就是在它的基础上修订的。

下面，先列出初版本上的句子，再说重印本上做了怎样的修改，这样的修改怎么就说是改坏了。按本书的格式，引用的句子后面，注明页码与行数。考虑到普通读者，手头有的多是通行本，少有《〈围城〉汇校本》，更少有晨光出版公司的初印本，还是做个变通，引用的句子后面，注明通行本上的页码行数。这样做的好处是，易于查找，便于对比。

再具体些，我手边的这个通行本的印次是 1991 年 2 月北京第 2 版、2021 年 1 月第 16 次印刷。

① 又是一天开始。这是七月下旬，合中国的旧历三伏，一年最热的时候。在中国热得更比往年利害，事后大家都说是兵戈之象，因为这是民国二十六年。（第 1 页第 5 行）

重印本中，"民国二十六年"后加"［一九三七年］"。写小说，故事发生的时间，春夏秋冬，往往含糊不清，写上年月日，什么都有了。而写个年月日，是最无文学意味的。钱先生的这个办法，可说是将年月日糅和在情景描述中。无意中说了个"一天"，趁便说是七月；因为热，便有了"兵戈之象"；何以如此？因为这是民国二十六年。这样一来，说出年份，不是累赘，而是必须。重印本加上"［一九三七年］"，想来是进入新社会几十年，怕年轻人不知"今夕是何年"。虑事是周到了，行文上则是多了一个累赘，让人以为看的不是小说而是学术论著，遇上个"随文注"。写民国的事，用了民国纪年，恰是一种亲切。此处标注，大可不必。

② 那些男学生看到满腔邪火，背着鲍小姐说笑个不了，心里好舒服些。（第 5 页第 9 行）

重印本将"看到满腔邪火"，改为"看得心头火起，口角流水"，删去"心里好舒服些"。改动没什么，将虚幻的满腔邪火，延伸为实相的"口角流水"，形象了许多。删去"心里好舒服些"，就不好说了。得看怎么说。以文气贯通论，删去为宜。以充分表达论，则不删为宜。看下面接续的一句是什么，就知道了。

下面连续的一句是："有人叫她'熟食铺子'（charcuterie），因为只有熟食店会把那许多颜色暖热的肉公开陈列；又有人叫她'真理'，因为据说'真理是赤裸裸的'。"删去"心里舒服些"，让上一句里的"说笑个不了"的说，与下文的"有人叫她"云云，接得紧些。可见钱先生在这上头，还是以文气贯通为先的。当然，若接下来的说辞太俏皮，也就不管是害气还是害意，只管逞才使性了。

我的看法则是，不删此语，亦不伤害紧密衔接的效果。《围城》的佳妙，在写世态不忘描摹人心，见世态更见人心。这么一个点明人心的句子，怎么就删了呢？莫非是对洋人可刻薄，对同胞该厚道些？

③ 又忙解释一句道："这船走着真像个摇篮，人给他摆得迷迷糊糊只想睡。"（第 5 页倒数第 9 行）

重印本中，"又"字改为"她"。这是钱先生从了俗。小说叙事中若下一句顺势即知主使者为谁，多以略去为佳。尽量少出现名字，和代名之字的他、她等。以此理而论，初印本上，前面见了鲍小姐的名字，此处用"又"是对的。钱先生此改，或许是考虑到新社会的阅读习惯，实则大可不必。

④ 中日关系一天坏似一天，船上无线电的报告使他们忧虑。八月九日下午，船到上海，居然战事并没有发生。（第 26 页倒数第 3 行）

"居然"一词，重印本改为"侥幸"。"居然"有"庆幸"的意思。此前已战云密布，天天都有开战的迹象，到了八月九日，竟未开战，用"居然"甚合书中人物的心态。作者如此落墨本无不妥。重印此书，顺手修改，潜意识里有顺应时势，以免授人以柄的心理作祟；将"居然"改为"侥幸"，语义是平和了，那种钱式的反讽也就飞到爪哇国去了。

⑤（方鸿渐）心里对苏小姐的影子说："听听，你肯拜这个女人做干妈么？亏得我不要娶你。"（第 28 页倒数第 3 行）

"这个女人"，重印本改为"这位太太"。这个女人是点金银行周经理的太太，也是方鸿渐去世的未婚妻的母亲，刁钻刻薄，俗不可耐，方对她很是不屑。说"这个女人"，是方的心声，外人听不见，如此言说，符合方的心态。改为"这位太太"，好像心里在厌恶的同时，还不失恕道，存着些许敬意，这就没什么道理了。

⑥ 鸿渐想上海不愧是文明先进之区，中学女孩子已

经把门面油漆粉刷，招徕男人了……忽然想唐小姐并不十分刀尺。（第 57 页倒数第 5 行）

"刀尺"一词，重印本改为"妆饰"。我猜想，当年江浙或者上海，有"刀尺"的说法。动了刀尺，乃剪裁修饰的意思。而这个刀尺，又用在面部的修整上，是刻薄，更是俏皮。现在用了"妆饰"，口头语改成了书面语，论形象反不如"刀尺"显豁。像这类将俚语改为通用语，不能不说是小说成色的减弱。

⑦ 同乡一位庸医，跟他邻居，仰慕他的名望，杀人有暇，偶来陪他闲谈。这位庸医在本乡真的是"三世行医，四方尽知"，终算那一方人抵抗力强，没给他祖父父亲医绝了种，把四方剩了三方。（第 119 页第 7 行）

重印本里，有两处改动。一处是"同乡一位庸医，跟他邻居"，改为"同乡一位庸医是他邻居，仰慕他的名望"。这没什么。另一处是，将"四方尽知"，改为"一方尽知"。这就不能不探究了。《围城》里的文字，多有妙趣，做法常是，先挖个坑，再招手让你过来，一脚踩空，掉进坑里，不怨作家，自个先笑了。

至于能不能笑，端看作家挖坑的本领。像这句话里，预设的机关，一是"庸医杀人"，一是"四方尽知"，还有一个"三世行医"。这里有个简单的算术题。总数是"四方"，前两世"杀"了多少，剩下多少让他接着来"杀"。钱先生将"四方尽知"，改为"一方尽知"，这里的一方，极有可能是取了"一方水土一方人"的一方的意思。又暗寓了，四方之人，杀得只剩下一方了。这样，就跟后面的"把四方剩了三方"，对不上了。

要改就得通盘考虑，前面要取"剩下一方"之意，后面就得说"把四方剩了一方"。不管怎么说，眼下的文字，在算术上是不通的。

⑧ 孙小姐长脸，旧象牙色的颧颊上微有雀斑，两眼分得太开，使她常带着惊异的表情。（第128页第9行）

"长脸"，重印本加一圆字，成"长圆脸"。这个地方，按说不必讲究，长脸不会像个驴脸，圆脸也不会是用圆规画下的。再就是，无论旧小说新小说，描摹女子脸型，绝少用"长圆脸"。长而圆，下巴较额头窄，那就是瓜子脸，再长就是锥子脸；下巴的宽窄，略等于额头，那就是冬瓜脸了。若一开始就写了个长圆脸，可说笔下有误，虑事不周。此处却不是，是已写了长脸，初印本未改（此前有在《文艺复兴》上的连载），几十年之后出重印本才改，只能说有意为之。

究其心思，只会有两种情形：一是与别的人物区别开来，一是适应书中的描写。比如下面说了"两眼分得太开"，若长脸则所分尺度有限，圆些才会分得更开。与别的人物区别开来，又分两种情形：一是书中人物，一是真实人物。且稍加辨析。

书中此外着力描写的女性，只有两位：一是苏文纨，一是唐晓芙。写唐晓芙在第二章，一出场就写到了，说"唐小姐妩媚端正的圆脸，有两个浅酒窝"。对苏文纨没有这样写到脸上，但我们从一些描写的句子上，得到的观感是，整体修长而单薄，同比例分配，脸型也该是瘦长而清秀。这一层，从第八章在香港赵家再度出现的样子，也可得到反证："苏文纨比去年更时髦了，脸也丰腴得多。"现在胖得多，过去必是瘦得很。重印本修订时，将长脸改为长圆脸，显然是往唐晓芙这边靠了靠。好多探讨文章都说，唐晓芙是书中唯一未有微词、心存爱意的女性，还有人认领，说是像了她云云。再说可能虑及的真实人物，一是疑似与钱有恋情的赵萝蕤，一是定格为钱夫人的杨绛。这上头，易遭物议，不说也罢。总之，无论何种情形，都是个不必，只能说作者用心绵密而不可名状。

⑨ 鸿渐看见一个烤山薯的摊子，想这比花生米好多了，早餐就买它罢。忽然注意有人作成这摊子生意，衣服体态活像李梅亭，仔细一瞧，正是他，买了山薯脸对着墙壁在吃呢。（第179页倒数第2行）

重印本中，"有人作成这摊子生意"，改为"有人正作成这个摊子的生意"。先不说改后的句子，说改之前的。这是个口语句子，简练，一个"的"字都没有，一看全明白。"做成这摊子生意"，不管是看字还是听音，都明白是在这个摊子上买下了山薯，不会理解为掏钱把这个摊子买下了。

改后的句子，加了三个字，分别是"正""个""的"。一个一个地说。"正在作成"，时间明确了，表示交易正在进行中，可后面的"脸对着墙在吃"，岂不到了另一个时间点，怎么可能同时看到买又看到吃，且立马判定其人为李梅亭？加一"个"字，成了"这个摊子"，莫非此处还有另一个烤山薯摊子？第三，加了个"的"字，成了"这个摊子的生意"，莫非不明确标示生意与摊子之间的从属关系，李梅亭能把摊子买下吃了？几十年正确语法的熏染，积久成习，生是让一个极具才情的老作家，把一个活泼的口语句子，改成了无生气的报章句子。

⑩ 说到曹禺，范小姐问："赵先生，我真高兴，你的意见跟我完全相同。你觉得他什么一个戏最好？"辛楣冒失地说："他是不是写过一本——呃——'这不过是'——"范小姐的惊骇表情没许他说出来是"春天"、"夏天"、"秋天"还是"冬天"。（第239页倒数第1页）

这一节文字，是从《〈围城〉汇校本》上抄下的，等于是初印本的原文，有缩略，全抄太长。《汇校本》下注："定本补加底注：《这不过是春天》是李健吾的剧本，在上海公演过。"《汇校本》说的定本，指的是1980年10月人民文学出版社重印本之1985年8月第4次印刷本（简称定本）。这是书前《出版说明》说了的。

估计《汇校本》的编者在1991年找重印本的第一版（1980年10月印行）已是不易，便用了1985年的这个本子做了定本。不能说多错，只是这样一来，有的细节就被忽略了。若信了《汇校本》的说法，会以为1980年重印本上就加了这个底注，这就少了对钱先生加此注的心理的探究。

这里关系着三个人，一是钱先生本人，一是曹禺，一是李健吾。曹、李二人能入钱书，可见关系不浅。也确实不浅。三人都毕业于清华外文系，钱与曹是同班同学，李与钱曹是前后同学。李1930年毕业，留校当了系主任王文显的助教，忙着回乡安葬父亲，没怎么在学校停留，1931年夏即赴法留学。从个人关系上说，钱跟李，后来是朋友，来往较密切，钱写《围城》时李也在上海，常走动。钱跟曹，仅是同学而已，似乎无深一层次的交往。《围城》对世相人物的嘲讽，可说是无所顾忌，只要出彩兼出气，逮住谁是谁。那么这里的嘲讽，是曹呢，还是李？

往前回溯一下，看得更清些。这儿已是第七章，前面第一章有一处说："葡萄牙人的血，这句话等于日本人自说有本位文化，或自行改编外国剧本的作者声明他的改本，有著作权，不许翻译。"这话粗看是嘲讽李健吾的。钱蛰伏上海里弄，写他的《围城》时，李健吾正在沦陷了的法租界，本着不演创作剧本的精神，写了并演出了据外国古典名剧改编的两个话剧：一个叫《王德明》，一个叫《阿史那》。若出版单行本，后面也会写上"版权所有，翻印必究"的客套话。这儿的这句话，该是嘲讽李健吾了？否。别人怎么看我不知道，我一看就知道是嘲讽曹禺的。论证太占篇幅，不赘。这儿既是嘲讽曹禺的，第七章的那一段话，嘲讽曹禺的意思就更为明确了。

1980 年的重印本上，没有这个底注，何以到了1985 年出修订本时就加上了？

加此底注，明确标示赵辛楣的瞎猜确有所据，这样嘲讽曹禺的意向就不再含混了。

这又是为什么呢？

李健吾是《文艺复兴》双主编之一，《围城》就是他经手刊发的，不会不知道其中隐语的所指。再就是1980 年重印本出来，李健吾写了《重读〈围城〉》，坦陈他又看了一遍。两人是好朋友，平日有交往，无所不谈。这时含混着没什么，若挑明了，李健吾会心生不满。"你嘲讽曹禺，不该拉了我来垫背"，这样意思的话，想来李是会说的，若李一直活着，也就当笑话听了。不幸的是，1982 年 11 月下旬，李健吾去世。这样待到1985 年出这一版修订本时，钱便不能不有所思考了。思来想去，便加了这么个底注，算是对老朋友尚未走远的灵魂的一个交代。

我所以将这个修订列在这里，作为"改坏了"之一例，并不是说不该表达对老朋友的歉意，而是说钱先生的这一做法不妥。对文中某一引语（假定小说中人物说的话算引语）作解释，顺手写上一句就行了，糅在文中，了无痕迹。现在这一办法，是写论文的办法，意思是说清了，从行文上说，似不合小说语言的规范。想来钱先生的初衷是，既不改动书中原文，又要对老朋友有个交代，只能用这么个笨办法。对曹禺的态度，以钱先生之孤傲，是不会顾及的。

⑪ 高松年说："别说他们还没有结婚，就是结了婚养了孩子，丈夫的思想有问题，也不能'罪及妻孥'，在二十世纪中华民国办高等教育，这一点民主作风应该具备。"（275 页第 1 行）

重印本中，"养了孩子"改为"生了小孩子"。我以为还是"养了孩子"好，次之，"养了小孩子"也行，独独这个"生了小孩子"没有道理。"养了孩子"是口语，重在完整的表达，连生带养都有了。再怎么也不会有歧义，让人认为是领养了别人的孩子。明确了一个"生"，成活与否，尚在两可；若生而不活，"罪及妻孥"的"孥"字便没有了着落。写小说，笔锋犀利之人，多是前后照应，自然成文，过后修订，多半会顾前不顾后，让文气打了《格登》。

⑫ 鸿渐忽然想起一件事，说："咱们这次订婚，是你父亲那封信促成的。我很想看看，你什么时候把它检出来。"（第 278 页第 13 行）

重印本中，"检出来"改为"拣出来"。实则不必改。

检，翻检的意思，正是找书信的常规动作。"拣"是拣拾，是一下子拿起，纵有"挑拣"的意思，其对象也不会是书信。这种地方，写下什么，就是什么，细一思忖，常会觉得不妥要改了。同书中，第298页第11行，赵辛楣说到苏文纨要退还他的情书时，说了句："她要当我的面，一封一封的检，挑她现在不能接受的信还给我。"用的正是个"检"字。再，生活·读书·新知三联书店的《钱锺书集》（全十三卷），有一册为《写在人生边上·人生边上的边上·石语》，正文前有一帧钱的手迹，题为"石语"，正文仅一句话："绛检得余旧稿，纸已破碎，病中为之粘衬，圆女又订成此小册子。"绛即其夫人杨绛，之后的动作用语，不就是个"检"字吗？

⑬阿丑在客堂东找西找，发现铅笔半寸，旧请客帖子一个，把铅笔头在嘴里吮了一吮，笔透纸背似的写了"大"字和"方"字，像一根根柴火搭起来的。（第309页倒数第9行）

"笔透纸背似的"，重印本改为"力透纸背"。这样全句就成了"把铅笔头在嘴里吮了一吮，力透纸背，写了"云云。小说语言，有个"潜规则"不言自明，就是尽量避免用熟语成语，有了这样的意思，应当来个陌生化处理。鲁迅小说《祝福》里，"我"听祥林嫂说了什么，"背上就像着了芒刺一般"，一看就是成语"芒刺在背"的稀释。此处说小孩子写字，用的又是半寸的铅笔头，说"笔透纸背似的"，恰是完美的表述。这里的"笔"，是"铅笔头"的意思，并非毛笔，有微讽的意思。"力透纸背"乃成语，这么说了，像个小书法家似的，反而偏了本意。这种将成语稀释的做法，钱先生也不是不会用，且每每创新。比如钱先生的名文《魔鬼夜访钱锺书先生》中有言："有时我偏对科学家讲政治，对考古家论文艺，因为反正他们不懂什么，乐得让他们拾点牙慧；对牛弹的琴根本就不用挑选什么好曲子！"这里，不就是把"对牛弹琴"活用了吗？

⑭ 孙柔嘉说："快去罢！他提拔你做官呢，说不定还替你找一位官太太呢！我们是不配的。"（第339页第8行）

"我们是不配的"，重印本里改为"我们是配不上你的"。此一刻，孙柔嘉是夫妻吵架说气话，拿赵辛楣挖苦方鸿渐。既说了"说不定还替你找一位官太太呢"，接下来的"我们是不配的"，定规是说她配不上方鸿渐。这里的"我们"，是汉语语法的一个特例，复数词语用作单数自指，多用于弱势的一方，增加委屈的情感。比如京剧《梅龙镇》里，正德皇帝调戏了民女李凤姐，李唱道："军爷说话理太差，不该调戏我们好人家。"钱先生年轻时是顺势写下，自然无误，到了这把年纪修订，觉得明明一个女人，怎么能自称"我们"，没多想，便改"配不上"为"配不上你"，让这个"我们"在对应上缩为一人。考虑是周全了，女主人委屈的情感就减弱了，不能说不是千虑之一失。

⑮ 方鸿渐和衣倒在床上……不知不觉中黑地昏天合拢，裹紧，像灭了灯的夜，他睡着了。（第351页倒数第6行）

"像灭了灯的夜"，重印本改为"像灭尽灯火的夜"。此一改动，全无必要。

这里说的是方鸿渐在妻子走后，发泄一通，筋疲力尽，和衣躺在床上，不知不觉间睡着了。朦胧中，其感觉的程序先是昏天黑地合拢，继而裹紧，终于坠入黑沉沉的睡眠之中。此刻的感觉，"灭了灯"是一种泛指，如同我们平常说的"黑灯瞎火"。你不能细究，说这儿灭了灯，天黑着，别处的灯不灭，会有光线照过来。为了周全，叫天全黑，就得"灭尽灯火"。这上头，只能说老先生多虑了。

历年累积下来，读《围城》札记共有一百多则，多是赏析，腹诽之处，当然不止这么十几则。有的较为复杂，一写就长，只有舍弃。我不敢说我的感觉全是对的，极有可能是佛头著粪，亵渎了前贤。不管批评者说什么，我都打心里喜欢，毕竟是你看到了这一节文字，知道这世上有人看钱先生的书，还是很仔细的。

二〇二一年六月二十一日

第五章　文

《围城》的结构

"围城"的意象，按通常的理解，也没什么大错。按书上二封与封底，两处写的阐释文字，"人生的愿望大都如此"，其比喻的涵盖，不仅仅是指婚姻和职业。近来，也有研究者认为，喻的是性事。小说是文学作品，可以有多种阐释，这样理解，也反驳不得。但这里有个主从关系，可以说是基本意义与推衍意义的关系。推衍意义从基本意义而来，自然可以包含了基本意义。

对于一部长篇小说来说，意象的确定，关系着全书的结构，人物的设置，也就不能"似非而是"，混为一谈。

外面一层是显形结构

将"围城"这一比喻，确定在婚姻与职业这两个领域，在欣赏小说的层面上，伤害不大，或许更易为低文化层次的读者所钟爱。倘若以此权衡整部小说的结构，就捉襟见肘，难称完美了。杨绛在《记钱锺书与〈围城〉》文中，曾有相关的指谬，说了书中故事结构与人物设置上的不足，我们普通读者又凭什么要曲为之说，以补苴罅漏呢？

不管他人怎样指谬，我坚信它是完善的，优美的。以钱先生之聪慧，辞去工作，苦心经营两年，怎么会有故事安排、人物设置上的失误呢？可以说，只有我们没有参透的地方，不会有钱先生思虑不周的地方。

且说一件往事，

1991 年 5 月，四川文艺出版社出了《〈围城〉汇校本》，曾引起官司，说是"盗印"了《围城》，是非且不论，对读书界的好处明摆着，就是让我们看到了 1946 年 2 月起连载到 1947 年 1 月止，《围城》最初刊出的模样。与后来出的初版本，再后来出的重印本不同的是，章次标题是"第某章"，而不是后来独独一个汉字数字。再一个不同的是，第三章和第五章各析为两章，分别是"第三章（上）"和"第三章（下）"，"第五章（上）"和"第五章（下）"。这，一个可能是作者完稿后，觉得这两章太长了，便各自析开。还有一个可能是，编者李健吾先生觉得每期刊载一部分，这两章太长，上一期还有章数，下一期没了章数不好看，便将一章文字分了上下。这样做，想来会征求作者同意。同意也有不同种类，有的是欣然，有的是勉强。这次钱的同意显然是后者。证据是，到了 1947 年 5 月，上海晨光出版公司出初版本时，就改了过来，不光没了这两处上下之分，章的序号，也去掉"第"和"章"二字。改为简单的汉字，这好理解。

去掉上下之分，只能说作家有他结构上的考虑，理由不必细数，有一点是显而易见的，就是不好看，破坏了全书的结构上的完整。

于此可知，钱先生是个注重结构完美的作家，他要的就是这个"九"字。

将两章析为上下，第三章还没什么，前面四章，看去就是五个单元。第五章是个重要的过渡，分了也就分了，只是这样一来，后面从六到九，成了四个单元，看去就不那么协调了。

这是怎么说的呢？

熟悉各章内容的，不妨想一想。

第一章方鸿渐、苏文纨、鲍小姐出场，重在写鲍与方的一夜鬼混。第二章写方鸿渐回老家探亲，一次不成功的演讲，一次不成功的相亲。第三章写方鸿渐回到上海，在苏文纨家里认识了唐晓芙，一见钟情，起劲追求，功败垂成。第四章写回拒了苏文纨的爱意，与赵辛楣达成和解，接受三闾大学的聘书远走湘西。第五章写一行五人去湘西路上的是是非非，磕磕绊绊。第六章写三闾大学的诸多纠葛。第七章写赵辛楣，因与汪太太的绯闻而出走，方鸿渐和孙柔嘉也待不下去了。第八章写方孙二人离开湘西到了香港，见到赵辛楣，仓促成婚，又见到苏文纨。第九章写回到上海，大家庭不见容新媳妇，新媳妇的刁钻更是日甚一日。方鸿渐两头受气，只有唉声叹气，心灰意冷。

这样的结构，像个什么呢？

以行迹而论，像个圆。从上海出发，海路到宁波，经吉安入湖南，抵湘西平成，一年后再离开，经桂林到香港，又回到了上海。说像个圆太单薄了，走完这个圆的，只有方鸿渐、孙柔嘉两个人。

叫我说，像个哑铃。前面四章是一个铁疙瘩，后面四章又是个铁疙瘩，第五章写一路上的事，是中间那个结结实实的柄。

形象点，更像一副挑子，一根扁担挑着两个箩筐。

第五章走了长长的路去湘西，便是那根扁担。两个箩筐，一前一后，前面四章是回上海，在上海。后面四章，是在湘西，又回到上海。第三章分了，还没有什么，最不该分的是第五章，这章一分，这根扁担岂不是断了？不在乎的人看了不觉得什么，钱先生是个唯美主义者，这一切都是他精心安排的，能不在意吗？

不管比喻成什么，这样的结构，两头匀称，具对称之美，说是有建筑之美也无妨。

这个，是直观的看法。既已明了全书的主旨，那么从结构上看，还可以做更为开阔的观察。借用建筑上的一个术语，可称之为双层结构，这个双层不是叠床架屋的双层，而是一显一隐这样的双层。

显的叫显形结构，隐的叫隐形结构。

显形结构在上，隐形结构在下，相互重叠。

这里只说显的。

就是书上明确告诉我们的那个西洋典故，或者说是西洋谚语。这个就不细说了，多少分析《围城》的文章里，还有书上，都言之凿凿，让人深信不疑。纵有疑点，碍于钱先生的声望，碍于《围城》的经典性质，自个在心里已化为一泓清水，不留尘渣。主旨既明，那么这个明面上的"围城"，只能说是个外层结构，甚至不妨说是个误导，是个遮掩。

显形结构遮蔽下的，便是隐形结构。

这个隐形结构，是如何搭建起来的？这就要说到全书故事的推进，情节的展开了。

叠压式铺开，渐次深入

先定个名词，称之为"叠压式铺开"。

总体的路数，颇像国画上的"皴染"，又像是书法上的"带笔"。说开了就是，这一章里，有个着重要写的人物，同时附带几笔，写上一两个别的人物。到了下一章里，这个附带写的人物，说不定就成了主要人物。人物是活的，总会做些事情，于是人物事件就这样，一个叠压着一个，一波推着一波铺了开来。

且以前四章为例，看看是如何叠压的。

第一章写的是，方鸿渐在回国的邮船上，如何与学医归来的鲍小姐眉来眼去，打情骂俏，成就了一夜的鬼混。同时也写了苏文纨对此事的厌恶，对方鸿渐的不屑，还有那么几分难以掩饰的爱意。这就等于叠压上了苏文纨这个人。第二章还看不出什么，方去了家乡，演讲，相亲，又回到上海。到了第三章，苏文纨就成了故事的主角，花园约会，又借力打力，意图让方鸿渐主动向她表白；眼见无望，又借风扬沙，戳散了方鸿渐与唐晓芙这一对鸳鸯。同时也带出了赵辛楣。第四章里，赵辛楣又成了方鸿渐之外的主角，引出了孙柔嘉，开启了去湘西的行程。

这一个又一个出现的女性，对主人公方鸿渐来说，是人生途中接连的事端，也是感情上不同的体验。作者的用意，绝不是像那个典故说的，外面的想攻进去，里面的想冲出来这么简单。确切地说，是精心地设计了几种"攻入"的方式。有的是轻易进入，索然无味，后悔不迭，自认晦气。有的是，明知人家敞开城门，箪食壶浆以迎王师，他却像司马懿领上大兵到了西城门外，总疑心里面埋伏着重兵，只敢张望，不敢挥师擅入。有的，我说的是唐晓芙，他明明看上了，人家对他也有好感。然而，假博士文凭造成的心理阴影，"已婚"造成的人格自卑，让他在临门一脚之际，灰溜溜地逃走。

与孙柔嘉的相恋，是"进入"了，而这过程看似缠绵曲折，惠风和畅，实则是处处有心机，步步是陷阱，最终跌入的只会是一道阴沟。

孙柔嘉这一人物形象，在《围城》里塑造之成功，一点也不亚于主人公方鸿渐先生。由初见面的毫无印象，到轮船上叫"赵叔叔"的稚嫩娇憨，再到诱惑方鸿渐时的"千方百计"，再再到婚后的阴狠刁泼，最能见出作家之心机，也最能见出统筹全书之魄力。

关键地方，有必要细作分析。

方鸿渐初见孙柔嘉是在赴湘西前，赵辛楣安排的茶室早餐聚会上。来了三位新同事，孙是其中之一。书中说：

> 一位孙柔嘉女士，是辛楣报馆同事前辈的女儿，刚大学毕业，青年有志，不愿留在上海，她父亲恳求辛楣为她谋得外国语文系助教之职。孙小姐长圆脸，旧象牙色的颧颊上微有雀斑，两眼分得太开，使她常带着惊异的表情；打扮甚为素净，怕生得一句话也不敢讲，脸上滚滚不断的红晕。她初来时叫辛楣"赵叔叔"，辛楣忙教她别这样称呼，鸿渐暗笑。（第128页第7行）

这是作者的叙事。有最后的半句，也可以说是方鸿渐眼里看到的景象。他注意到的，是这女孩的羞怯，再就是脸上的雀斑了。

再一次集中笔墨写到这个女孩子的，是在上海去宁波的轮船上。

晚饭后，方鸿渐和赵辛楣坐在甲板长椅上聊天。赵辛楣说，同行五人，四人有学校发的路费，独孙柔嘉没有，方鸿渐抱不平，要辛楣到校后给孙争取，辛楣说补领不成问题。夜深起了风浪，两人回舱房，一拐过弯，见孙柔嘉从凳上站起招呼。三人又一番闲谈。方鸿渐讲到留洋途中，在海上见到飞鱼，孙小姐问，见过大鲸鱼没有。鸿渐说见过，有一次他们坐的船，险些嵌进鲸鱼的牙齿缝里，孙柔嘉故作娇憨地说："方先生在哄我，赵叔叔，是不是？"实际上，经过此事，赵辛楣对孙柔嘉是有评价的。回到船舱里，赵对方说了这样的话："这女孩子刁滑得很，我带她来，上了大当。"同时提醒鸿渐："孙小姐就像那条鲸鱼，张开了口，你这糊涂虫就像送上门去的那条船。"

可惜的是，方鸿渐正处在失恋的痛苦中，对孙柔嘉全无感觉，对朋友的劝告当了耳旁风。

刚才说了，《围城》全书的结构，像一个哑铃，第五章恰似那哑铃结实的手柄。手柄是比喻，实则是两个重头部分的联结。以分量而论，恰在中点。而轮船上的这场"偷听"戏，又是中点的中点。从此之后，全书开启了另外一场大戏。就是孙柔嘉怎样一步一步地引诱了方鸿渐，俘获了方鸿渐，又怎样将这个可怜的人儿，紧紧地攥在手心，百般地揉搓，变着法儿地羞辱。

孙柔嘉起初的表现，确也让方鸿渐着迷。

一路行来，五人分做两伙，李梅亭和顾尔谦是一伙，赵方孙三人是一伙。行至宁都，住在车站对面的旅馆，只有两间房，没办法，只能李顾一间，赵等三人一间。房内两床，外加一个竹榻，推让下来，赵孙各一床，睡竹榻的只会是方鸿渐。竹榻置于两床之间，躺下睡不着，起来喝口冷茶，顺便吹熄灯。就在这当儿，他看到了最美的一幕。这也是钱锺书笔下，对女性最动情最感人的描写，不可不仔细欣赏。

他又嫌桌上的油灯太亮，忍了好一会，熬不住了，轻轻地下床，想喝口冷茶，吹灭灯再睡。沿床缝里挨到桌子前，不由自主望望孙小姐，只见睡眠把她的脸洗濯得明净滋润，一堆散发不知怎样会覆在她脸上，使她脸添了放任的媚姿，鼻尖上的发梢跟着鼻息起伏，看得代她脸痒，恨不能伸手替她掠好。灯光里她睫毛仿佛微动，鸿渐一跳，想也许自己眼错，又似乎她忽然呼吸短促，再一看，她睡着不动的脸像在泛红。慌忙吹灭了灯，溜回竹榻，倒惶恐了半天。（第175页倒数第10行）

睫毛仿佛微动，呼吸忽然短促，脸像在泛红，有这几个小小的迹象，可以肯定地说，孙柔嘉还没有入睡，方鸿渐的动作表情，她全看在眼里。类似的情形，在第九章里还有一次。不同的是，这时两人已结了婚，回到上海，正处于冷战状态，比较一下，更能坐实此刻的情状。这回是从孙柔嘉这边说的：

她跳上床，盖上被，又起来开抽屉，找两团棉花塞在耳朵里，躺下去，闭眼静睡，一会儿鼻息调匀，像睡熟了。她丈夫恨不能拉她起来，逼她跟自己吵，只好对她的身体挥拳作势。她眼睫毛下全看清了，又气又暗笑。（第340页倒数第1行）

或许正是在宁都这一晚，看到了睡在竹榻上的这个男人对她动了情，到了三闾大学，种种人事的变故与催促，终于让她略施小计，便将方鸿渐这条大船吞进了嘴里。最直接的催促，是赵辛楣因绯闻突然离去，让孙柔嘉顿时感到失去依傍，只有确定与方鸿渐的关系，才有靠实感，也才是自己的温柔乡。事出仓促，孙柔嘉更是出手不凡，颇有男子汉的果决。说是霹雳手段，亦不为过，正应了赵辛楣船上对她的评价——"那女孩子刁滑得很"。

这一节文字很妙，读来有猝不及防的感觉。

赵辛楣出走后，方鸿渐想到该告诉孙柔嘉，半路遇见孙来找他。两人且走且说。孙说："赵叔叔走了！只剩我们两个人了。"方说赵临走，托他带柔嘉回上海，孙说他人更要说闲话了。方假装坦然，说他不在乎。孙说，也不知道什么浑蛋，写匿名信给她爸爸，造她跟方的谣言，她爸爸写信来问。正说着，李梅亭顾尔谦从背后赶来，李梅亭一脸坏笑，打趣他俩在说情话，话赶话，李问什么时候吃你俩的喜酒，方说到时候不会漏掉你。孙趁势说："那么咱们告诉李先生——"原本就拉着方鸿渐的右臂，此刻把鸿渐钩得更紧。

几乎是一瞬间，便完成了订婚并公告的仪式。

婚后由怨尤到互怼，再到精神的虐待，不是一下子就翻了脸的，真有点儿文火烹活虾，慢慢消遣的风度。

诱入城中，慢慢消遣，是书中的一条主线。

第七章里，写了在汪太太家，方鸿渐与赵辛楣见范刘二小姐相亲一事。第二天孙柔嘉来教授宿舍看望方鸿渐，方无意间说了句，范小姐昨天也提起你。接下来书中写道：

"她不会有好话。她说什么？"

鸿渐踌躇，孙小姐说："我一定要知道。方先生，你告诉我，"笑意全收，甜蜜地执拗。

鸿渐见过一次她这种神情，所有温柔的保护心全给她引起来了。（第 256 页第 5 行）

上面引文里，第二自然段末句，主词是"执拗"，看似一个神态，实则显示的是一种品质。

显然，一个自己喜欢的女孩子有这样的品质，起初是引起方鸿渐好感的。言听计从，心甘情愿。到后来，执拗还是执拗，只是不再甜蜜。进而冷漠，进而冷酷，再进而，就亚似酷刑了。

且看在一次斗嘴中，孙柔嘉是怎样奚落方鸿渐的。赵辛楣来信，要方鸿渐去重庆做事，孙柔嘉一看就火了。

"我这儿好好的有职业，为什么无缘无故扔了它跟你去。到了里面，万一两个人全找不到事，真叫辛楣养咱们一家？假使你有事，我没有事，那时候你不知要怎样欺负人呢！辛楣信上没说提拔我，我进去干什么？做花瓶？太丑，没有资格。除非服侍官太太做老妈子。"

"活见鬼！活见鬼！我没有欺负你，你自己动不动表示比我能干，赚的钱比我多。你现在也知道你在这儿是靠亲戚的面子，到了内地未必找到事罢？"

"我是靠亲戚，你呢？没有亲戚可靠，靠你的朋友，咱们俩还不是彼此彼此？并且我从来没说我比你能干，是你自己心地龌龊，咽不下我赚的钱比你多。内地呢，我也到过。别忘了三闾大学停聘的不是我。我为谁牺牲了内地的事到上海来的？真没有良心！"（第 339 页倒数第 6 行）

总之是进得城中，苦不堪言。

这样的结构，这样的推进，可说是一种自然的缜密，曲折的流畅，急促的绵长，而一切又在不经意间完成，最能见出作家的才华与匠心。我甚至想，孙柔嘉这一形象，就是钱先生想写而没有写成的那个《百合心》里的主角。

我问过一位懂法语的朋友，Le coeur d'artichaut，是什么意思。钱先生在《围城》重印本的《重印前记》

里说，他已写了两万字的《百合心》，脱胎这个法文成语。朋友说，百合心即"洋葪心"，而洋葪，是一瓣一瓣的剥去，才显露出那个"心"的。《围城》里的孙柔嘉，不正是一瓣一瓣剥去娇憨、温柔、体贴，甚至"甜蜜的执拗"的外表，最后方显出阴狠妇人的本相吗？

且将前面的分析做一个概括。

以各章承载的分量而论，全书九章像一个哑铃，有对称之美。纵向而论，全书故事成双层结构，一显一隐，显的是围城字面意义的比喻，隐的是与女性黏合的种种情形。

这样的构架，已可称为繁复而稳固。仔细想想，我们的分析，还少了一个对人物的观察。全书主角，无疑是方鸿渐，光有他一人撑不起这么大的场面，还有两个人物，其重要性仅次于方鸿渐，一个是赵辛楣，一个是孙柔嘉。以分量而论，应当说三个都是主角。硬要分个主次，那就说是第二主角、第三主角吧。

还有个三角形的内撑

此三人组成的这个三角形，可说是《围城》全书的内撑。

先看这个三角形是怎样形成的。

方鸿渐与赵辛楣由"同情兄弟"而成为好友。两人同应了三闾大学的聘请，赵带上同事的女儿前往，方孙得以相识。方鸿渐与孙柔嘉相恋并成婚，孙忌惮赵辛楣而心生怨恨。画个三角形则是：

其中方鸿渐与赵辛楣的关系大有讲究。

自从《堂吉诃德》风行以来，人们都知道，长篇小说里不管主人公如何的庄严，身边有个桑丘式的仆从，对制造事端、展现主人公的品格，都有莫大的便利。不说外国小说了，中国的旧戏里，也有类似的人物设置。《穆柯寨》里，穆桂英身边须得有个半憨不精的穆瓜。《三娘教子》里主妇敫氏家里，一定要个忠仆老薛保。《王魁负义》里，则是老家院王中。

看看《围城》里赵辛楣起了什么作用吧。

先是视方鸿渐为情敌，为了调开此人，保荐他去三闾大学当教授。阴差阳错，他也情场失意，要去三闾大学任教，转瞬间成了好朋友。启程前夕，又引来同事的女儿孙柔嘉，一路同行，去当助教。在三闾大学，赵与汪太太闹出绯闻出走，方鸿渐失去依靠，被校方解聘，只得和孙柔嘉一起离开湘西回了上海。书里，赵辛楣最大的一个作用，从第五章到第七章，第八章大半也算上，和方鸿渐几乎形影不离。两人一起审时度势，一起袒露心迹，将故事一步一步推演下去。就是孙柔嘉一次一次的发脾气，多半也是冲着他来的。

这三人构成的这个三角形，乃《围城》的坚实的内撑。有了这个内撑，全书的结构就更其坚牢，也更其优美。

《围城》的结构，最能见出一个大作家的襟怀，也最能见出一个大作家的善于经营。

二〇二二年六月六日

《围城》的叙事视角及其转换

通行本《围城》的后面，附有杨绛女士写的《记钱锺书与〈围城〉》，内中有言："锺书把方鸿渐作为故事的中心，常从他的眼里看事，从他的心里感受。"现代小说讲究视角，有这句话就知道，《围城》是以方鸿渐为视角的。

"常"从他的眼里看事，并非"全"从他眼里看事，那么只能说方是主视角。不从他眼里看事的时候，可称之为全视角，意思是作者想从哪儿看，就从哪儿看。书中还有一种情况，就是在事件进行中，为了叙事的方便，还会转为别一人物的视角。

这样一来，全书叙事，就有了主视角、全视角和他人视角三种视角。

《围城》里的场景处理，往往包含着视角转换的意思。将事件集中在有方鸿渐的场景，他看到了，他听到了，等于取了方鸿渐这个主视角。试举一例。

比如去内地的第一站，先到宁波。接客上岸的驳船有两条，方鸿渐跟赵辛楣、孙柔嘉坐头一条先上岸。旅馆紧张，要先有人去找旅馆，谁去呢，作者安排赵与孙去，让方留下来，等李梅亭与顾尔谦下船。这样，方鸿渐就能看到空袭警报响后，码头上的惊恐景象。又能看到李梅亭的大铁箱子，"衬了狭小的船首，仿佛大鼻子阔嘴生在小脸上，使人起局部大于全体的惊奇，似乎推翻了几何学上的原则"。还能看见李梅亭脸上没了眼镜的模样，"少了那副墨镜，两只大白眼睛像剥掉壳的煮熟鸡蛋"。

这样的例子，书中俯拾即是，不必多说了。现在要说的是全视角和他人视角。

全视角多用在每章的开头与结尾

《围城》全书九章，全视角多用在每章的开头与结尾。这时候，时间有间隔，空间还没有着落，最宜于作者或综述，或议论，笔墨最是放得开。开头与结尾比较，开头用得更多些。

我数了一下，九个开头里，综述的两个，议论的四个，直接进入故事的三个。分别看一下，就知道作家是如何摆弄的，我们也跟着学上两手。为了节省篇幅，引文尽量少些。

先说综述的两个。一个是第一章——

红海早过了，船在印度洋面上开驶着，但是太阳依然不饶人地迟落早起，侵占去大部分的夜。夜仿佛纸浸了油，变成半透明体；它给太阳拥抱住了，分不出身来，也许是给太阳陶醉了，所以夕照晚霞隐褪后的夜色也带着酡红。到红消醉醒，船舱里的睡人也一身腻汗地醒来，洗了澡赶到甲板上吹海风，又是一天开始。（第1页第1行）

一个是第九章——

鸿渐赞美他夫人柔顺，是在报告订婚的家信里。方遯翁看完信，叫得像母鸡下了蛋，一分钟内全家知道这消息。老夫妇惊异之后，继以懊恼。方老太太尤其怪儿子冒失，怎么不先征求父母同意就订婚了。遯翁道："咱们尽了做父母的责任了，替他攀过周家的女儿。这次他自己作主，好呢再好没有，坏呢将来不会怨到爹娘。你何必去管他们？"（第 304 页第 1 行）

这一节文字，是写方鸿渐的，但不是写他本人，而是写他回家之前，家里的气氛与应对。不属于一开篇就进入故事，只能算作一种综述。

议论开头的四个，分别是第三章、第六章、第七章和第八章。

第三章——

也许因为战事中死人太多了，枉死者没消磨掉的生命力都迸作春天的生意。那年春天，气候特别好。这春气鼓动得人心像婴孩出齿时的牙龈肉，受到一种生机透芽的痛痒。上海是个暴发都市，没有山水花柳作为春的安顿处。公园和住宅花园里的草木，好比动物园里铁笼子关住的野兽，拘束、孤独，不够春光尽情的发泄。春来了只有向人的身心里寄寓，添了疾病和传染，添了奸情和酗酒打架的案件，添了孕妇。最后一桩倒不失为好现象，战时人口正该补充。（第 46 页第 1 行）

第六章——

三闾大学校长高松年是位老科学家。这"老"字的位置非常为难，可以形容科学，也可以形容科学家。不幸的是，科学家跟科学大不相同，科学家像酒，愈老愈可贵，而科学像女人，老了便不值钱。将来国语文法发展完备，总有一天可以明白地分开"老的科学家"和"老科学的家"，或者说"科学老家"和"老科学家"。现在还早得很呢，不妨笼统称呼。高校长肥而结实的脸像没发酵的黄面粉馒头，"馋嘴的时间"咬也咬不动他，一条牙齿印或皱纹都没有。（第189页第1行）

第七章——

胡子常是两撇，汪处厚的胡子只是一画。他二十年前早留胡子，那时候做官的人上唇全毛茸茸的，非此不足以表身份，好比西洋古代哲学家下颔必有长髯，以示智慧。他在本省督军署当秘书，那位大帅留的菱角胡子，就像仁丹广告上移植过来的，好不威武。他不敢培植同样的胡子，怕大帅怪他僭妄；大帅的是乌菱圆角胡子，他只想有规模较小的红菱尖角胡子。谁知道没有枪杆的人，胡子也不像样，又稀又软，挂在口角两旁，像新式标点里的逗号，既不能翘然而起，也不够飘然而袅。（第227页第1行）

第八章——

西洋赶驴子的人，每逢驴子不肯走，鞭子没有用，就把一串胡萝卜挂在驴子眼睛之前、唇吻之上。这笨驴子以为走前一步，萝卜就能到嘴，于是一步再一步继续向前，嘴愈要咬，脚愈会赶，不知不觉中又走了一站。

那时候它是否吃得到这串萝卜，得看驴夫的高兴。一切机关里，上司驾驭下属，全用这种技巧；譬如高松年就允许鸿渐到下学年升他为教授。（第 274 页第 1 行）

再看直接进入故事的。实际就是直接进入主视角。共三章，分别是第二章、第四章、第五章。

第二章——

据说"女朋友"就是"情人"的学名，说起来庄严些，正像玫瑰花在生物学上叫"蔷薇科木本复叶植物"，或者休妻的法律术语是"协议离婚"。方鸿渐陪苏小姐在香港玩了两天，才明白女朋友跟情人事实上绝然不同。苏小姐是最理想的女朋友，有头脑，有身份，态度相貌算得上大家闺秀，和她同上饭馆戏院并不失自己的面子。他们俩虽然十分亲密，方鸿渐自信对她的情谊到此而止，好比两条平行的直线，无论彼此距离怎么近，拉得怎么长，终合不拢来成为一体。（第 24 页第 1 行）

头一句属议论，很快说到方鸿渐，可忽略不计。

第四章——

方鸿渐把信还给唐小姐时，痴钝并无感觉。过些时，他才像从昏厥里醒过来，开始不住的心痛，就像因蜷曲而麻木的四肢，到伸直了血脉流通，就觉得刺痛。昨天囫囵吞地忍受的整块痛苦，当时没工夫辨别滋味，现在，牛反刍似的，零星断续，细嚼出深深没底的回味。卧室里的沙发书桌，卧室窗外的树木和草地，天天碰见的人，都跟往常一样，丝毫没变，对自己伤心丢脸

这种大事全不理会似的。（第 110 页第 1 行）

第五章——

鸿渐想叫辆汽车上轮船码头。精明干练的鹏图说，汽车价钱新近长了好几倍，鸿渐行李简单，又不匆忙，不如叫两辆洋车，反正有凤仪相送。二十二日下午近五点，兄弟俩出门，车拉到法租界边上，有一个法国巡捕领了两个安南巡捕在搜检行人，只有汽车容易通过。鸿渐一瞧那法国巡捕，就是去年跟自己同船来上海的，在船上讲过几次话，他也似乎还认识鸿渐，一挥手，放鸿渐车子过去。（第 133 页第 1 行）

说了每章的开头，还要说说每章的结尾。比较而言，开头便于这议论、综述、直接进入，结尾呢，便于收束，也便于甩开。这个道理不好说，看看实例就明白了。

第一章——

二十分钟后，阿刘带了衣包在餐室里等法国总管来查过好上岸，舱洞口瞥见方鸿渐在苏小姐后面，手傍着她腰走下扶梯，不禁又诧异，又佩服，又瞧不起，无法表示这种复杂的情绪，便"啐"的一声向痰盂里射出一口浓浓的唾沫。（第 23 页倒数第 4 行）

第二章——

张小姐不能饶恕方鸿渐看书时的微笑，干脆说："这人讨厌！你看他吃相多坏！全不像在外国住过的。他喝汤的时候，把面包去蘸！他吃铁排鸡，不用刀叉，把手拈了鸡腿起来咬! 我全看在眼睛里。吓! 这算什么礼貌? 我们学校里教社交礼节的 Miss Prym 瞧见了准会骂他猪猡相 piggy wiggy!"

当时张家这婚事一场没结果,周太太颇为扫兴。可是方鸿渐小时是看《三国演义》、《水浒》、《西游记》那些不合教育原理的儿童读物的;他生得太早,还没福气捧读《白雪公主》、《木偶奇遇记》这一类好书。他记得《三国演义》里的名言:"妻子如衣服",当然衣服也就等于妻子;他现在新添了皮外套,损失个把老婆才不放在心上呢。(第 45 页第 3 行)

抄了两段。真正的收束是最后一段,前面说到张小姐如何,只能说是甩开,方鸿渐不放在心上,才是真正的收束。

第三章——

阳历八月底她回上海,苏小姐恳请她做结婚时的傧相。男傧相就是曹元朗那位留学朋友。他见了唐小姐,大献殷勤,她厌烦不甚理他。他撇着英国腔向曹元朗说道:"Dash it! That girl is forget-me-not and touch-me-not in one, a red rose which has somehow turned into the blue flower." 曹元朗赞他语妙天下,他自以为这句话会传到唐小姐耳朵里。可是唐小姐在吃喜酒后第四天,跟她父亲到香港转重庆去了。(第 109 页倒数第 9 行)

这样的结尾,可说是给了唐晓芙一个交代。

第四章——

鸿渐起初确不肯去辞行，最后还是去了，一个人没见到，如蒙大赦。过一天，周家送四色路菜来。鸿渐这不讲理的人，知道了非常生气，不许母亲受。方老太太叫儿子自己下去对送礼的人说，他又不肯见周家的车夫。结果周家的车夫推来推去，扔下东西溜了。鸿渐牛性，不吃周家送来的东西。方遯翁日记上添了一条，笑儿子要做"不食周粟"的伯夷叔齐。（第 132 页倒数第7 行）

这样的结尾，可说是跟周家关系的彻底了结。

第五章——

"你不讨厌，可是全无用处。"

鸿渐想不到辛楣会这样干脆地回答，气得只好苦笑。兴致扫尽，静默地走了几步，向辛楣一挥手说："我坐轿子去了。"上了轿子，闷闷不乐，不懂为什么说话坦白算是美德。（第 188 页第4 行）

辛楣的回答，对于鸿渐来说，是最好的鉴定。恰是一路行来的一个收束。

第六章——

刘东方果然有本领，鸿渐明天上课，那三个旁听生不来了。直到大考，太平无事。刘东方教鸿渐对坏卷子分数批得宽，对好卷子分数批得紧，因为不及格的人多了，引起学生的恶感，而好分数的人太多了，也会减低先生的威望。总而言之，批分数该雪中送炭，万万不能悭吝——用刘东方的话说："一分钱也买不了东西，别说一分分数！"——切不可锦上添花，让学生把分数看得太贱,功课看得太容易——用刘东方的话说:"给穷人至少要一块钱,那就是一百分,可是给学生一百分,那不可以。"考完那一天,汪处厚碰到鸿渐,说汪太太想见他和辛楣,问他们俩寒假里哪一天有空,要请吃饭。他听说他们俩寒假上桂林,摸着胡子笑道:"去干吗呀?内人打算替你们两位做媒呢。"(第226页第12行)

一事完了,再来一事,有再启新篇的意思。

第七章——

所以鸿渐连"如夫人"都做不稳,只能"下堂"。他临走把辛楣的书全送给图书馆,那本小册子在内。韩学愈得到鸿渐停聘的消息,拉了白俄太太在家里跳跃得像青蛙和虼蚤,从此他的隐事不会被个中人揭破了。他在七月四日——大考结束的一天——晚上大请同事,请帖上太太出面,借口是美国国庆,这当然证明他太太是货真价实的美国人。否则她怎会这样念念不忘她的祖国呢?爱国情绪是假冒不来的。太太的国籍是真的,先生的学籍还会假吗?(第272页倒数第5行)

韩学愈的欢庆,正是方鸿渐的悲凉,这是正经的收束。

第八章——

鸿渐这两天近乡情怯,心事重重。他觉得回家并不像想理想那样的简单。远别虽非等于暂死,至少变得陌生。回家只像半生的东西回锅,要煮一会才会熟。这次带了柔嘉回去,更要费好多时候来和家里适应。他想得心烦,怕去睡觉——睡眠这东西脾气怪得很,不要它,它偏会来，请它，哄它，千方百计勾引它，它拿身份躲得影子都不见。与其热枕头上翻来覆去，还是甲板上坐坐罢。柔嘉等丈夫来讲和，等好半天他不来，也收拾起怨气睡了。（第303页倒数第7行）

这样的收束，实则是下一场恶斗的开启。

第九章——

那只祖传的老钟从容自在地打起来，仿佛积蓄了半天的时间，等夜深人静，搬出来一一细数："当、当、当、当、当、当"响了六下。六点钟是五个钟头以前，那时候鸿渐在回家的路上走，蓄心要待柔嘉好，劝她别再为昨天的事弄得夫妇不欢；那时候，柔嘉在家里等鸿渐回来吃晚饭，希望他会跟姑母和好，到她厂里做事。这个时间落伍的计时机无意中包涵对人生的讽刺和感伤，深于一切语言、一切啼笑。（第352页第2行）

是本章的收束，也是全书的收束，话语不多，意味深长。

全视角与主视角的转换

该说他人视角了。还得解释一下，他人视角，也可说是全视角的一种。全视角多半空疏，用于开头没什么，四无依傍，想怎么恣肆，就怎么恣肆。章节进行中，就不同了。上下左右，都有了限制，就得收敛些。笔尖落到纸上，只会是通过其他人物的行为实现。这样一来，他人视角的出现，常是与主视角的一种切换。此中的分寸，须得谨慎拿捏，弄不好会给人视角混乱的感觉。而有了这种感觉，常会影响阅读的兴致，甚至作品的整体质量。

这就要说到视角的转换了。

全视角往主视角上转换，不是难事。一通宏论过后，另起一段就是了。第三章开头，"也许战事中死了太多了"云云，好大的一段，下来一段开头，"这几天来，方鸿渐白天昏昏欲睡"，自自然然，谁也不会觉得突兀。

如果前面的议论兼叙事多了，要往回拐，也不是办不到的事。第六章开头，说"老科学家"的道理，高松年的治校方略，说得太多了，不觉已是两大段，占了差不多两页半。怎么转呢，说到高松年的一通胡扯，"我是研究生物学的，学校也是个有机体，教职员之于学校，应当像细胞之于有机体"。下一段开始来了一句，"亏得这一条科学定律，李梅亭、顾尔谦，还有方鸿渐会荣任教授。他们那天两点钟到学校；高松年闻讯匆匆到教员宿舍里应酬一下"，不露形迹便接上了。

开头若是综述，就更好办了，是个茬口，都能接上。比如第九章，一开篇便是方鸿渐即将到家，家里人的一通议论。怎么接到方鸿渐身上呢，前面说了好几段，再一段开始，一句"柔嘉不愿意一下船就到婆家，要先回娘家"，再来一句"鸿渐了解她怕生的心理，也不勉强"，顺顺当当就接上了。不勉强妻子，那就是他一个人回到了家里。

全视角可以转换为主视角，主视角也可以转换为他人视角。第三章里，写到苏文纨的作梗，方鸿渐与唐晓芙的恋情中断，相互退回了对方的信。这是最后一次见面——

鸿渐身心仿佛通电似的发麻，只知道唐小姐在说自己，没心思来领会她话里的意义，好比头脑里蒙上一层油纸，她的话雨点似的渗不进，可是油纸震颤着雨打的重量。他听到最后一句话，绝望地明白，抬起头来，两眼是泪，像大孩子挨了打骂，咽泪入心的脸。唐小姐鼻子忽然酸了。"你说得对。我是个骗子，我不敢再辩，以后决不来讨厌了。"站起来就走。（第 106 页倒数第 4 行）

这一段里，毫无疑问，方鸿渐是主视角。而"唐小姐的鼻子忽然酸了"，绝不是方鸿渐能够感知的，只能说是作家的全视角叙事。

有时候，作家也会在整体的全视角叙事中，忽然插入一大段他人叙事，比如下面这一段，接下来说唐小姐如何如何就全是他人叙事了。

唐小姐恨不能说："你为什么不辩护呢？我会相信你。"可是只说："那么再会。"她送着鸿渐，希望他还有话说。外面雨下得正大，她送到门口，真想留他等雨势稍杀再走。鸿渐披上雨衣，看看唐小姐，瑟缩不敢拉手。唐小姐见他眼睛里的光亮，给那一阵泪滤干了，低眼不忍再看，机械地伸手道："再会——"有时候，"不再坐一会么？"可以撵走人，有时候"再会"可以挽留人；唐小姐挽不住方鸿渐，所以加一句"希望你远行一路平安"。（第 107 页第 3 行）

当然这些地方，也可以理解为仍是全视角叙事，毕竟不再是单一的主视角了。

主视角与他人视角的转换

视角的转换，最见手段，也最见难度的，是主视角与他人视角的转换。举例不能光举他人视角，光举他人视角，就成了全视角叙事，没什么实际的意义。只能混杂在一起，才能见出其中的奥秘。这样须得引录多些，没办法，只能如此。

下面是方鸿渐刚回国，在挂名丈人周家的情形——

方鸿渐忍不住道："别胡说！"好容易克制自己，没把报纸掷在地下，没让羞愤露在脸上，可是嗓子都沙了。

周氏夫妇看鸿渐笑容全无，脸色发白，有点奇怪，忽然彼此做个眼色，似乎了解鸿渐的心理，异口同声骂效成道："你这孩子该打。大人讲话，谁要你来插嘴？鸿渐哥今天才回来，当然想起你姐姐，心上不快活。你说笑话也得有个分寸，以后不许你开口——鸿渐，我们知道你天性生得厚，小孩子胡说，不用理他。"鸿渐脸又泛红，效成骨朵了嘴，心里怨道："别装假！你有本领一辈子不娶老婆。我不希罕你的钢笔，拿回去得了。"

方鸿渐到房睡觉的时候，发现淑英的照相不在桌子上了，想是丈母怕自己对物思人，伤心失眠，特来拿走的。（第30页第6行）

前后两小段，都是方鸿渐如何如何，中间一小段，若看前面几句，似乎仍是方鸿渐所见所闻，说是主视角叙事，也能说得过去。可是到了效成"心里怨道"云云，就不能说是方鸿渐的视角，而是效成这个他人视角了。他再有本事，也不会像带着 X 光机似的，看到效成心里"怨道"的状态且听到声音。这种地方，若是西方小说作家，讲究叙事视角的，不会有此纰漏。他们会说效成如何如何，而不会说他"心里"如何。《围城》是钱先生年轻时的作品，小处随便了些，好在整体说来，也还把持得住。

第三章里，也有相似的情景——

苏小姐道："我就不记得欧洲文学史班上讲过这首诗。"

鸿渐道："怎么没有呢？也许你上课的时候没留神，没有我那样有闻必录。这也不能怪你，你们上的是本系功课，不做笔记只表示你们学问好；先生讲的你们全知道了。我们是中国文学系来旁听的，要是课堂上不动笔呢，就给你们笑程度不好，听不懂，做不来笔记。"

苏小姐说不出话，唐小姐低下头。曹元朗料想方鸿渐认识的德文跟自己差不多，并且是中国文学系学生，更不会高明——因为在大学里，理科学生瞧不起文科学生，外国语文系学生瞧不起中国文学系学生，中国文学系学生瞧不起哲学系学生，哲学系学生瞧不起社会学系学生，社会学系学生瞧不起教育系学生，教育系学生没有谁可以给他们瞧不起了，只能瞧不起本系的先生。曹元朗顿时胆大说："我也知道这诗有来历，我不是早说古代民歌的作风么？可是方先生那种态度，完全违反文艺欣赏的精神。你们弄中国文学的，全有这个'考据癖'的坏习气。诗有出典，给识货人看了，愈觉得滋味浓厚，读着一首诗就联想到无数诗来烘云托月。方先生，你该念念爱利恶德的诗，你就知道现代西洋诗人的东西，也是句句有来历的，可是我们并不说他们抄袭。苏小姐，是不是？"

方鸿渐恨不能说："怪不得阁下的大作也是那样斑驳陆离。你们内行人并不以为奇怪，可是我们外行人要报告捕房捉贼起赃了。"只对苏小姐笑道："不用扫兴。送给女人的东西，很少是真正自己的，拆穿了都是借花献佛。假如送礼的人是个做官的，那礼物更不用说是从旁人身上剥削下来的了。"说着，奇怪唐小姐何以不甚理会。（第76页第4行）

这里的四个自然段，说的是在苏家客厅，苏文纨、方鸿渐、曹元朗三人的谈话。还要说的是，整个一场戏里，方鸿渐是主视角。正常情况下，谁说什么，都不奇怪，有方在这儿，不是听见就是看见。但是这里，视角出现了偏差。

注意一下第三自然段。一起首，说"苏小姐说不出话，唐小姐低下头"。接下来是什么呢，竟是"曹元朗料想方鸿渐认识的德文跟自己差不多"。一个"料想"，等于是立马转成了他人视角。这在视角严格的作家笔下，是不会出现的偏差。要说这个意思，只会说，鸿渐想来，曹元朗是这个心思。只是这样一来，成了猜度，视角是划一了，表述上却未见高明。还是这样神不知鬼不觉，用个曹元朗的"料想"切换一下视角，来得又干脆又自然。

《围城》里，这样的视角切换，似乎多用在女性身上。在第九章，方鸿渐跟孙柔嘉小两口，又闹起了别扭——

鸿渐有几百句话，同时夺口而出，反而一句说不出。柔嘉不等他开口，说："我要睡了，"进浴室漱口洗脸去，随手带上了门。到她出来，鸿渐要继续口角，她说："我不跟你吵。感情坏到这个田地，多说话有什么用？还是少说几句，留点余地罢。你要吵，随你去吵；我漱过口，不再开口了。"说完，她跳上床，盖上被，又起来开抽屉，找两团棉花塞在耳朵里，躺下去，闭眼静睡，一会儿鼻息调匀，像睡熟了。她丈夫恨不能拉她起来，逼她跟自己吵，只好对她的身体挥拳作势。她眼睫毛下全看清了，又气又暗笑。明天晚上，鸿渐回来，她烧了橘子酪等他。鸿渐怄气不肯吃，熬不住嘴馋，一壁吃，一壁骂自己不争气。她说："回辛楣的信你写了罢？"他道："没有呢，不回他信了，好太太。"她说："我不是不许你去，我劝你不要卤莽，辛楣人很热心，我也知道。不过，他有个毛病，往往空口答应在前面，事实上办不到。你有过经验的。三闾大学直接拍电报给你，结果还打了个折扣，何况这次是他私人的信，不过泛泛说句谋事有可能性呢？"鸿渐笑说："你真是'千方百计'，足智多谋，层出不穷。幸而他是个男人，假使他是个女人，我想不出你更怎样吃醋？"柔嘉微窘，但也轻松地笑道："为你吃醋，还不好么？假使他是个女人，他会理你？他会跟你往来？你真在做梦！只有我哪，昨天挨了你的骂，今天还要讨你好。"（第 340 页倒数第 5 行）

这一大段，作家用的是旧小说叙事法，只会是这么密密麻麻的一大片。不过，叙事也还清楚，仍能看个明白。起首一句，"鸿渐有几百句话，同时夺口而出"云云，底定了这一段文字是主视角叙事。可你看，"说完"至"又气又暗笑"这三句。

第一句，还可说是主视角叙事，不管孙怎样动作，总是在鸿渐的眼皮子底下，看了个明白。第二句，不用说，是鸿渐的事，但味道已经变了。通常这样的情形，总是鸿渐如何，这回，同一个鸿渐变成了"她丈夫"如何。第三句，大异，"她眼睫毛下全看清了"，等于转瞬间，主视角已切换为他人视角了。这样自由转换，如身手矫健的侠客，腾挪间已变换了身姿，最见作家的功力。

现代小说讲究视角单一，非是说不能转换，《围城》中有生硬的地方，整体说来还是顺畅的。

说这样的地方，最见作家的功力，是想说，这样的转换，一是要快，最好是转瞬间完成。二是不能长，长了会分散读者的注意力。若要有三的话，那就是，还要有趣，没有特别的情趣，最好不用，因为费了这么大的劲，没有趣味，不值得。

二〇二二年六月十二日

模式的前后不同
《围城》全书叙事

《围城》全书，初看或粗看，一个口吻，浑然一体，絮絮叨叨说了下来。再看或细看，就会发现，叙事模式前后有所不同，前半截偏于新小说叙事，后半截偏于旧小说叙事。

得辨析一下，什么叫新小说叙事，什么叫旧小说叙事。

新旧小说都看得多的人，一听就明白。

新小说叙事，时间的顺序，事件的衔接，一层一层都很清楚，有时不清楚，是故意让它不清楚，不是什么体例上的错乱。旧小说叙事，什么都是连着说，章和回，才是它的隔断，一章之内，一回之中，就那么一糊片地写下来。有看过石印连史纸《三侠五义》的，一页一页全是黑麻麻的小字，不是故事吸引人，初一看真能憋得岔了气。可现在新出的旧小说，不也一段一段清清爽爽的吗？那是近世的校订者给分了段，不是写书的人，写着写着喘了一口气。

还得说，《围城》的前半截、后半截是怎么分的。

全书九章，哪儿分都不会匀匀亭亭各占一半。我的分法是，一二三四五是前半截，六七八九是后半截。至于前半截如何个新，后半截如何个旧，口说无凭，只能做具体的分析。

得立个规矩。

我的办法是，前后两截中，各挑一章，分析其时间的连接，事件的递进，便可看得分明。全书各章，字数大致相等，事件的繁简却大相径庭。地点最简的是第一章，所有的活动，差不多全在三等舱的甲板上。事件最简的是第五章，由上海启程去三闾大学，一站一站往下走，哪一站错了都到不了头。后半截里，第八章在香港，活动范围相对窄些，时间又短。叙事上前后都差不了多少。再三掂量，反复比较，前半截选了第三章，后半截是第七章。

为了免去读者翻书的麻烦，看文章就清晰地看出叙事方式的不同，在时间地点变化的地方，适当引用原文并标明页码或自然段。我看的《围城》，是人民文学出版社 2021 年 1 月第 16 次印刷的本子，即所谓的通行本。这话前面说过，有必要再说一下。

先看第三章

这一章从第四十六页起，第一百零九页止，共六十三页，每页按七百字计算，全章四万四千一百字，是较长的一章。写的是方鸿渐留学归来，回到上海，与苏文纨、唐晓芙的感情纠葛，与赵辛楣、董斜川等朋友的应酬交往，时间不算很长，场面变化不能叫少。苏家唐家，还有酒店，跳来跳去，眼花缭乱。这样的故事情节，最能见出叙事方式上的特点。

前一章说方鸿渐去了趟老家，回来后住在周经理家，周太太给说了次媒，不成功。这章一开始先感叹了一番开战以来死人太多，枉死的魂魄化为春天盎然的生机。接下来说鸿渐心绪不佳，想到船上分手时，自己曾答应苏文纨去看她，何妨去上一次。这样想了，也就去了。

方鸿渐到了苏家，理想苏小姐会急忙跑进客堂，带笑带嚷，骂自己怎么不早去看她。门房送上茶说："小姐就出来。"苏家园里的桃花、梨花、丁香花都开得正好，鸿渐想现在才阴历二月底，花已经赶早开了，不知还剩些什么，留作清明春色。客堂一扇窗开着，太阳烘焙的花香，浓得塞鼻子，暖得使人头脑迷倦。（第 47 页第 7 行）

这样的书写，是不是有点"青春散文"的味儿。

在苏家遇到来表姐家串门的唐晓芙唐小姐，一见就喜欢上了，同时见到了热恋苏文纨的赵辛楣。赵以为方是他的情敌，不免冷嘲热讽，苏文纨见了，甚是喜欢。待鸿渐要走，苏小姐送到客堂门口，说了句满含情意的话，叮嘱他"明天早些来"。下一自然段开头转为方鸿渐的心理状态——

方鸿渐出了苏家，自觉已成了春天的一部分，沆瀣一气，不似两小时前的春天门外汉了。走路时身体轻得好像地面在浮起来。只有两件小事梗在心里消化不了。第一，那时候不该碰苏小姐的手，应该假装不懂她言外之意的；自己总太心软，常迎合女人，不愿触犯她们，以后言动要斩截些，别弄假成真。第二，唐小姐的男朋友很多，也许已有爱人。鸿渐气得把手杖残暴地打道旁

的树。不如趁早死了心罢，给一个未成年的女孩子甩了，那多丢脸！（第 57 页第 10 行）

这一节文字不长，方鸿渐所以应允了第二天来苏家，小心眼儿是为了再次见到唐小姐。是情节的发展，也是作家的着意安排，事不宜迟，于是第二天又来到苏家——

明天他到苏家，唐小姐已先到了。他还没坐定，赵辛楣也来了，招呼后说："方先生，昨天去得迟，今天来得早。想是上银行办公养成的好习惯，勤勉可嘉，佩服佩服！"

"过奖，过奖！"方鸿渐本想说辛楣昨天早退，今天迟到，是学衙门里上司的官派，一转念，忍住不说，还对辛楣善意地微笑。辛楣想不到他会这样无抵抗，反有一拳打个空的惊慌。唐小姐藏不了脸上的诧异。苏小姐也觉得奇怪，但忽然明白这是胜利者的大度，鸿渐知道自己爱的是他，所以不与辛楣计较了。（第 58 页第 10 行）

不说后面了，光这个开头，一层一层，多么清晰。

这次在苏家，是场大戏。不光唐小姐来了，赵辛楣来了，还来了刚从法国归来的沈先生和沈太太。如此众声喧哗之中，方鸿渐仍能巧施手段，与唐小姐暗通款曲，定下改日餐厅相会的密约。只是为了掩人耳目，才叫上苏文纨作陪。临别告给苏文纨，苏未置可否，只说了句"好罢，再见"。回到家里，方鸿渐这边想的是如愿以偿，料不到的是，苏文纨那边醋意大发，千方百计阻挠唐晓芙赴宴。只是弄巧成拙，反让唐小姐赌气非去不可。鸿渐不知，仍在担心中。第二天只有硬着头皮，依时前往。午后七点左右，一个人快快地踱到峨嵋春，要了个房间，预备等它一个半钟头，到时唐小姐不来，只好独吃。

唐小姐自然是来了，两人谈得声情并茂，彼此大有相见恨晚之慨，留了地址，约了趋唐府拜访的时间。末后是打电话叫汽车行放辆车来，送唐小姐回家。将上一件事了结，又将下一件事开启——

说着，汽车来了，鸿渐送她上车。在回家的洋车里，想今天真是意外的圆满，可是唐小姐临了"我们的朋友"那一句，又使他作酸泼醋的理想里，隐隐有一大群大男孩子围绕着唐小姐。（第 69 页倒数第 1 行）

第二天下午，再去苏小姐家，他跟唐小姐都装作未曾约会的娇憨模样，苏小姐自然是心满意足。这次在苏家，又见到那个恋上苏小姐的年轻诗人，留英归来的曹元朗。又是一番情场角逐，只是败下阵来的，不是方鸿渐，而是自以为稳操胜券的赵辛楣。

至此，情节的进展，加快了节奏，每有场景的转换，都有明确的时间和地点。只要你看书是老老实实，一行一行往下看，总不会混淆了时地的关联。基本上，在一个自然段的开头，就给出了明确的指示，比某些大城市隐藏在树木枝叶里的路径标牌还要醒目。

整个第三章里，时间推移，地点更换，没有分段标示的，只有方鸿渐再去拜访苏文纨这一大段。先说在住所醒来如何不适，下半天才起床，吃过晚饭，苏小姐来电话，约他踏月散步，等于又开启了一场好戏。这样的衔接法是一种试验，一种改变，也可说是一种昭示，作者尝到了甜头。是长了点儿，还是该抄录下来，以见其实在的情形——

　　明天一早方鸿渐醒来，头里还有一条锯齿线的痛，舌头像进门擦鞋底的棕毯。躺到下半天才得爽朗，可以起床。写了一封信给唐小姐，只说病了，不肯提昨天的事。追想起来，对苏小姐真过意不去，她上午下午都来过电话问病。吃了晚饭，因为镇天没活动，想踏月散步，苏小姐又来电话，问他好了没有，有没有兴致去夜谈。那天是旧历四月十五，暮春早夏的月亮原是情人的月亮，不比秋冬是诗人的月色，何况月亮团圆，鸿渐恨不能去看唐小姐。苏小姐的母亲和嫂子上电影院去了，用人们都出去逛了，只剩她跟看门的在家。她见了鸿渐，说本来自己也打算看电影去的，叫鸿渐坐一会，她上去加件衣服，两人同到园里去看月。她一下来，鸿渐先闻着刚才没闻到的香味，发现她不但换了衣服，并且脸上唇上都加了修饰。苏小姐领他到六角小亭子里，两人靠栏杆坐了。他忽然省悟这情势太危险，今天不该自投罗网，后悔无及。他又谢了苏小姐一遍，苏小姐又问了他一遍昨晚的睡眠，今天的胃口，当头皎洁的月亮也经不起三遍四遍的赞美，只好都望月不作声。鸿渐偷看苏小姐的脸，光洁得像月光泼上去就会滑下来，眼睛里也闪活着月亮，嘴唇上月华洗不淡的红色变为滋润的深暗。苏小姐知道他在看自己，回脸对他微笑，鸿渐要抵抗这媚力的决心，像出水的鱼，头尾在地上拍动，可是挣扎不起。他站起来道："文纨，我要走了。"（第99页第2行）

　　不是有独特的考虑，以前面书写的惯势，这样的时空均多次变化的情节，怎么也该分成两三个自然段的。可是竟没有。什么样的可能性都有，唯有一个，说钱先生忘了是说不过去的。只能说写着写着，他头脑里的旧小说的模式复活了。

再看第七章

这一章从第二百二十七页起，到第二百七十三页止，共四十六页，计三万二千二百字。在全书九章里，篇幅不能叫大，算个中等吧。写的是三闾大学的一件桃色事件。由中文系主任汪处厚的太太，为赵辛楣、方鸿渐说媒发其端，到赵辛楣与汪太太月夜散步谈心，为高松年、汪处厚碰上"捉奸"，匆遽离校收其尾。事件不是多么重大，写来还是让人揪心。原因暂且不论，写法上确有偏于旧小说笔法的一面。

开篇是一通高论，由汪处厚的浅浅一线唇髭说起，说他怎样因贪污而被罢官，又怎样因风雅而做了大学教授，且夫人及时去世，遂娶下小他二十多岁，名字里有个"娴"字的冷艳美女汪太太。汪太太闲来无事，是为了女人，更是为了男人，便做起了"月下老"的风流勾当。撮合的对象，男的是赵辛楣、方鸿渐，女的是范小姐和刘小姐。赵与方的人品模样，前面几章已知之甚详，范小姐刘小姐虽非初次露面，身世人品还有待介绍。书中一人一大自然段，都有足够的长，写刘小姐的两页，写范小姐的两页之外，还有多半页。这，已经有了旧小说叙事的气象，若想到范刘二小姐毕竟是全书后半截才出场，临阵磨枪，还要像模像样，也在情理之中。

我们要关注的是，人物的出场，事件的衔接。介绍对象嘛，男人先来了，女人后来，怎么也得另起一段；

同样，女人先来了，男人后来，也该照此办理。可你看钱先生怎么处理的。

范小姐因为要借用汪太太涂眼睫毛的油膏，早早就到了。该着说赵方二位什么时候到吧，不说，接下来是——

刘小姐最后一个到。坦白可亲的脸，身体很丰满，衣服颇紧，一动衣服上就起波纹。辛楣和鸿渐看见介绍的是这两位，失望得要笑。彼此都曾见面，只没有讲过话。范小姐像画了个无形的圈子，把自己跟辛楣围在里面，谈话密切得泼水不入。辛楣先说这儿闷得很，没有玩儿的地方。范小姐说："可不是么？我也觉得很少谈得来的人，待在这儿真闷！"辛楣问她怎样消遣，她说爱看话剧，问辛楣爱看不爱看。（第 239 页倒数第 9 行）

就这么着，赵辛楣和方鸿渐就进了场，且一进来，先见了刘小姐留下印象，马上就跟范小姐搭上了腔。这样的入场搭话，旧小说里屡见不鲜，新小说里想都不敢想。

不用说，下面又是一场大戏。吃饭中间，高松年校长也赶来了。入桌后，又说起学校近来一个不好的风气，有的教师晚上打牌赌钱，校长表示要严加管束。这就埋下了汪处厚去打牌，赵辛楣与汪太太幽会的隐线。方鸿渐的心思在孙柔嘉身上，不会对刘小姐有什么感觉，偏偏跟孙柔嘉同居一室的范小姐，席间说起孙柔嘉的坏话，说孙寒假期间与历史系的陆子潇频繁通信，方鸿渐听了心里老大的不快。以两人的情感，过后自然会交谈一番的。按《围城》前半截的叙事方式，过后方会去找孙，或是孙来找方，不管谁找谁，总得另起一行，再来一个自然段。钱先生的手法变了，或者说钱先生有多种叙事方式，此一刻从夹袋中取出新的一种。

前一自然段的末尾，只说赵辛楣方鸿渐二人从刘小姐家出来，说过别的事，赵辛楣问方鸿渐对汪太太的印象如何，请方帮他推测汪太太的年龄有多少。也没说两人如何分手，更没说方鸿渐如何回到宿舍，接下来的一大自然段，说的全是方鸿渐忐忐忑忑的心情：

孙小姐和陆子潇通信这一件事，在鸿渐心里，仿佛在复壁里咬东西的老鼠，扰乱了一晚上，赶也赶不出去。他险的写信给孙小姐，以朋友的立场忠告她交友审慎。最后算把自己劝相信了，让她去跟陆子潇好，自己并没爱上她，吃什么隔壁醋，多管人家闲事？全是赵辛楣不好，开玩笑开得自己心里有了鬼，仿佛在催眠中的人受了暗示。这种事大半是旁人说笑话，说到当局者认真恋爱起来，自己见得多了，决不至于这样傻。虽然如此，总觉得吃了亏似的，恨孙小姐而且鄙视她。不料下午打门进来的就是她，鸿渐见了她面，心里的怨气像宿雾见了朝阳，消散净尽。她来过好几次，从未能使他像这次的欢喜。鸿渐说，桂林回来以后，还没见过面呢，问她怎样消遣这寒假的。她说，承鸿渐和辛楣送桂林带回的东西，早想过来谢，可是自己发了两次烧，今天是陪范小姐送书来的。鸿渐笑问是不是送剧本给辛楣，孙小姐笑答是。鸿渐道："你上去见到赵叔叔没有？"（第254页第1行）

有人会责怪，说清楚就行了，怎就抄书抄了这么多？你不说我也会自省自责。可我要说，没办法，不抄这么多，就看不出作者行文的特色，也就参不透此中的蹊跷。留意一下，孙柔嘉是怎么出场的。这厢还"恨孙小姐而且鄙视她"，眼皮都没眨，唾沫都没有咽，只隔了个句号，就接上了"不料下午打门进来的就是她"。只有在旧小说的叙事中，才会这样，要来就来，易如反掌，不，比反掌还要容易，该说是伸手就在掌上。

当然，也不能说没有技巧。这样的衔接，必须是在一大段文字的中间才能隐没不见。这里，要的不是清晰，要的就是混沌。留不下事件连接的痕迹，让这一大段文字浑然一体，读起来连个喘气的工夫都没有。不能不承认，除了表面上的不爽，这样的接续，在旧小说里司空见惯，新小说里则较为罕见。

下面自然是孙、方二人一番贴心长谈，让感情一跃而进入正式的恋爱阶段。

这一章的后半部分写高校长夜晚去汪家，原本是想跟汪氏夫妇聊天解闷，女用人说两人都去王先生家打牌去了，去了王先生家，只有汪先生而不见汪太太。若在新小说里，这样紧凑的事，常是简洁的一两句，就是分了自然段，也是一段接着一段，给人一种雨打芭蕉的紧迫感。《围城》前面几章，随处可见这样的叙事方式。时下的小说里，更是屡见不鲜，可赞之曰，内容与形式的高度统一。然而，在变换了叙事模式的作者的笔下，竟是这样不堪的情形：

小丫头睡眼迷离，拖着鞋开门，看见是校长，把嘴边要打的呵欠忍住，说主人不在家，到王家去的。高校长心跳，问太太呢，小丫头说没同去，领高校长进客堂，正要进去请太太，又摸着头说太太好像也出去了，叫醒她关门的。高松年一阵恼怒，想："打牌！还要打牌！总有一天，闹到学生耳朵里去，该警告老汪这几个人了。"他分付小丫头关门,一口气赶到王家。汪处厚等瞧是校长,窘得不得了,忙把牌收起。王太太亲自送茶,把为赌客置备的消夜点心献呈校长。高松年一看没有汪太太,反说:"打搅!打搅!"——他并不劝他们继续打下去——"汪先生,我有事和你商量,咱们先走一步。"出了门,高松年道:"汪太太呢?"汪处厚道:"她在家。"高松年道:"我先到你府上去过的,那小丫头说,她也出去了。"汪处厚满嘴说:"不会的!决不会!"来回答高松年,同时安慰自己,可是嗓子都急哑了。(第264页第7行)

选例句,总是选极端的。选这样的段落,并非说第七章全是这样的段落。只是说综述性的地方,多用这样的叙事方式。说过之后,来了大的场面仍是你说了他说,一个自然段接一个自然段,分得清清楚楚。不管怎么说,这样的叙事方式,在前面几章,不是没有,总是较少见到。

综合叙事上,若要在全书后半截里,找个极端的例子,不在第七章,而在第九章。方孙二人回到上海,吵吵闹闹,几乎没有一天安生过。大的一次,发生在方鸿渐在报馆遇见沈太太,问起苏文纨,回到家里跟孙柔嘉说起,话头一拐,拐到唐晓芙身上。鸿渐心生怨怼,柔嘉借机醋劲大发,两人唇枪舌剑,谁也不是省油的灯盏。写了多长呢?作者一支笔,轻轻盈盈写下来,以行数计,是满满两页,当在一千三四百字。为了节省篇幅,又提供翻检的方便,且将开头几行抄录如下:

鸿渐到报馆后,发现一个熟人,同在苏文纨家喝过茶的沈太太。她还是那时候赵辛楣介绍进馆编《家庭与妇女》副刊的，现在兼编《文化与艺术》副刊。她丰采依然，气味如旧，只是装束不像初回国时那样的法国化，谈话里的法文也减少了。她一年来见过的人太多，早忘记鸿渐，到鸿渐自我介绍过了，她娇声感慨道："记得！记起来了！时间真快呀！你还是那时候的样子，所以我觉得面熟。我呢，我这一年来老得多了！方先生，你不知道我为了一切的一切心里多少烦闷！"鸿渐照例说她没有老。她问他最近碰见曹太太没有，鸿渐说在香港见到的。（第334页第5行）

说说各自的利弊

　　说前面侧重新小说叙事，后面侧重旧小说叙事，前后叙事方式有所不同，并不排除另一种可能，就是这种并非截然的不同，也算是整部小说情节发展的必须。前半截，故事逐渐展开，人物也就陆续登场。方鸿渐、赵辛楣、苏文纨、唐晓芙、孙柔嘉，甚至李梅亭，都应视为重要人物。他们的活动，既是性格的展现，也是故事的推演，场面多，铺排也就多，用新小说的叙事方式，就风清月白，天高云淡，款款而来，疏朗有致。到了后半截，就不同了。第六章里，故事仍在发展中。七八九共三章，实际上进入全书的收束阶段，线索渐行并拢，人物多有交集，流云骤合，化为暴雨，骄阳西坠，云霞凝集。交代多，综述多，徐行变作蹀步，铺排转为归拢，用旧小说的叙事方式，可谓正当其时。

　　旧小说叙事上有优点，缺陷也是彰彰在目，不容视而不见。

　　最大的缺陷是事件的紧凑，导致了页面的壅塞，通俗的说法，就是太满。

　　新文化运动以来，人们已认识到文章不能太满，满了是审美的缺陷，也是理智的疏漏。最好的处置，是错落有致，看起来清爽舒适。闻一多先生说过，诗应有建筑美，说白了是形式的美。在这上头，诗的要求最为明显，小说也不是就可以付之阙如。应当说，虽不显豁，有和没有，还是不在一个层面上的。

　　现在的症结是，用了旧小说的叙事方式，"黏板"了，浑然了，而页面的一抹黑，也是越看越窝心的缺憾。注意，"黏板"这个词儿，是我借用了旧戏曲的一个术语，就是紧锣密鼓，铙钹齐鸣，唱腔跟着也急骤起来。

　　这页面的一抹黑，既不可截然铲去，就该做相应的化解，至少也要图个视觉上的方便。

　　如何处置，钱先生自有妙计，那就是，行为（包括简略的对话）既然密不透风，响成一片，就让人物的对话单另摘出，疏疏朗朗，如旷野林木；舒舒展展，如天际流云。说白了，就是让一句一句的对话，你问我答，各自成行。如此一来，颇似开了天窗透透气，屋里人不会有憋闷的感觉。正是因为用了这样一个简便的办法，全书后半截虽偏重了旧小说的叙事模式，整体看起来，也还舒卷自如，没有整体上的违和感。

二〇二二年六月七日

第六章　笔法

最妙出场一瞬间

先得给出场的人物做个归类。

归类的方法很多，一时能想到的有：主要人物、次要人物、道具人物——用之即来，不用即去，如同道具。另有主线人物、副线人物、点缀人物——等同道具人物。还可以按姓名分类：全姓名人物，无姓有名人物如途中遇到的寡妇的仆人叫阿福，有姓无名人物如三闾大学的刘小姐（刘东方的妹妹），无姓无名但有辈分如方鸿渐的两个弟妹，书中叫二奶奶三奶奶。

这些，统计起来很难，东找西找，说不准还有遗漏。就是捋清了，实际的意义也不大。王美玉是个有名有姓的人物，范懿也是一个，考查她们的出场，没啥意思。

我想到一个简单易行，也有统计学上价值的办法，就是以出场的章次分类。全书九章，以章次分类便可分出：九章人物，八章人物，七章人物，直到一章人物。八章七章的人物没有，九章下来就是六章的，一章两章的人物很多，全都无关紧要就不说了。

经过统计与权衡，我选了如下几个。

九章人物：方鸿渐

六章人物：赵辛楣、孙柔嘉

五章人物：苏文纨

四章人物：李梅亭

三章人物：唐晓芙、高松年、汪处厚、汪太太

就这九个，且看他们各自是如何出场的。

方鸿渐

这是作者未动笔前就定下的主人公。其出场也真像旧戏里的大将军上场，锣鼓敲上几通，旗手排列两厢。

先是气氛渲染。留学归来，自然坐的是轮船——法国邮船白拉日隆子爵号（Vicomte de Bragelonne）。有了轮船，就等于在烟波浩渺的大海上筑起一个小小的舞台。气氛不光是场面，还得有真的物候状况。船行在印度洋上，几乎就在赤道线上，那个热呀，"海风里早含着燥热，胖人身体给炎风吹干了，蒙上一层汗结的盐霜，仿佛刚在巴勒斯坦的死海里洗过澡"。

这是早上，用过早餐，甲板上的情形又不同了。男人们忙着在餐室打麻将赌钱，女人和孩子来到甲板上乘凉消闲。

此刻甲板上是三个人，孙太太带着不足两岁的小男孩，再一个就是不久之后，将与方鸿渐有情感纠缠的苏文纨。女人们到了一起，总有说不完的话题，一说两说就说到了方鸿渐。虽是闲话，却隐然道出了方鸿渐风趣多智的性格特征。是孙太太说的，说给苏文纨听的，说的是她丈夫孙先生打牌输了钱，方鸿渐开导孙先生的话。

"苏小姐，我告诉你句笑话，方先生跟你在中国是老同学，他是不是一向说话随便的？昨天孙先生跟他讲赌钱手运不好，他还笑呢。他说，孙先生在法国这许多年，全不知道法国人的迷信：太太不忠实，偷人，丈夫做了乌龟，买彩票准中头奖，赌钱准赢。所以，他说，男人赌钱输了，该引以自慰。"（第4页倒数第7行）

想想，在方鸿渐未上场前，先敲了这么一通锣鼓，列下这样的阵势，真是将读者的胃口吊起来了：如此风趣机警的一个留学生，该会是如何的惹人喜爱而急欲相见。

这时候若是方鸿渐走上甲板，也能说得过去。大概作家觉得开场锣鼓像了"急急风"，舒缓点才好甩袖子遮脸——亮相。

该着孙太太带到甲板上的小孩儿出彩了。这孩子太小，不到两岁，胡乱走动，伸手就抓，差点弄脏了苏小姐的衣服，刚刚安静下来。"忽然向她们椅子背后伸出了双手，大笑大跳"，惹得孙太太苏小姐两人同时回头看——"正是鲍小姐走向这儿来，手里拿一块糖，远远地逗那孩子。"

这个鲍小姐，仅在第一章里有戏，却非等闲人物。看其装束，不难推知。只穿绯霞色胸抹，海蓝色贴肉短裤，漏空白皮鞋里露出涂红的指甲。有人叫她"熟肉铺子"——只有熟食店会把那许多颜色暖热的肉公开陈列；有人先叫她"真理"，又修正为"局部的真理"——真理是赤裸裸的，鲍小姐并未一丝不挂，故曰"局部的真理"。

鲍小姐走到孙太太和苏文纨跟前，自然有一番话语，不过应景而已，很快走开，甲板上又恢复了先前的平静。原本就躺在帆布椅上看书的苏文纨，"又打开书来，眼梢却瞟见鲍小姐把两张椅子拉到距离较远的空处并放着，心里骂她无耻，同时自恨为什么看她"。不能再拖延了，于是这出大戏的主角上场了——

那时候，方鸿渐也到甲板上来，在她们面前走过，停步应酬几句，问"小弟弟好"。孙太太爱理不理地应了一声。苏小姐笑道："快去罢，不怕人等得心焦么？"方鸿渐红了脸傻笑，便撇下苏小姐走去。（第 6 页第 10 行）

赵辛楣

跟方鸿渐相比，赵辛楣的出场有点"快闪"的味道。

回到上海，去了趟老家，方鸿渐在上海住了下来，家里地方窄小，只好暂住在名义上的岳家，点金银行周经理的府上。闲来无事，前去看望对他有点意思的苏文纨。在苏家，先是认识了唐晓芙，彼此都有好感，差不多是故意的，两人有一番口舌之争，苏小姐自然是笑颜调解，正说着——

这时候进来一个近三十岁，身材高大、神气轩昂的人。唐小姐叫他"赵先生"，苏小姐说："好，你来了，我跟你们介绍：方鸿渐，赵辛楣。"（第 52 页第 11 行）

赵辛楣未见方鸿渐之前，已将对方视为情敌，因此甫一见面就显示了敌意。跟方鸿渐拉拉手，傲兀地把方从头到脚看一下，好像方鸿渐是页一览而尽的大字幼稚园读本。

赵和方后来尽释前嫌，成了要好的朋友，两人一同前往三闾大学。这叫人物关系的"翻转"，是《围城》人物关系上，用了不止一次的手段。

孙柔嘉

好戏在后头，孙柔嘉的出场平平淡淡。

去三闾大学的人，很快凑了五位，出发前总得见一次面。赵辛楣是校方委托的联系人，于是由赵做东，请新同事上茶室早餐，大家好认识。辛楣先到，"鸿渐之外，还有三位"。下面的叙事，转为鸿渐的视角。一一看去，先是李梅亭，再是顾尔谦，最后目光落在孙柔嘉身上——

一位孙柔嘉女士，是辛楣报馆同事前辈的女儿，刚大学毕业，青年有志，不愿留在上海，他父亲恳求辛楣为她谋得外国语文系助教之职。孙小姐长圆脸，旧象牙色的颧颊上微有雀斑，两眼分得太开，使她常常带着惊异的表情；打扮甚为素净，怕生得一句话也不敢讲，脸上滚滚不断的红晕。（第 128 页第 7 行）

这只是露了个脸，身子连动都没动。真正出场，总得说几句话，走上几步。别急，马上就来。

还是这几个人，几天后上了由上海开往宁波的轮船，开启了前往内地的第一段行程。或许是为了躲避日机的轰炸吧，船是夜间航行。安置好了之后，辛楣和鸿渐在甲板上聊天，说了苏文纨，说了唐晓芙，自然也会说到孙柔嘉。后来起风了，辛楣对鸿渐说，回舱睡吧，明天一清早要上岸的。

鸿渐跟了辛楣，刚转弯，孙小姐从凳上站起来招呼，辛楣吓了一大跳，忙问她一个人在甲板上多少时候了，风大得很，不怕冷么。孙小姐说，同船女人带着孩子哭吵得心烦，所以她出来换换空气。这都没什么，下面的一段对话，就可以印证作者在她相貌上的那一笔，"两眼分得太开，使她常带着惊异的表情"，是多么的贴切生动了。

孙柔嘉说，你们出洋遇见的风浪一定比这个厉害得多，又问鸿渐，见过大鲸鱼没有。

鸿渐道："看见，多的是。有一次，我们坐的船险的嵌在鲸鱼的牙齿缝里。"灯光照着孙小姐惊奇的眼睛张得像吉沃吐（Giotto）画的"〇"一样圆。辛楣的猜疑深了一层，说："你听他胡说！"方鸿渐道："我讲的话千真万确。这条鱼吃了中饭在睡午觉。孙小姐你知道有人听说话跟看东西全用嘴的，他们张开了嘴听，张开了嘴看，并且张开了嘴睡觉。这条鱼伤风塞鼻子，所以睡觉的时候，嘴是张开的。亏得它牙缝里塞得结结实实的都是肉屑，否则我们这条船真危险了。"孙小姐道："方先生在哄我，赵叔叔，是不是？"（第 141 页倒数第 9 行）

一个外文系毕业的大学生，对这样的鬼话竟半信半疑，多么憨朴，多么纯真，那惊异的表情，加上两眼间的距离大了些，显得格外年轻，格外可爱。就是这样一个天真无邪的女孩，后来，一步一步将方鸿渐勾引到手，又一步一步由害羞的小媳妇变为事事做主的女主人。这一次次的性格翻转，已超出本文所说的范围了。

苏文纨

苏文纨的出场，前面说方鸿渐时已提到，只是太简略。这里既是专辟一节，不妨详细些。也是在回国轮船三等舱的甲板上，早餐后男人们在下面餐厅赌钱，甲板上只有苏文纨和孙太太母子共三人。苏文纨看不起孙太太，更讨厌孙太太带的小男孩儿，只是躺在帆布椅子上看书，或者说，是假装在看书。人哪，书中说是——

　　那个戴太阳眼镜、身上摊本小说的女人，衣服极斯文讲究。皮肤在东方人里，要算得白，可惜这白色不顶新鲜，带些干滞。她去掉了黑眼镜，眉清目秀，只是嘴唇嫌薄，擦了口红还不够丰厚。假使她从帆布躺椅上站起来，会见得身段瘦削，也许轮廓的线条太硬，像方头铅笔划成的。年龄看上去二十五六，不过新派女人的年龄好比旧式女人合婚帖上的年庚，需要考订学家所谓外证据来断定真确性，本身是看不出的。（第 2 页倒数第 3 行）

　　苏小姐的出场，有点像个女堂吉诃德，还带了个女桑丘，专门来夸赞她。这个女桑丘，就是那个带着孩子的孙太太，不光是夸，简直是旧戏里敲着小锣在道白，更像旧时走街串巷的艺人打莲花落："苏小姐，你真用功！学问那么好，还成天看书。孙先生常跟我说，女学生像苏小姐才算替中国争面子，人又美又是博士，这样的人到哪里去找呢？"

　　这话不一定多么真诚，可打保票的是，女博士听了定然是真诚的消受。

李梅亭

　　跟孙柔嘉一样，起程前在茶室早餐的五人小聚会，李梅亭也是其中之一。毕竟只是初次现身，不好多么详细，仅写了他的外貌与衣饰——

中文系主任李梅亭是高松年的同事，四十来岁年纪，戴副墨晶眼镜，神情傲兀，不大理会人，并且对天气也鄙夷不理，因为这是夏历六月中旬，他穿的还是黑呢西装外套。辛楣请他脱衣服，他死不肯；辛楣倒替他出汗，自己的白衬衫像在害黄热病。（第 127 页倒数第 2 行）

这相貌，这着装，能见出性情的乖张。真正敲了锣鼓出场的，是在买船票上耍的小聪明。辛楣说他捣了鬼，言重了。家境不是多么好，学校给的川资要留下一部分养家，路上只会是能省就省。茶室早餐，辛楣提议，五个人五张大菜间的票，他是有阅历的人，知道大菜间的票比三等舱的票要贵好多，当即说他有个朋友在轮船公司做事，买票很是方便，辛楣便将买票的事托付给他。

过后他交给辛楣三张大菜间的票，不用问，这是辛楣、鸿渐和孙柔嘉的。三人上了船，不见李梅亭和顾尔谦，正着急，茶房跑来说，三等舱有客人要跟辛楣说说话。船上规定，三等舱的乘客不能上头等舱，鸿渐陪辛楣下去，先见了顾尔谦，说是李先生的朋友只买到三张大菜间，所以他和李先生改坐房舱（三等舱）。顾领上两人见了李梅亭，两人直抱歉，说他们年轻人该坐房舱，请两位年纪大的先生上去坐大菜间。此时就看出李梅亭虚骄的品质了。大言不惭地说：

"大不了十二个钟点的事，算不得什么。大菜间我也坐过，并不比房舱舒服多少。"（第 134 页倒数第 9 行）

高松年

高松年是三闾大学的校长，出场在第六章的一开始。先是一通长长的议论。科举时代，该是一篇策论，设若给个考题，当是《夫所谓老科学家者也》。钱先生的破题，用的是应试士子最常用的"破碎"法，就是不管你出的是多么严实的题目，先把大题目敲碎再说，化整为零，体积小了，总好下笔。说了老，再说科学，再说科学家，再说三者之间的关联。且看——

　　三闾大学校长高松年是位老科学家。这"老"字的位置非常为难，可以形容科学，也可以形容科学家。不幸的是，科学家跟科学不大相同，科学家像酒，愈老愈可贵，而科学像女人，老了便不值钱。将来国语文法发展完备，总有一天可以明白地分开，"老的科学家"和"老科学的家"，或者说"科学老家"和"老科学家"。现在还早得很呢，不妨笼统称呼。（第189页第1行）

　　若只是这样笼而统之地说说，那就只是学问家的钱锺书，不是小说家的钱锺书了。写上面那段话时，文思就像惊蛰的虫儿一样跃跃欲动，摁也摁它不住，果然"不妨笼统称呼"的句号一完，小说家的"邪思淫欲"立马飞奔而来，亮出了"逞才使性"的本事——

　　高校长肥而结实的脸像没发酵的黄面粉馒头，"馋嘴的时间"咬也咬不动他，一条牙齿印或皱纹都没有。假使一个犯校规的女学生长得非常漂亮，高校长只要她向自己求情认错，也许会不尽本于教育精神地从宽处分。这证明这位科学家还不老。他是二十年前在外国研究昆虫学的，想来二十年前的昆虫都进化成为大学师生了，所以请他来表率多士。（第189页第6行）

你以为说到当了大学校长，就该说到他跟来校任教的方赵二人的种种纠葛了吧。早哩，下面还有一篇策论，可命题为《大学校长何以分文科理科两类出身论》。不抄了，只能说这一番宏论也很精辟奇妙。读着读着，不觉就接上了，"亏得这一条科学定律，李梅亭、顾尔谦，还有方鸿渐会荣任教授。他们那天下午两点多钟到学校，高松年闻讯匆匆到教员宿舍里应酬一下，一月来的心事不能再搁在一边不想了"。

于是乎，这一班人在三闾大学的一场好戏就开演了。

汪处厚和汪太太

这一对老夫少妻，且放在一起说吧。

汪处厚是中文系的主任。他的出场，给人的感觉，是平挺着脸，又噘着个嘴。此刻一切的测定，都要以毫米为尺度，再将目光的光速用最小的时间单位来计算，有了这样的精神与工具上的准备，再来看汪处厚这张脸，就非同寻常之辈了。

以特色而论，我们最先看到的不是汪主任的脸，也不是翘起的嘴唇，而是上唇边缘那浅浅的电影明星式的一线形的胡须，或许该叫唇髭。

这回钱先生不做旧式的策论了，干脆来个扬长避短，毕竟没参加过真正的科考，策论再好只能说是仿习，作为文史学家，考证才是他的拿手好戏。写小说最忌讳的是故作高雅，拿糖作醋（书中语），最喜欢的是无遮无拦，逞才使性。据说钱先生曾表示过，对《围城》的写作并不满意。我的推测是，写小说须逞才使性，这道理他早就熟烂于心，晚年说起来不甚满意，只会是彼时太年轻，放不开，还没有逞足了他的才，使足了他的性。写小说要想象，读小说也要铆足了劲儿想象。看看下面这段文字，不难想象到了六七十岁，钱先生的纵性驰骋，该是怎样的英姿飒爽——

胡子常是两撇，汪处厚的胡子只是一画。他二十年前早留胡子，那时候做官的人上唇全毛茸茸的，非此不足以表身份，好比西洋古代哲学家下颌必有长髯，以示智慧。他在本省督军署当秘书，那位大帅留的菱角胡子，就像仁丹广告上移植过来的，好不威武。他不敢培植同样的胡子，怕大师怪他僭妄；大帅的是乌菱圆角胡子，他只想有规模较小的红菱尖角胡子。谁知道没有枪杆的人，胡子也不像样，又稀又软，挂在口角两旁，像新式标点里的逗号，既不能翘然而起，也不够飘然而袅。他两道浓黑的眉毛，偏根根可以跟寿星的眉毛竞赛，仿佛他最初刮脸时不小心，把眉毛和胡子一股脑儿全剃下来了，慌忙安上去，胡子跟眉毛换了位置；嘴上的是眉毛，根本不会长，额上是胡子，所以欣欣向荣。（第227页第1行）

还有好几行，该抄不该抄，狠狠心，宁让人骂我是文抄公，也要尽情展现钱先生逞才使性的全套本事。这已不全是考证，足足是一篇《汪处厚先生胡须浪漫史稿笺证》——这个名字，是仿陈寅恪先生史论文章的起名规则起下的。紧接着上面的"所以欣欣向荣"，是这样几行文字：

这种胡子，不留也罢。五年前他和这位太太结婚，刚是剃胡子的好借口。然而好像一切官僚、强盗、赌棍、投机商人，他相信命。星相家都说他是"木"命"木"形，头发和胡子有如树木的枝叶，缺乏它们就表示树木枯了。四十开外的人，头发当然半秃，全靠这几根胡子表示老树着花，生机未尽。但是为了二十五岁的新夫人，也不能一毛不拔，于是剃去两缕，剩中间一撮，又因为这一撮不够浓，修削成电影明星式的一线。（第 227 页第 11 行）

不抄了，说一下。同一自然段里，下来还有几行，说的是这胡子的功效。功效之一，便是新太太一进门就害病。是引到了汪太太的身上，并未见人的身影。

有了汪先生浓墨重彩式的出场，汪太太的出场显得逊色不少。有后面的霹雳闪电式的私情纠葛，如此轻描淡写的出场，反而显得意味深长——

汪太太出来了。骨肉停匀，并不算瘦，就是脸上没有血色，也没擦胭脂，只敷了粉。嘴唇却涂泽鲜红，旗袍是紫色，显得那张脸残酷地白。长睫毛，眼梢斜撇向上。头发没烫，梳了髻，想来是嫌本地理发店电烫不到家的缘故。手里抱着皮热水袋，十指甲全是红的，当然绝非画画时染上的颜色，因为她画的是青绿山水。（第231 页倒数第 1 行）

唐晓芙

这个人物的出场，只能说是平常，方鸿渐回到上海后，静极思动，免不了去看望同船回国的苏文纨。头一次去了，苏小姐问他在什么地方得意，他说还没找事，"想到内地去，暂时在亲戚组织的银行里帮忙"。谈话间，苏小姐就有意要续起两人在船上磕碰起的感情，告诉鸿渐说，她父亲已随政府入蜀，她哥哥也到香港做事，上海家里只剩她母亲、嫂子和她，她自己也想到内地去。话赶话，对方说到这个份上，方鸿渐接上说，也许他们俩又可以同路。

这话像是个触点，又像是个提醒，苏小姐说她有位表妹，在北平他们的母校里读了一年，大学因战事内迁，停学在家半年，现在也计划复学。这表妹今天恰到她家来玩，苏小姐进去叫她出来，跟鸿渐认识，将来也是旅行伴侣。接着便是苏小姐领了个二十岁左右的娇小女孩子出来，介绍道："这是我表妹唐晓芙。"接下来的外貌摹写，最为传神，也最为精辟——

唐小姐妩媚端正的圆脸，有两个浅酒窝。天生着一般女人要花钱费时，调脂和粉来仿造的好脸色，新鲜得使人见了忘掉口渴又觉嘴馋，仿佛好水果。她眼睛并不顶大，可是灵活温柔，反衬得许多女人的大眼睛只像政治家讲的大话，大而无当。（第49页第12行）

真正带上话语动作的亮相，该是接下来与方鸿渐的斗嘴，伶牙俐齿，见招拆招，弄得鸿渐无法招架，只有情动于衷，爱慕不已。

小说中，唐晓芙只出现了两章，却特别的引人关注。

关注的焦点，一是集中在现实生活中她最像谁，会对谁给了这么完美的描写，寄托了这么炽热的感情。二是明明说了可以结为旅行伴侣，一路同行到内地。可是临去内地前，茶室早餐相会时，可以结伴同行的女子，不是唐晓芙而是孙柔嘉。好多人大感惊异，中感蹊跷，小感不解。请注意，这里大、中、小三词连用，意在说明感觉程度的不同。记得看过一篇文章，有人当面问钱先生，这是为何？钱先生笑答，世事不可测。这话难以令人信服，生活中确有阴差阳错、驴唇难对马嘴的事，这是小说，讲究的是艺术的完美，既已让苏文纨在多少章后，与赵辛楣、方鸿渐在香港重逢，唐晓芙，即使不能与方鸿渐同行去湘西，也该给个交代，有个照应呀。

起初我也是这么想的。想着想着，忽然眼前一亮。唐在第四章之后不再出现，从故事的完整上说，是个不小的缺憾，但从主题的体现上说，又不能不佩服钱先生的匠心独运。

书中有两处说到"围城"这个命题，整体故事也就要按照这个命题来安排布置，若真的像"围城"的意象所昭示的那样，城外的人想攻进去，城里的人想杀出来，合而为一，那就成了，一个人冲进去了，耐不住城里的烦扰，又想杀了出来。主角已定了，方鸿渐，事件呢，撇开去了内地又回来，这个冲进去又冲出的意象，最为显豁的故事，还是婚姻这个门槛，这个城堡。

在这上头，钱先生做了精心的设计，他要让方鸿渐的"冲入"，历经曲折，异彩纷呈。轮船上与鲍小姐的一夜滥情，可说是单兵演练，知晓了城防是怎么一回事。接下来出现的三个女子，苏文纨、唐晓芙、孙柔嘉，提供三种"进城"的可能。苏是想让他进，他不想进。唐是他想进，人家不让他进。孙是他想进又不想进，正犹豫着，孙将他诱骗了进去。进去乃是更大的烦恼。只有这样的进去，才能完美地体现"围城"这个命题。

唐晓芙作为"围城"的一个类型，"进城"与否的一种可能，已完成了她的使命，当然只有让她悄然离去，杳无音讯了。

二〇二一年十二月九日

上一节说了人物的容貌描写，这一节说说人物的衣饰搭配。

小说是写人的，人要有穿着。穿着的雅俗，全在搭配。如此一来，衣饰是否得体，与人物描写的成败，也就有了相应的关联。

佛要金装，人要衣装。好马要配好鞍。这些俗语，说的就是这个道理。

好的小说作家写啥像啥，究其实，是作家会装，这里的装有扮演的意思。装得像，一是声口，一是穿着。落在纸面上，声口即语言，穿着就是衣饰。

钱锺书不愧是个大作家，在这上头亦有卓异的才华与表现。

甲板上的三个女人

《围城》一开篇，就写了鲍小姐独特的衣饰。

鲍小姐是澳门人，也许不该这么说，书上只说她"生长澳门"，据说身体里有葡萄牙人的血。持的则是，香港政府发的"大不列颠子民"护照。未婚夫送她到英国学妇产科，学成归来，与方鸿渐、苏文纨同船。天太热，又是独自在船上，打扮也就格外风骚。书中描写她的衣饰，是在甲板上，从苏文纨、孙太太的眼光看去。

两人回头看，正是鲍小姐走向这儿来，手里拿一块糖，远远地逗着那孩子。她只穿绯霞色抹胸，海蓝色贴肉短裤，漏空白皮鞋里露出涂红的指甲。在热带热天，也许这是最合理的装束，船上有两个外国女人，就这样打扮。（第5页第4行）

接下来就不是苏小姐、孙太太两人共同看到，而是苏小姐一人的感触了。这感触不是当时看了的联想，而是船上多天观察的综合。

可是苏小姐觉得鲍小姐赤身露体，伤害及中国国体。那些男学生看得心头起火，口角流水，背着鲍小姐说笑个不了。有人叫她"熟食铺子"（charcuterie），因为只有熟食店会把那许多颜色暖热的肉公开陈列；又有人叫她"真理"，因为据说"真理是赤裸裸的"。鲍小姐并未一丝不挂，所以他们修正为"局部的真理"。（第5页第8行）

将一个简单的穿戴，敷衍为一个情节，又生发出一通宏论，似乎只有钱先生有这种"贫嘴"的本事。如此手段，可谓"小叩而大鸣"。名字里的锺与鐘，同简化字为"钟"，对他来说只可视为恰当，而不能说是轻慢。

同一个环境里，说了鲍小姐，对苏文纨和孙太太也不能全然不顾，只是那笔墨要简省得多了。借了书中某处说唐晓芙不是"在宴会上把嘴收束得像眼药瓶口那样的小"的指陈，描写苏孙二位衣饰的墨水，跟眼药瓶口滴出来的也差不了多少。

说到苏小姐，只有一句："那个戴太阳眼镜，身上摊本小说的女人，衣服极斯文讲究。"（第2页倒数第3行）

说到孙太太，只有半句，这里也只能当一句写下来："那男孩子的母亲已有三十开外，穿件半旧的黑纱旗袍。"（第3页第5行）

这两处，是衣饰的集中展示

《围城》里，集中展开衣饰，以衬托人物性格品质的，有两处，一处在前面，一处在后面。

前面的，在第四章里。定下日子，要买船票了，召集人的赵辛楣，为同行数人先认识一下，约好同去某茶室共进早餐，新结识的同事是李梅亭、顾尔谦和孙柔嘉。约略说了三人的年龄身份，也说到三人的衣饰。

李梅亭：戴了副墨晶的眼镜，夏历六月中旬，穿的还是黑呢西装外套，且死不肯脱。（第127页倒数第1行）

顾尔谦：嘴里两只金门牙使他的笑容尤其辉煌耀目。（第128页第7行）

孙柔嘉：打扮甚为素净。（第128页第11行）

西装肯定是衣。金牙不能说是衣，总沾了"饰"字的边。

写孙的衣饰，就这么几个字，也太少了吧。"山人自有妙计"，且借了戏剧里诸葛亮惯用的道白，替作家圆了这个场面。钱先生的妙计是后面找补。这找补，几乎衍化为情节。在第八章，两人到了香港已然结婚，一次闹了别扭之后，孙柔嘉有意化解，便提起初相识时的往事。

柔嘉问今天是八月几号，鸿渐说二号。柔嘉叹息道："再过五天，就是一周年了！"鸿渐问什么一周年，柔嘉失望道："你怎么忘了？咱们不是去年八月七号的早晨赵辛楣请客认识的么？"鸿渐羞愧得比忘了国庆日和国耻日都利害，忙说："我记得。你那天穿的什么衣服我都记得。"柔嘉心慰道："我那天穿一件蓝花白底子的衣服，是不是？我倒不记得你那天是什么样子，没有留下印象，不过那个日子当然记得的。"（第 302 页第 13 行）

孙柔嘉抢先说了，是怕丈夫说不出或说错了尴尬，正符合求和的女人的心态。这也契合当时的情况，鸿渐是个散漫惯了、百事不理的人，数人相聚，哪会在意一个年轻女孩子穿什么，何况柔嘉又不是多么漂亮。

现在的问题来了。全书的人物关系，作家动笔时，定然成竹在胸，孙柔嘉是枝干型的人物，不会不早早勾勒下线条。何以初次见面，不重重地写下几笔，让方鸿渐，同时也是让读者留下鲜明的印象？是写到茶室早餐时忘了，到结婚后，因情节的需要才补上这么一笔，还是就要这么由浅入深，一步一步地来，将早先的初识，作为甜蜜的回忆。此中原委，有弄清的必要。

好些作家，平日写作中，每每会遇到类似的情况。比如我，若写到后来小两口闲谈，说起初相识时的穿戴，笼统言之没什么，像这儿这样说到"蓝花白底子的衣服"，一定要翻到前面相关处，添上一笔，即便字面不相同，也会说成"白底子上蓝花花"。讲究的是照应，不能让后来的话语太突兀。

以钱先生的聪明伶俐，竟智不及此？

细思之下，不觉恍然大悟。

他就是要让读者看出，方鸿渐起初并无意于孙柔嘉这个女孩子，是后来的不断交往中，渐渐地有了好感，也才有了爱意。而孙柔嘉此一刻，主动说明她当时穿的衣服是什么花色，也是体贴这个新上位的夫君，怕他因记不清而尴尬。这些地方，最能看出作者文思的缜密。

前面说了《围城》里集中展示衣饰，以衬托人物性格品质的，有两处。第四章的这一处已说过，该着说后面第五章的一处了。

鸿渐等一行五人，奔赴内地来到溪口，要乘汽车前往金华。听旅店主人说公路局的票很难买到，除非持有证件的机关人员可以通融，提早买到。五个人谁都没有证件，只有李梅亭有名片，决定再加一人，陪李前往一试。要见公路局长，穿着总得讲究一些。于是书中，对各人的衣饰有一番描写，且分开看看。

方鸿渐：西装湿了，身上穿件他父亲的旧夹袍，短仅过膝，露出半尺有零的裤筒。（第151页倒数第11行）

李梅亭：他的旧法兰绒外套经过浸湿烤干这两重的水深火热的痛苦，疲软肥肿，又添上风瘫病；下身的裤管，肥粗圆满，毫无折痕，可以无需人腿而卓立地上，像一对空心的国家柱石；那根充羊毛的"不皱领带"，给水洗得缩了，瘦小蜷曲，像前清老人的辫子。（第151页倒数第9行）

赵辛楣：辛楣看鸿渐一眼，笑道："你这样子去不得，还是我陪李先生去。我上去换身衣服。"辛楣换了衣履下来，李先生叹息他衣锦夜行，顾先生啧啧称羡。（第151页第11行）

同样是在去湘西的路上，因衣着邋遢而显示人物的猥琐的，是在鹰潭，住进一家小旅店，顾尔谦跟小店伙计争执时的样子。顾尔谦拍自己青布大褂胸脯上一片油腻道："我不穿西装的就不讲理?"（第163页第13行）

衣饰的变化，见出人品的变化

衣饰的变化，见出人品变化最明显的，是方鸿渐在香港见到的苏文纨。其时方孙夫妇，去给赵辛楣还钱并辞行，在赵母借住的亲戚家里，见到了赵辛楣，也见到了来看望赵母的苏文纨。此刻的苏文纨，已不是在上海时的苏小姐，而是时髦的曹太太了。不说容颜，只说穿戴，书中是这样写的：

苏文纨比去年更时髦了，脸也丰腴得多。旗袍挽合西式，紧俏伶俐，袍上的花纹是淡红浅绿横条子间着白条子，花得像欧洲大陆上小国的国旗。手边茶几上搁一顶阔边大草帽，当然是她的，衬得柔嘉手里的小阳伞落伍了一个时代。（第294页倒数第4行）

因了衣饰的不妥，而引起长辈反感的，是从香港回到上海家中的孙柔嘉。婆婆是个老式人物，举人家的太太，有她一套老讲究，看这个大学生出身的儿媳，也就格外挑剔。

到了方家，老太太瞧柔嘉没有相片上美，暗暗失望，又嫌她衣服不够红，不像个新娘，尤其不赞成她脚上颜色不吉利的白皮鞋。（第311页第10行）

书中还有两处，都写到了衣饰对脸色的比衬作用。

不多说了，看例句即可。一处是说这本书的主角，无用而又刻薄的方鸿渐。一处是说汪处厚那个名字里有个"娴"字的年轻太太。说方的是：

他这两天有了意中人以后，对自己外表上的缺点，知道得不宽假地详尽，仿佛只有一套出客衣服的穷人知道上面每一个斑渍和补钉。其实旁人看来，他脸色照常，但他自以为今天特别难看，花领带补得脸黄里泛绿，换了三次领带才下去吃早饭。（第 64 页倒数第 3 行）

上文中，"花领带补得"应为"花领带衬得"，前文说过，不赘。

说汪太太的一处是：

汪太太出来了。骨肉停匀，并不算瘦，就是脸上没有血色，也没擦胭脂，只敷了粉。嘴唇却涂泽鲜红，旗袍是浅紫色，显得那张脸残酷地白。（第 232 页第 1 行）

那么高雅的汪太太，竟穿了浅紫色的旗袍，只能说作者意在衬出她那张脸的残酷的白。

公道地说，《围城》书中写衣饰的笔墨不是很多，但无一处不精彩，无一笔蹈了空。

二〇二二年五月十日

《围城》里物件引出的戏

现在的长篇小说，多有宏大叙事，实则从小说叙事的法则上说，多写小的事物，笔墨才能落到实处。思绪飞扬，笔下不飘。物与事比较，物的黏合力更强些，显现的是实相。有经验的作家，长篇小说中，多苦心经营。在这上头，钱先生堪称高手，《围城》里时不时会有这样的物件出现。若有熟读《围城》者，问摆出几个物件，可将全书的故事串了起来。

容我想想，有了，摆出下面几件，庶几可以办到。计：一张假文凭，三个发钗，一件纺绸大褂，獭绒西装外套，一匣子信，铁皮箱子，两个信封，四色铅笔，洋派大草帽，自鸣钟。

多了，一下子就是十件。既已说了，就要指认，容在下一一道来。

一张假文凭

这张假文凭的全称是：美国克莱登大学哲学博士证书。是方鸿渐在德国花了十美元，从美国一个爱尔兰人手里买下的。是一时的权宜之计，却成了回国后甩不脱的梦魇，一次次发酵，引出一场场的好戏。

在他回国前，名分上的老丈人周经理拟了一篇广告登在报上，这样一下船，遇见苏文纨的哥哥，便连声"久仰"，弄得他莫名其妙。接他的弟弟见了苏文纨，问是谁，哥哥刚说了姓苏，弟弟便说是法国的博士，报上见过的。他听了还鄙弃女人的虚荣。回到丈人家，方知丈人的"快婿得博士"广告，与苏家"女儿得博士"的广告，登在《沪报》的同一版上。这就等于让苏文纨知道了他是个假博士。后来，他婉拒了苏的爱意，与苏的表妹唐晓芙搭上线，书来信往，打得火热。苏气愤难平，给表妹戳破了他的博士假象，又羞又愤，只好狼狈退出，下了去三闾大学的决心。

在三闾大学，起初也还顺遂，有赵辛楣护佑，当了个不属何系的副教授。无意间，假文凭又来作祟。他去回拜历史系的陆子潇，陆说起系主任之间薪水仍有差异，历史系的韩学愈比哲学系的赵辛楣高一级。方鸿渐好奇，问为什么你们的系主任最高呢，陆说因为韩学愈是博士，纽约有名的克莱登大学毕业的。鸿渐听了，吓得直跳起来，失声尖叫道："什么大学?"陆子渊再说了一遍，克莱登大学，鸿渐脱口而出："我也是——"虽只三个字，等于泄露了自己的身份。陆子潇自然会传话给韩学愈，于是又引来了韩学愈拜访方鸿渐、设家宴请客两场戏。可以说这张假文凭几乎像一条线，串起了书中几场好戏。

三个发钗

三个发钗，原本是别在鲍小姐头上的。在回国的轮船上，方鸿渐与这位外号"局部真理"的鲍小姐，有一夜的鬼混。第二天晨，船上的侍役阿刘整理床铺，捡到这三个发钗装了起来。方鸿渐和鲍小姐用过早餐要离开餐室，阿刘不收拾桌上的东西，笑嘻嘻地看着他俩伸出手来，手心里是三只女人夹头发的发钗，打着广东话拖泥带水地说："方先生，这是我刚才铺你的床捡到的。"方鸿渐自认晦气，掏出三百法郎给了阿刘，拿回那三只发钗。

戏还没完。赎回发钗，出了餐室，方抱着歉将发钗还给鲍小姐，料不到的是，鲍并不领情，将之掷于地上说道："谁还要这东西！经过那家伙的脏手！"又料不到的是，这在地上的三个发钗，阿刘扫地时捡到一个。待船到香港，知道鲍小姐的未婚夫会来接船，阿刘又拿出发钗向鲍小姐讹钱。鲍小姐不给，一走了之，方鸿渐怕阿刘见了李医生（鲍的未婚夫）胡说，自认晦气，又给了他些钱。

一件纺绸大褂

这件纺绸大褂是偶然出现的，同时现身的还有一件，一模一样。是契诃夫吧，说如果墙上挂着一把剑，在后面的戏里准会派上用场。这是指写成的戏，若是正在写着的戏，后面用着剑了，不妨在前面补上一笔。这一笔看似无用，到后来会感叹作家的构思缜密。谁也不会想到，这是后来补上的。这补上的一笔，要的是偶然，也自然。

方鸿渐回到上海，在岳家住了一晚，第二天便搭火车去无锡看望父母。因本县有人为他接风，要出去拜会，还要上坟祭祖，没有相当的中式衣衫，方老太太说：明天叫裁缝来给他做纺绸大褂和里衣裤，弟弟凤仪有两件大褂，出门拜客可借一件穿了。接风等事过后，本地中学校长请鸿渐去做个演讲。程序是第二天早上先在茶馆里吃早点，再去学校做演讲。早点上完，吕校长付过账，催鸿渐起身，匆匆地从跑堂手里接过长衫穿上走了，留下凤仪陪着方老先生喝茶。

到了学校礼堂，在讲台落座，先由吕校长致辞介绍，完了就是方鸿渐开讲。伸手到大褂口袋里摸演讲稿子，只摸了个空，慌得一身冷汗。一想糟了，家里出来时，明明搁在口袋里的，怎么会丢了。吕校长致辞完毕，没法子，只好硬着头皮上场，胡拉乱扯讲了起来。刚开了个头，就见凤仪气急败坏地赶进礼堂，看见演讲已开始，便绝望地找个空位坐下。鸿渐此时恍然大悟，知道是自己出茶馆时，不小心穿错了凤仪的大褂。事到此时，只有大胆老脸胡扯一通。没了讲稿，胡扯起来也就没了边际，鸦片呀，梅毒呀，全都脱口而出。这场大丢份的演讲的直接后果，是本地送了庚帖要结亲的人家，陆续借口时局不靖，婚事缓议，向方家把女儿的照相庚帖，要了回去。没了这里的定亲，也就腾出身子，开启了回到上海，与苏小姐唐小姐的一场又一场的好戏。

獭绒西装外套

这个外套，引发了第二章后半截，颇为滑稽的一场相亲戏。

方鸿渐留洋归来，原先送他放洋的周经理和夫人，想到女儿不在了，若能给方鸿渐说成一门婚事，也算是结下一门好亲戚。给他介绍的是洋行买办张先生的女儿，并约下晚上吃顿便饭见见面，书上叫"便晚饭"。这样的事，成不成还在两可，不过是见个面而已，若在往常，想来方鸿渐还不至于贪财失态。偏偏在去的路上，路过一家外国皮货铺子，从橱窗上见有一款獭绒西装外套，新年廉价，只卖四百元。他从留学时起，就想置这么一件外套，可怜此时身上只有一百多元，根本买不起，只能望"獭"兴叹。料不到的是，在张家，饭前几个人打麻将，他的手气好，一赢再赢，不觉已是三百多。以为钱到手，就可以买下那件皮货了。不承想的是，张家欺他是来相亲的生客，料他不会索账，竟没有一个给他钱的。到了吃饭时间，全都站起来准备用餐。无奈之际，鸿渐也顾不得礼貌了，提醒说："我今天运气太好了，从来没赢过这许多钱。"张太太只好装作如梦初醒的样子，说道："咱们真糊涂！还没跟方先生清账呢。"这才打开钱袋一五一十点交给鸿渐，不光把自己的付了，还代另两位付了。

这件皮外套买了没有？肯定是买了。最为有趣的，该是作者借此事的一通议论。说鸿渐记得《三国演义》里的名言"妻子如衣服"，当然衣服也就等于妻子；他现在新添了皮外套，损失个把老婆才不放在心上呢。

一匣子信

这一匣子信，大有来头，是一个叫唐晓芙的姑娘，写给方鸿渐的。鸿渐从老家回到上海，仍住在名分上的丈人周经理家里。船上分手时，与苏文纨有相恋的意向，此时又开始走动。首次聚会，认识了苏文纨的表妹唐晓芙，就喜欢上了。着意接近，频献殷勤，总算博得好感，遂约了唐小姐第二天，在一家叫峨嵋春的馆子幽会。正吃着，问唐小姐要家庭住址和电话，唐小姐同意了，鸿渐没带记事本子，只好请唐写在他带来的，等人时闲看的一本书后面的空页上。

注意，这种地方，一定要有特别的书写，若是写在记事本上就俗了。从此之后，两人通信不断，自然是方的多，唐的少。由于苏文纨的作梗，两人的好事未成，断情的方式是，唐小姐派自家的汽车夫送还方写给他的信，不言自明的一个要求便是，要方退还她的信。鸿渐自知，事情到此已无可挽回，原纸包了唐小姐的来信，交给车夫带走。

唐小姐在自己家里，收到纸包着的匣子，好奇拆开，就是自己送给鸿渐吃的夹心朱古力糖金纸匣子。她知道匣子里是自己的信，不愿意打开，似乎匣子不打开，自己跟他还没有破裂，一打开便证据确凿地跟他断了。末后还是打开了，是自己给鸿渐的七封信，信封都破了，用玻璃纸衬补着。想得出是鸿渐接到，急于看信，撕破了信封又手指笨拙的补好。更发现盒子底部衬着一张纸，上面是她家的地址跟电话号码，记起这是跟鸿渐第一次吃饭时，写在他书后空页上的。

两人这种送还书信，不着一字的断交方式，在三闾大学时期，方鸿渐曾用来指导孙柔嘉对付陆子潇。

铁皮箱子

这个铁皮箱子，在书中可是个宝贝，彰显了其主人李梅亭的学识品质，还有为人的下流与奸诈。箱子的形状，推想该是个长方体，差不多有一人高。路上摔了一下，要查验里面的东西摔坏了没有，打开后同行的人都见了。箱子内部像个橱柜，一只只都是小抽屉，拉开抽屉，里面是排列整齐的白纸卡片，像图书馆的目录盒子。李梅亭很是得意地吹嘘："这是我的随身法宝。只要有它，中国书全烧完了，我还能照样在中国文学系开课。"箱子的底部是两只抽屉，里面一瓶瓶紧躺在棉花里的，全是内地紧缺的西药。李梅亭说是路上备用的，实则是要带到学校卖个大价钱。有这个大箱子，一路上没少折腾，上汽车，住旅馆，都是大麻烦。一次住进旅馆，铁箱子上不了楼，李梅亭跟伙计讲价钱，想给上一支烟，就让伙计将大箱子搬上去。伙计理也不理。

里面的西药，也不让闲着。

离开界化陇，进入湖南地面，在一处山野小店过夜。第二天早上醒来，孙柔嘉受凉头晕，浑身难受，赵辛楣和方鸿渐想到李梅亭带的西药，也许有仁丹，隔门问了要讨一包。李梅亭没有马上应承，想的是原封不动，十倍原价卖给穷乡僻壤的学校医院；一包仁丹打开吃不了几粒，封皮一拆，余下的便卖不了钱。于是将路上补身子的鱼肝油倒了一粒，亲自送过去让孙小姐咽了下去。结果是赵、方二人回来闻见鱼肝油的怪味儿，又见孙小姐两颊全是湿的，一部分泪水从紧闭的眼梢流过耳边。

两个信封

两个信封，都放在历史系教授陆子潇的桌子上。不是桌子正中，是在一角。一封是别人给他的，一封是他给别人的。书中是这样说的：他不是有亲戚在行政院、有朋友在外交部么？他亲戚曾经写给他一封信，这左角印"行政院"的大信封上大书着"陆子潇先生"，就仿佛行政院都要让他正位居中似的。他写给外交部那位朋友的信，信封虽然不大，而上面开的地址"外交部欧美司"六字，笔酣墨饱，字字端楷，文盲在黑夜里也该一目了然的。这一封来函、一封去信，轮流地在他桌上装点着。大前天早晨，该死的听差收拾房间，不小心打翻墨水瓶，把行政院淹得昏天黑地，陆子潇挽救不及，跳脚痛骂。那位亲戚忠国而忘家，没来过第二次信；那位朋友忙外难顾内，一封信也没回过。从此，陆子潇只能写信到行政院去，书桌上两封信都是去信了。

这是第六章里的事。陆子潇擅长写信的本事，后来还有发挥。在第七章里，玩出了新的花样。他那个尊容，那个德行，还有那个年纪，鬼使神差，竟看上了不是很漂亮，却是很年轻的孙柔嘉，便频频发起书信进攻。屡屡写信，不见回复，竟采用现时学校考试用的"画符号"的办法。这事儿，书中是借孙柔嘉之口，说给方鸿渐听的。她说，陆子潇这人真是神经病，还是来信，愈写愈不成话。先一封信说，省得回信麻烦，附一张纸，纸头上写着一个问题。这个问题不用管它，说假使她对这问题答案是肯定的，写个算学里的加号，把纸寄还他，否则写个减号。最近一封信，索性把加减号都写好，她只要划掉一个就行。

为了追求孙柔嘉，他对方鸿渐也是多方讨好，韩学愈得的也是克莱登大学的博士文凭，就是他告诉方鸿渐的。

四色铅笔

这支四色铅笔在方鸿渐房间的桌子上放着，它牵涉的人物，几乎搅动了三闾大学校园的平静。其来历，书上说是鸿渐从德国带回的，无意间坐实了一件事。鸿渐的留学地，前面只说是欧洲，没说是哪国，买下克莱登大学的假文凭，"先到照相馆里穿上德国大学博士的制服，照了张四寸相"，似乎是在德国。但对我们这样未去过德国的人来说，也不敢下断语，欧洲的国家大小跟中国的省份差不了多少，来去很方便，万一照相馆为了开拓业务，备下各国的博士服任人选用，或许因为德国的博士服跟美国的最像，鸿渐才有此选择呢？这儿有了鸿渐"手不停弄着书桌上他自德国带回的 Supernorma 牌四色铅笔"这句话，可坐实鸿渐的留学地，确实是在德国。

何以说这支四色铅笔牵涉的人物，几乎搅动校园的平静呢，这就要说到谁拿起这支铅笔又做了什么。来鸿渐这儿串门的孙柔嘉，要过鸿渐手里的四色铅笔，捺出红色铅芯，在吸墨水纸板的空白上，先画一张红嘴，相去一寸许画十个尖而长的红点，五个一组，代表指甲，此外的面目身体全没有。画完了说："这是汪太太——的提纲。"（第 255 页第 5 行）

所以有此举动，是因为前一天晚上，汪处厚夫妇举办家宴，为赵辛楣、方鸿渐做媒，介绍的对象分别是范小姐和刘小姐。恰巧范小姐今天要孙柔嘉陪她来校内给赵辛楣送剧本，孙小姐也恋着方鸿渐，正好趁此机会来看望方鸿渐，一探究竟，对汪太太的做媒深为不满，便有这样的漫画。

过后不久，就发生了赵辛楣与汪太太幽会被汪先生与高校长撞见，羞愧之下，愤而出走之事。紧接着又发生了高校长借口，方鸿渐存有赵辛楣留下的一本书，封面上有"共产主义"字样而不予续聘，要逼走方鸿渐，与方订了婚的孙柔嘉也只好相随离去。这些事，不是"几乎"，而是确确实实搅动了校园的平静。

洋派大草帽

方鸿渐孙柔嘉二人要从湖南回上海，快捷而又舒服，只能是先到桂林，坐飞机到香港，再乘轮船到上海。在香港，遇见了从重庆过来，接母亲去重庆的赵辛楣。在赵的劝说下，两人在香港完婚，旅费窘迫，两人分头拍电报向家里要钱，一面由赵辛楣垫款买了两人的船票。这些都平常，好朋友嘛，就该帮这个忙。

好戏在后头。家里的汇款陆续到了，开船前两天，鸿渐和柔嘉去赵家母子的暂住地，一则是看望赵伯母，一则是还辛楣垫付的船票钱。巧也不巧的是，久未谋面的苏文纨也来看望赵伯母，且先到一步。听说方孙二人来了，辛楣先出来说明情况，按鸿渐的意思，在门外将钱还了就不进去。孙柔嘉知道丈夫与这个女人有过恋情，想看看这个苏小姐究竟是何等样人物，加上自己今天穿了新衣服，胆气大壮，说既然来了，总要见见老伯母的。方鸿渐也触动了好奇心，差不多一年未见，想看看苏文纨的新模样。进去之后，四人之间，言语上明嘲暗讽，情绪上波涛起伏，在全书中也是不可多得的好戏场面。只看一面，就不难想见后来的情景。

两人一进去，就显出了孙柔嘉的寒碜。不说衣饰，看看苏文纨的帽子就明白了。手边茶几上，搁一顶阔边大草帽，当然是苏的，衬得柔嘉手里的小阳伞，落伍了一个时代。

向赵老太太行过礼，赵老太太起来招呼，坐在一侧的苏文纨安坐着纹丝不动，只跟方鸿渐打了个招呼，赵辛楣看不过眼，特意说这位是方太太，苏文纨早看见孙柔嘉，这时候仿佛听了辛楣的话才发现似的，对她点点头，眼光从头到脚瞥过。孙柔嘉经不起她这样看一遍，局促不安，苏文纨又问辛楣："这位方太太是不是还是那家什么银行？钱庄？唉！我记性真坏——经理的小姐？"鸿渐夫妇全听清了，脸同时发红，可是不便驳答，因为苏文纨的声音低的似乎不准备给他们听见。

苏文纨曾与方鸿渐相恋过，对鸿渐的身世完全清楚，明知那位银行经理的小姐早在鸿渐出国前已死了，当着众人的面如此奚落方鸿渐，实则也是羞辱孙柔嘉，心地之狠毒，任谁看到这儿，都会倒吸一口冷气。

最能见苏文纨的心地歹毒与目中无人的是，方、孙告别之际，她的那种表现。书中是这样说的：她站起来，提了大草帽的缨，仿佛希腊的打猎女神提着盾牌，叮嘱赵老太太不要送，对辛楣说："我要罚你，罚你替我拿那两个纸盒子，送我到门口。"辛楣瞧鸿渐夫妇站着，防她无礼不理他们，说："方先生方太太也在招呼你呢。"文纨才对鸿渐点点头，伸手让柔嘉拉一拉，姿态就仿佛伸指头到热水里去试试烫不烫，脸上的神情仿佛跟比柔嘉高出一个头的人拉手，眼光超越柔嘉头上。

想想孙柔嘉受了这样的屈辱，怎能不对方鸿渐心生怨恨呢？

自鸣钟

这个自鸣钟，是方家的老古董，也是方父遯翁先生送给长子的结婚礼品。送的时候，老先生说，这钟是你爷爷手里买下的，上礼拜花钱叫钟表店的修理了一下，机器全没坏。挂上之后，又说："这只钟走得非常准，昨天试过的，每点钟只走慢七分，记好，要走慢七分。"

就是这个懒散地走着的自鸣钟，贴在墙上，看到了方鸿渐和孙柔嘉这一对冤家夫妇，在这个房间里演出的一幕又一幕的好戏。最最了不起的是，这个每点钟只慢七分钟的老钟，一天会慢多少时间呢，$7 \times 24 = 148$。一百四十八分钟，差两分钟就是两个半小时呀。就是这个老式挂钟，见证了《围城》这出大戏的落幕。关于这一点，研究者多有评述，兹不赘。

还想说几句多余的话。《围城》绝对是中国近现代长篇小说的经典之作，若干年过后，版权不受限制，好像如今对古典文学名著，可以出各种版本、随意加以改编，我倒是有个小小的建议。现在的围城只有九章，以汉字数字"一、二、三"等表示顺序。若有人嫌不够显豁，想给每一章起个章名，可以从事件上起，也可以从时间上起。我的建议是，不妨从物件上起。这里只选出十个物件，某一章里摊下两个，删去一个就是了。用物件做章名，别的不好说，看起来显豁，则是敢肯定的。

二〇二一年十二月三日

《围城》里的景物描写

《围城》里的景物描写，不是很多，但其笔致，则不可小觑。兹分类叙之。

景物描写，糅合了时局的变化

这种地方，不会是纯粹写景物，多是书中人物对眼前景物的感受。比如，全书开篇写印度洋的海面与晚霞：

红海早过了，船在印度洋面上开驶着，但是太阳依然不饶人地迟落早起，侵占去大部分的夜。夜仿佛纸浸了油，变成半透明体；它给太阳拥抱住了，分不出身来，也许是给太阳陶醉了，所以夕照晚霞隐褪后的夜色也带着酡红。到红消醉醒，船舱里的睡人也一身腻汗地醒来，洗了澡赶到甲板上吹海风，又是一天开始。这是七月下旬，合中国旧历的三伏，一年最热的时候。在中国热得更比常年利害，事后大家都说是兵戈之象，因为这就是民国二十六年［一九三七年］。

（第 1 页第 1 行）

这样抒写，还看不出什么的话，下一自然段里的一句话，就说得再明白不过了。

这船，倚仗人的机巧，载满人的扰攘，寄满人的希望，热闹地行着，每分钟把沾污了人气的一小方水面，还给那无情、无尽、无际的大海。（第 2 页第 8 行）

第三章开头一段，更是如此。只是这里对时局的指陈，更为明确，相应的，对景物的描写，也就更为概括。

也许因为战事中死人太多了，枉死者没消磨掉的生命力都迸作春天的生意。那年春天，气候特别好。这春气鼓动得人心像婴孩出齿时的牙龈肉，受到一种生机透芽的痛痒。上海是个暴发都市，没有山水花柳作为春的安顿处。公园和住宅花园里的草木，好比动物园里铁笼子关住的野兽，拘束、孤独，不够春光尽情的发泄。春来了只有向人的身心里寄寓，添了疾病和传染，添了奸情和酗酒打架的案件，添了孕妇。最后一桩倒不失为好现象，战时人口正该补充。（第 46 页第 2 行）

情节的推进，得益于风雨的相助

有的故事，似乎只能在特定的景色中进行。比如第三章里，方鸿渐预感与唐晓芙的恋情受阻，急于相见，又不得相见。一连几天没音讯，只好写了信去，恳请礼拜日允许面谈一次，万事都听唐的命令。情感之事，吉凶难料，偏是风雨也来凑这个热闹。

当夜刮大风，明天小雨接大雨，一脉相延，到下午没停过。鸿渐冒雨到唐家，小姐居然在家；他微觉女用人的态度有些异常，没去理会。一见唐小姐，便知她今天非常矜持，毫无平时的笑容，出来时手里拿个大纸包。（第 105 页第 1 行）

这纸包是唐小姐要退给他的信。接下来是一番不尴不尬，却也意向明确的谈话。事实是唐小姐听信了表姐苏文纨的话，要跟姓方的断绝了这一向的恋情。言辞之尖刻，句句都刺着他的肺腑。话赶话，他只有承认自己的不是："你说得对。我是个骗子，我不敢再辩，以后决不来讨厌了。"站起来就走。太快了，连唐小姐要退给他的信，都没来得及递过去。只有风雨，仍在门外候着。

外面雨下得正大，她送到门口，真想留他等雨势稍杀再走。鸿渐披上雨衣，看看唐小姐，瑟缩不敢拉手。唐小姐见他眼睛里的光亮，给那一阵泪滤干了，低眼不忍再看，机械地伸手道："再会——"（第 107 页第 4 行）

雨不停，事件也不能停。

唐小姐回到卧室，适才的盛气全消灭了，疲乏懊恼。女用人来告诉道："方先生怪得很，站在马路那一面，雨里淋着。"她忙到窗口，朝街上望去：

果然鸿渐背马路在斜对面人家的篱笆外站着，风里的雨线像水鞭子正侧横斜地抽他漠无反应的身体。她看得心溶化成苦水，想一分钟后他再不走，一定不顾笑话，叫用人请他回来。这一分钟好长，她等不及了，正要分付女用人，鸿渐忽然回过脸来，狗抖毛似的抖擞身子，像把周围的雨抖出去，开步走了。（第 107 页第 11 行）

此一刻，唐小姐怨恨自己过信表姐，气愤时说话太决绝，又担忧鸿渐失神落魄，别给汽车电车撞死了。看了几次表，过一个钟头，打电话到周家问，鸿渐还没回去，她惊惶得愈想愈怕。吃过晚饭，雨早止了，她不愿意家里人听见，溜出门到邻近糖果店借打电话，心乱性急，第一次打错了，第二次打过了只听对面铃响，好久没人来接。这里，已接上了另一场误会。

这种风雨助兴的事，书中还有几处，就数这次，与情节的推进，来得圆融无碍，天工巧夺。

由宁波到溪口的路上，留下一段写风雨的上佳笔墨：

天色渐昏，大雨欲来，车夫加劲赶路，说天要变了。天仿佛听见了这句话，半空里轰隆隆一声回答，像天宫的地板上滚着几十面铜鼓。从早晨起，空气闷塞得像障碍着呼吸，忽然这时候天不知哪里漏了个洞，天外的爽气一阵阵冲进来，半黄落的草木也自昏沉里一时清醒，普遍地微微叹息，瑟瑟颤动，大地像蒸笼揭去了盖。雨跟着来了，清凉畅快，不比上午的雨只仿佛天空郁热出来的汗。雨愈下愈大，宛如水点要抢着下地，等不及排行分列，我挤了你，你拼上我，合成整块的冷水，没头没脑浇下来。车夫们跑几步把淋湿的衣襟拖脸上的水，跑路所生的热度抵不过雨力，彼此打寒噤说，等会儿要好好喝点烧酒，又请乘客抬身子好从车座下拿衣服出来穿。坐车的缩作一团，只恨手边没衣服可添，李先生又向孙小姐借伞。这雨浓染着夜，水里带了昏黑下来，天色也陪着一刻暗似一刻。一行人众像在一个机械画所用的墨水瓶里赶路。（第 148 页倒数第 3 行）

风雨中，夹带着车夫的动作，这才是真正的风雨兼程。这里所写，全是实况。与钱同行去湘西的徐燕谋，事后写有长诗《纪湘行》，对这一段路上的艰难，有逼真的记述。与钱先生的笔墨处处吻合："不意风雨来，驰骤万马疾。仆夫苦推挽，泥泞胶车辙。"有此四句，其景况即可想见。

是实况也要靠笔致，快到平成（书中虚拟的学校地址），有几句写风雨的文字，也够浓酽的：

走了七十多里，时间仿佛把他们收回去了，山雾渐起，阴转为昏，昏凝为黑，黑得浓厚的一块，就是他们今晚投宿的小村子。进了火铺，轿夫和挑夫们生起火来，大家围着取暖，一面烧菜做饭。火铺里晚上不点灯，把一长片木柴烧着了一头，插在泥堆上，苗条的火焰摇摆伸缩，屋子里东西的影子跟着活了。（第 185 页倒数第 5 行）

仅有风声，没有雨声，有暗夜的遮掩，也会生出好戏。在去宁波的船上，晚饭后，方鸿渐与赵辛楣在甲板上聊天，没想到的是，拐过一个墙角，坐着的孙柔嘉全听在心里。

晚饭后，船有点晃。鸿渐和辛楣并坐在钉牢甲板上的长椅子上。鸿渐听风声水声，望着海天一片昏黑，想起去年回国船上好多跟今夜仿佛一胎孪生的景色，感慨无穷。（第134页倒数第7行）

辛楣听这话来得突兀，呆了一呆，忽然明白，手按鸿渐肩上道："咱们坐得够了。这时候海风大得很，回舱睡罢，明天一清早要上岸的。"说时，打个呵欠。鸿渐跟着他，刚转弯，孙小姐从凳上站起招呼。辛楣吓了一大跳，忙问她一个人在甲板上多少时候了，风大得很，不怕冷么。孙小姐说，同舱女人带的孩子哭吵得心烦，所以她出来换换空气。（第141页第4行）

这一故事或者说是"事故"，几乎成了全书一条暗中的主线，直接引发了柔嘉对辛楣的反感，对鸿渐的爱心。

寻常景致，因人情的熏染也会熠熠生辉

第七章里，汪夫人说媒不成，汪处厚仍不死心，想将方鸿渐笼络到门下。赵辛楣是高校长的学生，撬不动，方鸿渐无依凭，不难成功。一天，方鸿渐与汪处厚相遇，发了几句牢骚，汪便说："今天天气很好，咱们到田野里走一圈，好不好？或者跟我到舍间去谈谈，就吃便饭，如何？"方鸿渐不想陷得太深，只好说情愿陪他走走。

过了溪，过了汪家的房子，有几十株瘦柏树，一株新倒下来的横在地上，两人就坐在树身上。汪先生取出嘴里的香烟，指路针似的向四方指点道："这风景不坏。'阅世长松下，读书秋树根'；等内人有兴致，请她画这

两句诗。"（第 262 页第 9 行）

孙柔嘉虽说不漂亮，毕竟是西行路上，唯一的女性，也还年轻，作者在她身上，不会少了诗情画意。只是钱先生笔下的诗情，不会没有凄凉，笔下的画意，不会没有灰冷。五人一路行来，过了界化陇，来到湖南地面，行程不那么急促了，身体却是更为疲惫。忽一日，来到一个偏僻地方，住的鸡毛小店，饭后四个男人全睡午觉，孙柔嘉跟辛楣鸿渐同房，只说不困，坐在外间的竹躺椅上看书，也睡着了。

她醒来头痛，身上冷，晚饭时吃不下东西。这是暮秋天气，山深日短，云雾里露出一线月亮，宛如一只挤着的近视眼睛。少顷，这月亮圆滑得什么都粘不上，轻盈得什么都压不住，从蓬松如絮的云堆下无牵挂地浮出来，原来还有一边没满，像被打耳光的脸肿着一边。孙小姐觉得胃里不舒服，提议踏月散步。大家沿公路走，满地枯草，不见树木，成片像样的黑影子也没有，夜的文饰遮掩全给月亮剥光了，不留体面。（第 183 页倒数第 7 行）

《围城》全书中，写景状物，就数这段文字，最是清丽可人。写方鸿渐赏月的一节，也不弱，毕竟是男人，也就少了韵致。

他靠纱窗望出去。满天的星又密又忙，它们声息全无，而看来只觉得天上热闹。一梳月亮像形容未长成的女孩子，但见人已不羞缩，光明和轮廓都清新刻露，渐渐可烘衬夜景。（第 30 页倒数第 3 行）

这是方鸿渐回国的第一晚，在岳家，住在已故未婚妻住过的房子里，窗前独坐，透过纱窗看到的上海夜景。注意一下月亮前的数量词：一梳。我们，意思是像我这样自认为还有点文化的人，在散文里面写月亮图个雅驯，或许会用"一钩""一轮"（若是农历的十五六），就是知道古人有用"木梳"比喻上弦月、下弦月的，也断不敢将这个"梳"字这样处置。用作量词，太女性化了，似乎只可用于诗词里，普通的文章，如何消受得起？

这个例句里，还有一个词，我是说"形容"，也不是我们敢用的。这个二字词，普通人用起来多是比喻啦，形容啦，用作一种词性的标识。这儿的"形容"，全不是这样的意思，它是指未长成的女孩子的体型与容貌。

仅仅这么一句即可知，钱先生在景物描写上是多么的用心，多么的委婉细致。

不止此也，鸿渐看过天色，还会看看地景。天色高远，未免空疏，地景就在眼前，必是声形俱全，热热闹闹了。

小园草地里的小虫琐琐屑屑地在夜谈。不知哪里的蛙群齐心协力地干号，像声浪给火煮得发沸。几星萤火优游来去，不像飞行，像在厚密的空气里漂浮，月光不到的暗处，一点萤火忽明，像夏夜的一只微绿的小眼睛。（第 31 页第 1 行）

不是挑剔，只是惋惜，《围城》里的景物描写，实在不多。

钱先生是诗人，写旧体诗的诗人，对月亮似乎情有独钟。有此爱心，对浩渺夜空上的月亮，也就有了独到的区分。前面说的"一线""一梳"，即是成例。书中又说，"暮春初夏的月亮原是情人的月亮，不比秋冬是诗人的月亮"。（第99页第7行）对月亮的爱意，也会通过笔尖的墨水，浸润到书中人物的身上。真要这样，方鸿渐该是沾溉最多的一个。去湘西前在沪上，确是初夏时节，只可惜爱他的人他不爱（苏文纨），他爱的人不爱他（唐晓芙），枉对了晶莹的玉兔，难生咏叹的兴致。前往湘西，一路山光水色，想来也会有皓月当空的时分，该代作家一展诗才。料不到的是，白日赶路，不是风就是雨，到得地头，风也停了，雨也住了，人累得要死要活，也就少了欣赏星月的雅兴。

书上是这样处置的，实际的情形，不全是如此。

本可大展写景之才，不知为何断然放弃

先看书中一处记事：

一觉醒来，天气若无其事的晴朗，只是黄泥地表示夜来有雨，面粘心硬，像夏天热得半溶的太妃糖，走路容易滑倒。大家说，昨天走得累了，湿衣服还没干，休息一天，明早上路。顾尔谦的兴致像水里浮的软木塞，倾盆大雨都打它不下，就提议午后游雪窦山。游山回来，辛楣打听公共汽车票的买法。（第150页第11行）

到了溪口，游雪窦山，这是真的，不是编的。且看真正与钱锺书同行去湘西教书的徐燕谋先生，在其《纪湘行》里是怎么说的：

> 雪窦山色佳，雨后净如泼。
> 不为看山来，招邀禁排阖。
> 命舆且往游，仄径攀葛藤。

石罅出流泉，寒空盘健路。

杨绛在《记钱锺书与〈围城〉》里说，"他和旅伴游雪窦山，有纪游诗五古四首，我很喜欢第二第三首，我不妨抄下，作为真人实事和小说的对照"。其第二首有句，"山容太古静，而中藏瀑布"，正应了徐诗中的"石罅出流泉"。可知一行数人是同游雪窦山的。钱诗第二首，对山中景色，与他的感悟，都有出色的咏叹。不知为何没有写入《围城》里。且看第二首里写山势的句子：

天风吹海水，屹立作山势；
浪头飞碎白，积雪疑几世。
我常观乎山，起伏有水致；
蜿蜒若没骨，皴具波涛意。
乃知水与山，思各出其位，
譬如豪杰人，异量美能备。
固哉鲁中叟，祗解别仁智。

水势像了山，山形有水意，山与水，各自思出其位，绝非孔子所说的，水为智者乐，山为仁者喜。这象形，这开悟，若写进《围城》，必让人击节赞赏。为什么不写呢？我的看法，或许在徐诗中有句，"不为看山来，招邀禁排闷"。他们一行前往，系某人与山寺住持有关系，接受邀请去游山，也就不便多言。夸赞与全书格调不符，嘲讽又不合人情，只好笔之于诗，而弃之于文了。

还要补充一句的是，从徐诗中，还能看出，他们一路上是感受到了战争的浓重气氛，看到了赴前线的战士的英勇，也看到了退下来的伤兵的悲惨。钱先生在书中，也是不着一字。比如徐诗中有句：

> 新车载熊罴，旧车无輗轧。
> 创伤在道路，扶携自相恤。
> 断臂粗络缠，折足强跛蹩。
> 巨痛不用诉，斑斑征衣蔑。
> 瘦面笑似哭，不怒眦亦裂。

想来原因，当在与全书格调不符，或是他们是 1939 年赴湘西，而书中将时间提前到 1938 年，不愿让后来的悲惨的情景，扰了之前的不那么悲惨的世相。

这是题外话，既已说到徐燕谋的诗作，不能不扯上几句。

徐燕谋《纪湘行》诗，见郑朝宗《续怀旧》文，收入《不一样的记忆——与钱锺书先生在一起》书中，1999 年 8 月，当代世界出版社。

二〇二二年六月二日

《围城》叙事的场景处理

小说是写人的，长篇小说更是。场次更迭，景随步移。场景不同于景，景可以远观，场景只能身处。人物出场，脚下的土地，身边的林木，便构成了场景。优秀的小说家，都很重视场景的处理。是恪守一隅，还是随时变换，此中学问多多。钱锺书先生是写小说的高手，《围城》提供了许多有益的镜鉴。

不打算说大的，单从小处说。

全书分九章，大的场景，大的事件，分在这九章里。有的事件繁杂，用了还不止一章。比如方鸿渐留学归来在上海，与苏文纨、唐晓芙的感情纠葛，最终导致赴三闾大学教书，就用了二至四，共是三章。一行五人到了三闾大学，赵辛楣卷入桃色事件，方鸿渐与孙柔嘉相恋不容于学校被解聘，用了六七两章。此外的场景与事件，均清清爽爽。回国是在船上（第一章），回老家省亲是在无锡（第二章），去湘西是在路上（第五章），离校结婚是在香港（第八章），夫妻闹别扭是在回到上海（第九章）。这样一来，大的场景也就毋庸辞费，所谓小的场景，就成了一章之内，人物事件与地头的关联。

下面分几个门类说说。

相关的事情，尽量往一个场景里靠

这个不算什么本事，会写小说的，都会这么做。有写戏经验的，更是轻车熟路。不这么着，人到哪儿，景到哪儿，演戏就成了"拉洋片"。布景换个不停，能把后台的人累死。《围城》里，钱先生的高明在于，场景不换，上场人物换了，对接起来，了无痕迹。

举个例子。

方鸿渐一行五人，离开上海，乘船到宁波后，第一个站口是溪口，第二个站口是金华。去金华的汽车票很难买，赵辛楣和李梅亭找了站长，站长关照，明天留两张，后天留三张。谁先走？议定李梅亭顾尔谦两人先走，方鸿渐等三人后走。这样就来了个场景——汽车站。以来到汽车站的人员而论，第一拨是五人，方等三人送李等二人。第二拨走的，是方等三人。一般作家写到这里，总该分成两个自然段，前一自然段写李、顾二人怎样走，方等三人怎样送。后一自然段写方等三人怎样走。可你看钱先生是怎么处理的——

明天早晨，大家送李顾上车，梅亭只关心他的大铁箱，车临开，还从车窗里伸头叫辛楣仔细看这箱子在车顶上没有。脚夫只摇头说，今天行李多，这狼犺家伙搁不下了，明天准到，反正结行李票的，不会误事。孙小姐忙向李先生报告，李先生皱了眉头正有嘱咐，这汽车头轰隆隆掀动了好一会，突然鼓足了气开发，李先生头一晃，所说的话仿佛有手一把从他嘴边夺去向半空中扔了，孙小姐侧着耳朵全没听到。鸿渐们看了乘客的扰乱拥挤，担忧着明天，只说："李顾今天也挤得上车，咱们不成问题。"明天三人领到车票，重赏管行李的脚夫，叮嘱他务必把他们的大行李搁在这班车上，每人手提只小箱子，在人堆里等车，时时刻刻鼓动自己，不要畏缩。第一辆新车来了，大家一拥而上，那股蛮劲儿证明中国大有冲锋敢死之士，只是没上前线去。（第152页倒数第4行）

不抄了。要抄，还有差不多一页，少说也有七百字。第一辆车没上去，第二辆才如愿，上去以后那个挤呀，又是一番哭笑不得的景象。所有这些，全在一个自然段内。

隔了一夜，又是一天，另一拨人走，怎么也该有个间隔。现在要探究的是，这个转圜何以如此自然，不经意间就滑了过去。诸位如何理解我不知道，我的看法则是，在前一时段与后一时段之间，作者来了句"鸿渐们看了乘客的扰乱拥挤"云云，等于是预设了明天的状况。这样接下来说"明天三人领到车票"云云，就是转瞬间的事了。真要另起一段，反而让人有断了气的感觉。不断气，也得喘口气，而一喘气，就等于松了一口气。松一口气就有废书不观的可能。这样连喘气的工夫都不给，你就是再忙，也要将下面的故事看完，实在看不完，心里也惦着。艺术的魅力，不全是高雅，俗也有俗的劲道。

逸出的事件，及时拽了回来

场景跟主人公的视角，大有关联。主人公视听范围内的，往往是主场景。长篇小说的故事，都较复杂，每每会有次一等的事件，逸出主人公的视听。这时若单另写，就得另辟一个场景。《围城》里遇到这种情况，常是将另一场面上的事，拽了回来，变为转述，保持场景的不变，视角的可控。

仍是到了溪口，要去金华，赵辛楣和李梅亭去汽车站找站长办票。若按旧小说的写法，来上句"花开两朵，各表一枝"，便可无牵无挂地写办票的事。《围城》是新小说，虽说在一些地方仍留有旧小说的斑痕，在这种地方断不会露怯。书中是，先写了辛楣为办票如何的精心穿戴，以示威仪。鸿渐要去，辛楣不让他去，嫌他胡子拉碴不体面。李梅亭是必须去的，五个人里，就他带着名片，多少能说明身份。去了怎样呢，作家的笔触并未跟了过去。场景不变，仍是在旅店：

> 辛楣俩去了一个多钟头才回来。李梅亭绷着脸，辛楣笑容可掬，说明天站长特留两张票，后天留三张票，五人里谁先走。结果议决李顾两位明天先到金华。吃晚饭时，梅亭喝了几杯酒，脸色才平和下来。原来他们到车站去见站长，传递片子的人好一会才把站长找来。他跑得满头大汗，一来就赶着辛楣叫"李先生"，撇下李梅亭不理，还问辛楣是否也当"报馆"主笔。辛楣据实告诉他，在《华美新闻》社当编辑。（第152页第6行）

这场戏，真要展开写，少了两千字，那就不是钱先生的本事了。主视角是方鸿渐，方鸿渐在的地头是主场景，逸出了，赶紧拽回。

还有一处，在第六章。也是关乎李梅亭的事。全书中，若论戏份，李梅亭仅次于方鸿渐、赵辛楣和孙柔嘉，可说是第四号人物。此公道貌岸然又奸猾成性，时不时地就出乖露丑，可写的也就多。这次是到了三闾大学，以为稳攥的中文系主任，竟让关系更硬的汪处厚先一步抢去，怒火中烧，原本要找高校长大闹一场，结果是找到门上，校长竟吃请未归。想来决不会善罢甘休。展开写，就要叉了开去。书中用了老办法，及时拽回，展现在方鸿渐和赵辛楣面前：

晚上近九点钟，方鸿渐在赵辛楣房里讲话，连打呵欠，正要回房去睡，李梅亭打门进来了。两人想打趣他，但瞧他脸色不正，便问："怎么欢迎会完得这样早？"李梅亭一言不发，向椅子里坐下，鼻子里出气像待开发的火车头。两人忙问他怎么啦。他拍桌子大骂高松年混账，说官司打到教育部去，他也不会输的；高松年身为校长，出去吃饭，这时候还不回来，影子也找不见，这种玩忽职守，就该死。（第 193 页第 6 行）

这样的开头，不会是骂骂就了事。下面一个"原来"，用"他叙"的方式，将李梅亭参加欢迎会，受已就任中文系主任汪处厚"恭维"的事演说一遍。然后另起一段，写方鸿渐、赵辛楣对此事的感慨。

一个大场景过后，可以甩出个尾巴

如果都是这样，相干不相干的事情，紧紧地抟起来，塞进一个场景，那就成了戏剧，不是小说了。小说是文字叙事，毕竟灵活得多。即便新小说认同了视角原则，也还可以有例外之举，容许便宜行事。《围城》的办法，多是在一个大的场景过后，给以必要的归拢，也是合理的外溢，让人物在一个小场景里放松一下。

第三章很热闹，有多个场景。其中一个是，方鸿渐竟能在苏文纨家的聚会上，跟唐晓芙眉来眼去，暗通款曲，约下了在"峨嵋春"相会的事儿。本来也约了苏文纨作为遮掩，苏吃醋不去，正好给方的约会行了方便。峨嵋春相会，是个不大不小的场面，两人打情骂俏，心心相印，很是精彩。饭后，方鸿渐"分付跑堂打电话到汽车行放辆车来，让唐小姐坐了回家"。通常小说写到这儿，就算告一段落，有什么事也是明天见了面再说。这里就显出钱先生的非同寻常了。他不写第二天方鸿渐怎样，而是将笔触移开，随着唐小姐的身子进了唐府的家门：

> 唐小姐到家里，她父母都打趣她说："交际明星回来了！"她回房间正换衣服，女用人来说苏小姐来电话。唐小姐下去接，到半楼梯，念头一转，不下去了，分付用人去回话道："小姐不舒服，早睡了。"唐小姐气愤地想，这准是表姐来查探自己是否在家。她太欺负人了！方鸿渐又不是她的，要她这样看管着？表姐愈这样干预，自己偏让他亲近。自己决不会爱方鸿渐，爱是又曲折又伟大的情感，决非那么轻易简单。假使这样就会爱上一个人，那么，爱情容易得使自己不相信，容易得使自己不心服了。（第70页第3行）

这样的一个"逸出"，或者说是"补叙"，更像一首长歌的尾声。让它婉转悠扬，袅袅散去，好让听众的情绪平复下来，准备聆听下一曲歌声。

这种"甩尾巴"的方式，若用在一章的末后，往往别有用意。

第四章写方鸿渐跟苏文纨的纠缠斩断了，跟唐晓芙的恋情碰壁了，阴差阳错，收到三闾大学的聘书，跟赵辛楣和解，一行五人要去湖南了。按说买下船票，确定了日期，这一章就完了，不必再作赘言。然而，方家有个方遯翁，守旧好名而风趣，鸿渐要远行，回来在一年以后，不让这位老先生再表现表现，实在是浪费了优质资源。

作者的高明在于，迤逦写来，仍能归到主旨上。先写老先生近来的新发现，"遯翁近来闲着无事，忽然发现了自己，像小孩子对镜里的容貌，摇头侧目看得津津有味"。按说，只是写方遯翁如何，作为一章的尾声，也无可指责。或许是觉得这尾巴甩得太远了，钱先生毕竟是高手，他不会让你有这个小小的嫌弃式的得意。他让老先生在他的日记里，记下了方鸿渐远行前的一个有气节的表现——

过一天，周家送四色路菜来。鸿渐这不讲理的人，知道了非常生气，不许母亲受。方老太太叫儿子自己下去对送礼的人说，他又不肯见周家的车夫。结果周家的车夫推来推去，扔下东西溜了。鸿渐牛性，不吃周家送来的东西。方遯翁日记上添了一条，笑儿子要做"不食周粟"的伯夷叔齐。（第 132 页倒数第 5 行）

决定去湖南——买船票——开船日期——周家送来路菜。绕了一个弯子，看到"路菜"二字，读者方明白，鸿渐兄起程在即了。

做足功夫，突兀而来不觉突兀

前面三节，说的都是场景的"固守"。毕竟全书中，只有第一章第一个场景，是一开篇就固在那儿的，其他的固守，都是先有转换才能固守得住。如此一来，场景的转换，也就成了作家着力之所在。

除了先登堂后入室，这样的自然转换，书中用得最多的，是先做足功夫，看似突兀的转换，读来不觉突兀。

第三章写方鸿渐回到上海，家中住处逼仄，只好先住在挂名岳父家里。回来了，总得去老家看望父母，定好的行程是第二天。新到一处，难以入睡，躺在床上，窗外小园草地里的小虫嘤嘤作响，蛙声四起，萤火点点，此时方意识到生命的美善，回国的快乐。接下来另起一段，说他回到了老家所在的县城：

> 方鸿渐在本县火车站下车，方老先生、鸿渐的三弟凤仪，还有七八个堂房叔伯兄弟和方老先生的朋友们，都在月台上迎接。他十分过意不去，一个个上前招呼，说："这样大热天，真对不住！"看父亲胡子又花白了好些，说："爸爸，你何必来呢！"（第31页第8行）

等于是没有任何过程，从挂名岳家的床上跳下来，一抬腿就到了老家县城火车站的月台上。够突兀的吧？一般作家写到这里，总会说怎样出门前，跟挂名岳丈或岳母打个招呼，至不济也要雇了洋车，赶到火车站，上了开往家乡的火车。没有，什么都没有，就这么直楞楞的，"方鸿渐在本县火车站下车"。

我揣想，1944年春天在上海辣斐德路（今复兴中路）那间小书房里，钱先生写到这儿，一定会想到成书后，看书的人看到这儿，要么轻轻滑过，要么会微微一愣。轻轻滑过的，纵然是粗心，他也不会见怪，那微微一愣的，他想到就会咧嘴一笑。他要的就是这个效果。刚刚还在周家的床上，怎么一下床就到了二百里之外的火车站，要干吗呢？好奇吗？那你就往下看吧。

阅读的驱动力，正是这份无端的好奇心。说无端，是体量读者的智商，也可以说是安了心，故意诱骗读者。实际上，前面作家早就做足了指引的功夫。这是第三十一页上的事，往前看吧。

第26页倒数第3行：八月九日下午，船到上海，侥幸战事并没有发生。苏小姐把地址给方鸿渐，要他去玩。他满嘴答应回老乡望了父母，一定到上海来拜访她。

第27页第12行：鹏图在什么银行里做行员，这两天风声不好，忙着搬仓库，所以半路下车去了，鸿渐叫他打个电报到家里，告诉明天搭第几班火车。鹏图觉得这钱浪费得无所谓，只打了个长途电话。

第27页倒数第2行：鸿渐想赎罪补过，反正明天搭十一点半特别快车，来得及去万国公墓一次。

第28页第7行：丈人安慰他说："你回家两个礼拜，就出来住在我这儿。"

先说要回老家看望父母，又让弟弟打电报告知家里，明天坐几点的火车。当晚住在挂名丈人家里，借说去公墓，说了坐十一点半的特别快车。可谓一步一指引，步步说的都是回老家的事。天亮了，该去做什么，还用得着啰唆吗？

这种办法，若说有什么机巧的话，那就是自自然然，全在无意中点到。写小说，最忌讳的是，先敲一通锣鼓，调子起得老高，还没写到，读的人就想到了这趟回家，该是如何的热闹。熟悉钱氏风格的人心里清楚，这热闹，准是怎样的出乖露丑。能让读者有此预感，生手以为得计，高手先就无地自容。

风雨天气，转场最是便当

捋出这么一条，实在是怠慢了钱锺书先生。好像是在说京剧《沙家浜》里，风雨来了，郭建光们唱得越起劲似的。《围城》里的风雨不会那么激情澎湃，爱憎分明，而招之即来，来之能刮能下，还是做得到的。第五章开头一部分，写一行五人离开上海到宁波上岸，从宁波到溪口，有一段旱路，正遇上风雨天气。钱先生似乎来了劲儿，有一大段风雨天气的描写。以风雨而论，在《围城》里，是最长的。前面谈风景描写一节里，抄了大半，这里接住，再抄几句：

夜黑得太周密了，真是伸手不见五指！在这种夜里，鬼都得要碰鼻子拐弯，猫会自恨它的一嘴好胡子当不了昆虫的触须。车夫全有火柴，可是只有两辆车有灯。密雨里点灯大非易事，火柴都湿了，连划几根只引得心里直冒火。此时此刻的荒野宛如燧人氏未生以前的世界。鸿渐忙叫："我有个小手电。"打开身上的提箱掏它出来，向地面一射，手掌那么大的一圈黄光，无数的雨线飞蛾见火似的匆忙扑向这光圈里来。孙小姐的大手电雪亮地光射丈余，从黑暗的心脏里挖出一条隧道。（第148页第10行）

这一大段风雨景色的描摹，占了一页还多。总在千余字。风、雨、夜、黑，这么全面而生动的写景，在中外文学作品里，想来也不会多有。

经过这么一番风吹雨打，连惊带吓，到了地头，书中说是溪口，该说如何寻找旅店歇息，寻找饭馆饱啖，当是题中应有之义。然而，在钱先生的笔下，这些是不言自明的事，也就不必枉费笔墨。再说什么，反倒是对读者智商的不尊重，于是笔头一转，另起一段：

一觉醒来，天气若无其事的晴朗，只是黄泥地表示夜来有雨，面粘心硬，像夏天热得半溶的太妃糖，走路容易滑倒。大家说，昨天走得累了，衣服还没干，休息一天，明天上路。顾尔谦的兴致像水里浮的软木塞，倾盆大雨都打它不下，就提议午后游雪窦山。（第150页第11行）

不管游没游雪窦山，场景肯定是转换过来了。这样的转换，气势太大了，像关云长骏马奔驰，手里挥着青龙偃月刀，好一番厮杀。有了舞青龙刀的本事，舞起小飞刀，也是嗖嗖的。下面这节文字，写的是方鸿渐由老家回到上海，住在周经理家，想起曾许诺要去看望苏文纨，借助了对月色的议论，转瞬间便完成了场地的转换：

吃了晚饭，因为镇天没活动，想踏月散步，苏小姐又来电话，问他好了没有，有没有兴致去夜谈。那天是旧历四月十五，暮春早夏的月亮原是情人的月亮，不比秋冬是诗人的月色，何况月亮团圆，鸿渐恨不能去看唐小姐。苏小姐的母亲和嫂子上电影院去了，用人们都出去逛了，只剩她跟看门的在家。她见了鸿渐，说本来自己也打算看电影去的，叫鸿渐坐一会，她上去加件衣服。（第99页第5行）

这儿的镜头，起初还是对着周家的电话机，倏忽间镜头往上一抬，对着月亮晃了一下，再落下来，已是苏家的客厅了。

综述之后，最宜另开新局

章节容量大的长篇，多用此法。《围城》全书二十多万字，只有九章，每章的容量是够大的。书中场景转换，多处用到此法，有的显豁，有的隐约。挑两处显豁的说说。

第三章里，方鸿渐在苏家遇见唐晓芙，一见钟情，晓芙对他也有几分好感。到后来，因了苏小姐的处处作梗，唐小姐对他的热情也便减退下来。于是作者对此前的事件，做了个综述：

唐小姐跟苏小姐的来往也比从前减少了，可是方鸿渐迫于苏小姐的恩威并施，还不得不常向苏家走动。苏小姐只等他正式求爱，心里怪他太浮太慢。他只等机会向她声明并不爱她，恨自己心肠太软，没有快刀斩乱丝的勇气。（第 83 页第 7 行）

有这几句话，下面再有一件小事的流连，便转入方鸿渐应赵辛楣之请，到馆子里与褚慎明、董斜川相见的大场面。

第八章里，方鸿渐和孙柔嘉到了香港，听从赵辛楣的劝告，虽说犹犹豫豫，还是举行了婚礼。这一章里，还有个重头戏，就是在赵辛楣暂住的亲戚家里，见到了久违的苏文纨。这个场景的转换，也是在一番综述之后完成的：

以后这一星期，两人忙得失魂落魄，这件事做到一半，又想起那件事该做。承辛楣的亲戚设法帮忙，注册结婚没发生问题。此外写信通知家里要钱，打结婚戒指，做一身新衣服，进行注册手续，到照相馆借现成的礼服照相，请客，搬到较好的旅馆，临了还要寄相片到家里，催款子。虽然很省事，两人身边的钱花完了，亏得辛楣送的厚礼。（第293页第1行）

这才是一大段的开头，下面是两人的争执，最后是什么都办了，这才算是完——没有完，还有一句："开船前两天，鸿渐夫妇上山去看辛楣，一来拜见赵老太太，二来送行，三来辞行，四来还船票等等的账。"再起一段就是在赵家亲戚的客厅，见到苏文纨那场大戏了。

明里高谈阔论，暗里已度了陈仓

这样的转场，与前面一种，有相似之处。不同处在于，前一种侧重在承前，这一种侧重在启后。举两例，一在第六章，一在第七章。

先说第六章里的事。

在三闾大学，方鸿渐万没料到的是，他这个克莱登大学的假博士，会遇到一个克莱登大学的假博士同学，早他二十年"毕业"的历史系主任韩学愈先生。韩先生笼络人的办法是请吃饭，方鸿渐的这顿饭也就没个跑。书中写到吃饭事，不说菜肴如何，沟通如何，却是一番长篇大论——

鸿渐研究出西洋人丑得跟中国人不同：中国人丑得像造物者偷工减料的结果，潦草塞责的丑；西洋人丑像造物者恶意的表现，存心跟脸上五官开玩笑，所以丑得有计划、有作用。韩太太口口声声爱中国，可是又说在中国起居服食，没有在纽约方便。鸿渐总觉得她口音不够地道，自己没到过美国，要赵辛楣在此就听得出了，也许是移民到美国去的。（第207页第1行）

连另起一段也等不及，延宕了几句后，便是："鸿渐兴高采烈，没回房就去看辛楣。"接下来便是，两人倾吐衷肠的交谈。

第七章的事，是第二学期，功课顺了，人事关系却复杂起来，没办法，只有努力向学，或许会有出路——

鸿渐预备功课，特别加料，渐渐做"名教授"的好梦。得学位是把论文哄过自己的先生；教书是把讲义哄过自己的学生。鸿渐当年没哄过先生，所以未得学位，现在要哄学生，不免欠缺依傍。教授成为名教授，也有两个阶段。第一是讲义当著作，第二著作当讲义。好比初学的理发匠先把傻子和穷人的头作为练习本领的试验品，所以讲义在课堂上试用没出乱子，就作为著作出版；出版以后，当然是指定教本。鸿渐既然格外卖力，不免也起名利双收的妄想。（第263页第9行）

下面，闲扯到孙柔嘉，又扯到赵辛楣，另起一段就是高松年去找汪处厚，不多一会儿，赵辛楣与汪太太的"花事"就败露了。引起的连锁反应，先是赵辛楣的仓皇出走，再是方鸿渐与孙柔嘉也待不下去，走出湘西，回到上海。

再高明的把戏，耍上几次，也会露馅。读《围城》有个感觉，每当作者来一通说论，你就该想到，下来必是另一个场景。

是猜到了，但期待更大了。会是什么呢，赶紧往下看，保准不会失望。大作家和小角色的差异，或许就在这里吧！

二〇二二年五月十日

《围城》里的信函书写

《围城》里的信函，细细寻按，共有十件。略加归拢，可得三类，分头言之。

第一类，晚辈与长辈之间，见出亲情，见出心计

此类有两件。

一件是方鸿渐离开老家，去北平一所大学上学，在上大学前或初上大学，经父亲做主，与本乡金融家周某之女订婚。在北平见男女同学恋爱，很是羡慕，便生了与周家退亲的念头，于是便给父亲写信，陈述自己内心的苦恼，希望父亲体谅下情，酌情处置，解除这一婚约。书中所引，虽是片段，仍可见其大概。先看鸿渐是怎么写的：

迩来触绪善感，欢寡愁殷，怀抱剧有秋气。每揽镜自照，神寒形削，清癯非寿者相。窃恐我躬不阅，周女士或将贻误终身。尚望大人垂体下情，善为解铃，毋小不忍而成终天之恨。（第7页倒数第6行）

他以为措辞凄婉，准打得动老父的铁石心肠。料不到的是，老父披阅之下，一眼就看穿了他的狼心狗肺，来封快信，痛骂一顿。老父是举人出身，遣词调句，远胜鸿渐：

吾不惜重资，命汝千里负笈，汝埋头攻读之不暇，而有余闲照镜耶？汝非妇人女子，何须置镜？惟梨园子弟，身为丈夫而对镜顾影，为世所贱。吾不图汝甫离膝下，已濡染恶习，可叹可恨！且父母在，不言老，汝不善体高堂念远之情，以死相吓，丧心不孝，于斯而极！当是汝校男女同学，汝睹色起意，见异思迁；汝托词悲秋，吾知汝实为怀春，难逃老夫洞鉴也。若执迷不悔，吾将停止寄款，命汝休学回家，明年与汝弟同时结婚。细思吾言，慎之切切！（第 7 页倒数第 2 行）

此番书信往还的结局，颇富喜剧性。鸿渐接信，吓得矮了半截，想不到老头子竟这样精明。忙写回信讨饶和解释，说镜子是同室学生的，他并没有买；这几天吃美国鱼肝油丸，德国维他命片，身体精神好转，脸也丰满起来，只可惜，药价太贵，舍不得钱；至于结婚一节，务请毕业后进行，一来妨碍学业，二来他还不能养家，添父亲负担，于心不安。方老先生收到儿子的信，证明自己的威严，远及于几千里外，得意非凡，兴头上汇给儿子一笔钱，让他买补药。

另一件是大学第四年，父亲来信告诉他，他的未婚妻患伤寒，为西医所误，于本月某日去世，嘱他勿过分悲伤，但汝岳父处应去一信唁之。鸿渐看了有犯人蒙赦的快活，对那短命的女孩子也稍微怜悯。自己既享自由之乐，也愿意旁人减少悲哀，于是向未过门丈人处去了一封慰唁的长信。

这封信也有个喜庆的结局。书上这么说的：周经理收到信，觉得这孩子知礼，便分付银行文书科王主任作复。文书科主任看见原信，大夸这位未过门姑爷，文理书法都好，情词深挚，天性极厚，定是个远到之器。周经理听得开心，叫主任回信说：女儿虽未过门，翁婿名分不改，现在把陪嫁办喜事的那笔款子，加上方家聘金为女儿做生意所得利息，一共两万块钱，折合外汇一千三百镑，给方鸿渐明年毕业了做留学费。

第二类是给情人的信，有的是真正的情人，有的是似是而非的情人

给真正情人的信是求婚的，并未成功，给似是而非的情人的信是了断的，以为还会有纠缠，却顺利地成功了。都是方鸿渐写的，一封是给唐晓芙的，一封是给苏文纨的。

先看给唐晓芙的，是够肉麻的，也还有些许新意。

晓芙：

前天所发信，想已寓目。我病全好了；你若补写信来慰问，好比病后一帖补药，还是欢迎的。我今天收到国立三闾大学电报，聘我当教授。校址好像太偏僻些，可是还不失为一个机会。我请你帮我决定去不去。你下半年计划怎样？你要到昆明去复学，我也可以在昆明谋个事，假如你进上海的学校，上海就变成我唯一依恋的地方。总而言之，我魔住你，缠着你，冤魂作祟似的附上你，不放你清静。我久想跟我——啊呀！"你"错写了"我"，可是这笔误很有道理，你想想为什么——讲句简单的话，这话在我心里已经复习了几千遍。我深恨发明不来一个新鲜飘忽的说法，只有我可以说，只有你

可以听，我说过，我听过，这说法就飞了，过去，现在和未来没有第二个男人好对第二个女人这样说。抱歉得很，对绝世无双的你，我只能用几千年经人滥用的话来表示我的情感。你允许我说那句话么？我真不敢冒昧，你不知道我怎样怕你生气。（第 103 页倒数第 6 行）

信中有一错字，前面第二章里已辨析过了。就是"我说过，我听过"句中的第二个"我"字，应为"你"字。这里再加个佐证，就是在初刊本、初印本上都是"我说过，你听过，这说法就飞了"。奇怪的是，1980 年10 月重印本初版初印上，就成了"我说过，我听过"。不管多久了，反正是个错。

再看给苏文纨的。从措辞上说，这封更堪玩味。

文纨女士：

我没有脸再来见你，所以写这封信。从过去直到今夜的事，全是我不好。我没有借口，我无法解释。我不敢求你谅宥，我只希望你快忘记我这个软弱、没有坦白的勇气的人。因为我真心敬爱你，我愈不忍糟蹋你的友谊。这几个月来你对我的恩意，我不配受，可是我将来永远作为宝贵的回忆。祝你快乐。（第 101 页第 10 行）

似是而非的情人，还有一种是一厢情愿，对方全不认领的。这样的来信，说是情书有些过誉，说是骚扰有些刻薄，该说是自作多情吧。书中第七章，陆子潇给孙柔嘉的信，就是这种情形。起因是方鸿渐在汪处厚家的席面上，听范懿说，寒假期间陆子潇与孙柔嘉相恋，且频频通信，内心不好受。正好第二天孙来看他，便问个究竟，孙闻言，很是气愤。

"这事真讨厌，我想不出一个对付的办法。那个陆子潇——"孙小姐对这三个字厌恶得仿佛不肯让它们进嘴——"他去年近大考的时候忽然写信给我，我一个字没理他，他一封一封的信来。寒假里，他上女生宿舍来找我，硬要请我出去吃饭——"鸿渐紧张的问句："你没有去罢？"使她不自主低了头——"我当然不会去。他这人真是神经病，还是来信，愈写愈不成话。先一封信说，省得我回信麻烦，附一张纸，纸头上写着一个问题——"她脸又红晕——"这个问题不用管它，他说假使我对这问题答案是——是肯定的，写个算学里的加号，把纸寄还他，否则写个减号。最近一封信，他索性把加减号都写好，我只要划掉一个就行。你瞧，不是又好气又好笑么？"说时，她眼睛里含笑，嘴撇着。（第256页倒数第9行）

方鸿渐听了，如释重负，忍不住笑道："这地道是教授的情——教授写的信了。我们在初中考'常识'这门功课，先生出的题目全是这样的。"

第三类是由信函引出的情节

共三处，一处明显，一处隐晦，还有一处只能说勉强成立。

先说明显的。

第三章里，写方鸿渐和苏文纨同船回到上海，方先回老家探视双亲，返回上海后住在周经理家里。闲居无聊，便去苏文纨家走动，在苏家认识了唐晓芙，去得更勤了。一次去苏家，唐小姐在，还有一位留欧归来的曹元朗。苏文纨为了显摆自己的才华，拿出一把雕花沉香骨的女用折扇，曹元朗看了，方鸿渐看。

但见飞金扇面上歪歪斜斜地用紫墨水钢笔，写着一首新诗。落款是："民国二十六年秋，为文纨小姐录旧作。王尔恺。"

这王尔恺是个也还有点名气的政客，方鸿渐一见，顿起反感，对这种字这种诗，大加嘲讽。第二天方鸿渐去了唐晓芙家里，坐定后，唐小姐说："方先生，你昨天闯了大祸，知道么?"方起初不以为然，待唐小姐说了原委，不由追悔不迭。原来王尔恺说的"录旧作"，旧的是苏文纨的旧作，也就是说，飞金扇面上写的新诗，乃苏文纨所作。如何挽回这个错呢，唐小姐说，方先生口才好，只要几句话就解释开了。方鸿渐一听，正中下怀，借此也可以在唐小姐面前显显自己的才华。因为唐小姐说，她很想知道这封信怎样写法，也好让她学个乖。方答应，写了一定把稿子抄给唐小姐看。

信是写了，书中却没有信的原文，有的只是零散的字句，和写信时的所思所想。

方鸿渐回家路上，早有了给苏小姐那封信的腹稿，他觉得用文言文比较妥当，词意简约含混，是文过饰非轻描淡写的好工具。吃过晚饭起了草，同时惊骇自己撒谎的本领会变得这样伟大，怕这玩笑开得太大了，写了半封信又搁下笔。但想到唐小姐会欣赏，会了解这谎话，要博她一笑，又欣然续写下去，里面说什么:

　　昨天承示扇头一诗，适意有所激，见名章隽句，竟出诸伧夫俗吏之手，惊极而恨，遂厚诬以必有蓝本，一时取快，心实未安。叨在知爱，或勿深责。(第80页倒数第9行)

就这么几句。未见全文,终是憾事。

这遗憾,钱先生自然心知肚明,这么写,他其实是在吊读者的胃口。未写信的全文,是为了更好地演绎,写信所引发的结果。只有在苏文纨看信后的反馈中,才能体会到方鸿渐文笔之转圜得体。信是第二天到银行,交给收发专差送去。傍晚回家,刚走到卧室门口,电话铃响,拿起听筒,知是苏文纨收到信来的电话。于是有了电话中的几个问答:

"苏小姐,你收到我的信没有?"

"收到了。你这人真孩子气,我并不怪你呀!你的脾气,我哪会不知道?"

"你肯原谅我,我不能饶恕我自己。"

"吓,为了那种小事犯得着这样严重么?我问你,你真觉得那首诗好么?"

方鸿渐竭力不让脸上的笑漏进说话的声音里道:"我只恨这样好诗偏是王尔恺做的,太不公平了!"(第81页第4行)

无论如何你得承认,写出造成的效果,比杜撰信的原文,在表达的方式上要高明许多。

再说隐晦的。

第八章前半部分,写方鸿渐孙柔嘉这一对情人,离开三闾大学前往衡阳,再转桂林的情形。离校上路,一人一乘轿子。到了镇上吃过早点,正要起轿上路,校长高松年的亲随赶到,送来一个大信封,内中一个红纸袋,装的是礼券,另有一张信笺。信上说,校务纷繁,无暇细谈,鸿渐先生行色匆匆,未能饯别,抱歉之至;本校暂行缓办哲学系,留他在此,实属有屈,已写信给某某两个学术机关，荐他去做事，一有消息，决打电报到上海；礼券一张，是结婚的贺仪，尚乞哂纳。对这封信的态度，方孙二人迥然不同。

鸿渐没看完，就气得要下轿子跳脚痛骂。忍耐到轿夫走了十里路休息，将信给了柔嘉看，仍说，到了衡阳要挂号将礼券退回去，再写一封信痛骂。孙柔嘉倒不这么看，认为高校长也是一片好意，骂了他于你有什么好处？又是一番争执，最后达成妥协。柔嘉说，到了衡阳还有四天呢，到时候鸿渐要写信骂高松年，她绝不阻止。

这封信，写了没有？接下来说的是到了桂林如何快活，到了香港又如何张罗，似乎到了衡阳要怎样这档子事，方孙二人早就忘了。

以钱先生的精明，怎么会有这样的疏漏。只是最后的处置，实在出人意料。两人达成的协议是，到了衡阳方鸿渐仍气愤难平，柔嘉就不再阻止。最后的处置，在第九章里，两人又一次起了龃龉才写到。以书页而论，已隔了六十个页码了：

鸿渐气得冷笑道："提起三闾大学，我就要跟你算账。我懊悔听了你的话，在衡阳给高松年写信谢他，准给他笑死了。以后我再不听你的话，你以为高松年给你聘书，真要留你么？别太得意，他是跟我捣乱哪！你这傻瓜！"（第340页第7行）

一封回信，连个词句都没见到，就敷衍出这么一大篇文章，厉害，厉害。

最后说那个勉强成立的。能拢在这里，肯定是信函。说勉强，是因为这信函只有信封，没有信瓤。不摊开说了，抄一段原文，即知底细，说的是历史系教授陆子潇。

他讲话时喜欢窃窃私语，仿佛句句是军国机密。当然军国机密他也知道的，他不是有亲戚在行政院、有朋友在外交部么？他亲戚曾经写给他一封信，这左角印"行政院"的大信封上大书着"陆子潇先生"，就仿佛行政院都要让他正位居中似的。他写给外交部那位朋友的信，信封虽然不大，而上面开的地址"外交部欧美司"六字，笔酣墨饱，字字端楷，文盲在黑夜里也该一目了然的。这一封来函、一封去信，轮流地在他桌上装点着。大前天早晨，该死的听差收拾房间，不小心打翻墨水瓶，把行政院淹得昏天黑地，陆子潇挽救不及，跳脚痛骂。那位亲戚国而忘家，没来过第二次信；那位朋友外难顾内，一封信也没回过。从此，陆子潇只能写信到行政院去，书桌上两封信都是去信了。今日正是去信外交部的日子，子潇等待鸿渐看见了桌上的信封，忙把这信搁在抽屉里，说："不相干。有一位朋友招我到外交部去，回他封信。"（第 201 页倒数第 10 行）

信件之妙用，只有在这样的叙述语言里，才得以淋漓展现。

二〇二二年五月十一日

《围城》的针脚

一部好的长篇小说，就像一件华美的衣衫。人物故事如同剪裁，要的是称身而舒适，倘若穿上不多时，这儿开了缝，那儿绽了线，也不美气。这功夫全在针线上，民间说法叫针脚。针脚讲究的是密实，也不是一味的密实就好，该密实的密实，该疏阔的疏阔，该显露的显漏，该隐没的隐没。《围城》的人物故事，如同裁下的衣服片子，我们看看作者用了怎样的针脚，将之缝成一件华美的衣衫。

隐绗针

小说是给人看的。这话说了跟不说一样。看上一眼扔了是看，看完骂个不住也是看。妥善的说法该是，小说是闲书，让人闲了能看得下去。这一不算庄严的使命，注定了写小说的一个基本技巧，就是，如何诱使读者愉快地看下去。人都有好奇心，让好奇心作引导，该是不二法门。这样一来，在叙事上就得讲究，该隐蔽的就得隐蔽，随后挑明或悟出，才能让人或大或小吃上一惊，或深或浅会心一笑。以针法而论，谓之隐绗针。

绗，字典上的解释是，针孔疏密相间，线大都藏在夹层中间，正反两面露出的线都很短。

在这上头，钱锺书先生堪称高手。

书中第四章后半截，写了赵辛楣、方鸿渐、孙柔嘉、李梅亭、顾尔谦等五人，应聘之后，前往内地某大学教书。第一段行程，是乘意大利轮船，由上海去宁波。行前小聚时，赵辛楣说，船票五张由他去买，都买大菜间（头等舱），将来再算账。分手的时候，李梅亭问赵辛楣，是否轮船公司有熟人，辛楣说托中国旅行社办就行。李梅亭说，他有个朋友在轮船公司做事，他可托朋友买，辛楣说最好不过，五张大菜间，拜托拜托。上船前，李将三张大菜间的票给了赵辛楣，不用说是赵辛楣、方鸿渐和孙柔嘉三人的，顾尔谦的一张李梅亭转，李梅亭的一张自己留着，合情合理，毫无破绽。

然而到了开船的日子，赵辛楣和方鸿渐上了船，只见到孙柔嘉，竟不见李、顾二人。船开了，仍不见二人踪影，正烦恼时，茶房跑来说，三等舱有位客人要跟辛楣谈话，不能上头等舱来，只可以请辛楣下去。鸿渐也跟了辛楣下去，一看，原来，李梅亭和顾尔谦坐的是房舱（三等舱）。顾尔谦说，本来只有两张大菜间，李先生再三恳求他那位朋友，总算弄到第三张。言下之意，没大菜间的票了，他们只好坐房舱。李梅亭更是气宇非凡，说大不了十二个钟点的事，大菜间他也坐过，并不比房舱舒服多少。

过后，赵辛楣和方鸿渐都认为，是李梅亭在买票上捣了鬼。这事成为第五章开始的一个重要事件，彰显了李梅亭的奸诈，顾尔谦的诌邪。而书中始终没有说李、顾二人是如何商议，如何巧妙地避开了赵辛楣的觉察。

真是无解吗？实则，作者早早地就扎下了它的针脚。通行本第一百二十九页说过五人小聚后，有这样几句话："赵辛楣一总付了钱，等柜台上找。顾先生到厕所去，李先生也跟去了。出馆子门分手的时候，李先生问辛楣是否轮船公司有熟人，买票方便。"然后是赵辛楣委托他去办。

看小说的人，对这样的文字，常常一掠而过，及至后来因船票生出那么一大摊的事，定会猛省：肯定是在厕所商议好了的。

隐纼针不是省略。省略是舍弃，隐纼针是一时看不见，事件仍在进行中。有隐就有显，该显的时候，自然会显出来：要的是那个出人意料，又别有滋味。

远搭线

长篇小说，事多人多地点多，最忌的是散，最重要的是浑然一体。小事上可前后照应，大事上就要层层着色，远远地搭线。《围城》中，方鸿渐同了赵辛楣等人去三闾大学是大事，作者写来，用了远搭线的针法。

方鸿渐回国到上海，在点金银行挂个名，实际上不安其位，另有打算。打算是什么，一时还不明确。战事起来，上海成为孤岛，年轻人去内地成为潮流，他不会不动这个心。闲来无事，去苏文纨家"白相"，苏问他在什么地方得意，他说还没找事，想到内地去，暂时在亲戚组织的银行里帮忙。正好苏的表妹唐晓芙在苏家，苏说表妹一人在上海，也想到内地去，"进去叫她出来，跟方鸿渐认识，将来也是旅行伴侣"。（第49页第9行）与唐小姐经过一番感情周折，实际相随去了内地的是孙柔嘉。不管怎么说，从"去内地"这件事上说，线是早早搭了出去，氛围也渐次热了起来。正是这个唐小姐要去未去，让整个小说多了意想不到的波折。有论者认为，这是作家在人物设置上的失着，殊不知，出乎读者意料，恰是作家结构故事上的成功。你想到什么，他就写到什么，钱先生不会这么平庸。

方鸿渐是个懒散之人，只能说也还有趣，赵辛楣的评价是"你不讨厌，可是全无用处"（第188页倒数第5行）。毕竟还是有正义感的年轻人，作家给他安排了两件凸显性格的事，一件是无奈的，一件是主动的。无奈的是被迫离开三闾大学，绝不向高校长低头求饶。主动的是回到上海，进入华美新闻社，恰遇太平洋战争爆发，孤岛沦陷，汪伪势力控制了新闻社，原主编辞职，方鸿渐毫不留恋，与主编共进退，决计离开新闻社。

这个华美新闻社，还有内中的人事安排，书中远远的就搭了线。赵辛楣一出场，苏文纨就告诉方鸿渐，"赵辛楣和她家是世交，美国留学生，本在外交公署当处长，因病未随机关内迁，如今在华美新闻做政治编辑"（第52页倒数第4行）。再一次在苏家聚会，多了两个人，沈先生和沈太太。沈太太是个女权主义者，大谈她的文章如何好，竟引起赵辛楣的赞赏，"恭维沈太太，还说华美新闻社要发行一种刊物，请她帮忙"（第60页倒数第10行）。

这么随意的一句话，待方鸿渐从三闾大学铩羽而归，回到上海，承赵辛楣举荐进了华美新闻社，就与这位沈太太成了同事。正值太平洋战争爆发，沈先生去南京就了伪职，沈太太扭捏一番之后，也显出了献媚日伪的本色。这就为方鸿渐的毅然辞职，提供了展现的时局平台。

绕边缭

缭，农村妇女做针线活，最普通的针法，跟缝差不多，针脚要疏些，动作要快些。有时候，这两种动作是相互配合的，先缭住，再细细地缝。豫剧《花木兰》里有句戏词："千针万线可都是她们连哪！"这里的连，实际就是缭，戏词为了押韵，用连字顶替。

绕边缭，意思是不直奔主旨，将周边的事情说清了，缭住了，要说的事情也就突显出来。

还说前一节提到的沈太太。

方鸿渐去苏文纨家认识了唐晓芙，很是喜欢，苏文纨约他第二天下午四点来喝茶，陪陪新回国的沈先生沈太太。唐晓芙也去，方鸿渐早早就来了。人到齐后，坐的位置甚是微妙。赵辛楣恋着苏文纨，抢先一步，拣最近苏小姐的一张沙发坐下。沈氏夫妇合坐一张长沙发，唐小姐坐在苏小姐和沈先生座位中间一个绣垫上。方鸿渐无从挑拣，只得孤零零地近沈太太坐了。一坐下就后悔无及，闻着了沈太太身上一股狐臭味，"这暖烘烘的味道，搀了脂粉香和花香，熏得方鸿渐要泛胃，又不好意思抽烟解秽"。（第58页倒数第5行）如果这里只是要炫一炫自己关于中西"愠羝"的知识，那就不是钱先生了。这个小场面才刚刚开始。

喝过茶，还要离座去餐厅吃点心，这回方鸿渐学精了。再回到客堂里，赶快傍着唐小姐坐了，两人且有一番风趣机智的对话。

先是方问："你方才什么都不吃，好像身体不舒服，现在好了没有？"

唐小姐说："我吃得很多，并没有不舒服呀！"

方鸿渐说："我又不是主人，你不用向我客套。我明看见你喝了一口汤，就皱眉头把匙儿弄着，没再吃东西。"

接下来唐小姐说了一大通闲话为自己遮掩，末后反问方鸿渐，你那时候坐在沈太太身边，为什么别着脸，紧闭了嘴，像在受罪。这下子才点到主旨上："原来你也是这个道理！"方鸿渐和唐小姐亲密地笑着，两人已成了患难之交。（第61页第6行）

绕边缭还有一种，不说事情而讲道理，摆情势。且看下面这节文字：

西洋赶驴子的人，每逢驴子不肯走，鞭子没有用，就把一串胡萝卜挂在驴子眼睛之前、唇吻之上。这笨驴子以为走前一步，胡萝卜就能到嘴，于是一步再一步继续向前，嘴愈要咬，脚愈会赶，不知不觉中又走了一站。那时候它是否吃得到这串萝卜，得看驴夫的高兴。一切机关里，上司驾驭下属全用这种技巧。（第274页第1行）

说了这么一通道理，下面要说的是，高松年校长如何对待方鸿渐这个倒霉鬼副教授。该着展开情节了吧，还不，还要说一通道理。只是这次不像上次那么正儿八经地说了，换一种方式，从方鸿渐的留学经历说起：

他想起在伦敦上道德哲学一课，那位山羊胡子的哲学家讲的话："天下只有两种人。比如一串葡萄到手，一种人挑最好的先吃，另一种人把最好的留在最后吃。照例第一种人应该乐观，因为他每吃一颗都是剩的葡萄里最好的；第二种人应该悲观，因为他每吃一颗都是吃剩的葡萄里最坏的。不过事实上适得其反，缘故是第二种人还有希望，第一种人只有回忆。"从恋爱到白头偕老，好比一串葡萄，总有最好的一颗，最好的只有一颗，留着做希望，多少好？（第276页第11行）

别以为这里抄了这么多，将这个"绕边缭"全抄上了，不是的，两段合计不过全部的三分之一。说了方鸿渐眼下的状况，说了方鸿渐与孙柔嘉两人的情势，两下一碰撞，来了一句："他嘴快把这些话告诉她，她不做声。"这才展开两人之间的一番唇枪舌剑，整个故事进入了另一轮高潮。

绕边缭的好处很多，最重要的是能铺排开，无论事件的，还是意境的，都行。

无缝接

作为一部长篇小说，《围城》的故事不能说多么复杂，但场景的转换却不能说少。

大的转换，比如在轮船上，在上海，在路上，在三闾大学，等等，有汉字数字标示的章分开了。这样的分，只能说是大致的分，地头五个，书有九章，可见有的地头上的事，用了不止一章。头一次在上海，就占了二三四共计三章，三闾大学的事，占了六七两章。地头与章一对一的事，最是清楚，毋庸赘述。全书规模，1980 年 10 月出的重印本上说是二十三万三千字，书分九章，平均每章差不多是二万六千字，相当于一个中篇小说。不能说长，也不能说短，而每一章读下来，给人的感觉是密密实实，浑然一体，纵有错落，也都环环相扣。

这是如何达成的呢？技法不会单一，最为亮眼的便是这个无缝接。

无缝接作为针法之一种，非是说一点缝纫的痕迹都没有，而是说场景转换之快捷，了无线痕，不是特别专注，偶一疏忽就过去了。且看实例。

从国外回到上海，方鸿渐在苏文纨家见到唐晓芙，顿生好感，却于无意中得罪了苏文纨。第二天去唐家，见过唐晓芙后，得知究竟，决计给苏文纨写封信作个解释。书中写道，离开唐家，路上早有了给苏文纨信的腹稿，同时惊骇自己撒谎的本领会变得这样伟大。在录了一段信中的话语之后，书中写道：

信后面写了昨天的日期，又补了两行道：

"此书成后，经一日夜始肯奉阅，当曹君之面而失据败绩，实所不甘。恨恨！"写了当天的日期。他看了两遍，十分得意；理想中倒不是苏小姐读这封信，而是唐小姐读它。明天到银行，交给收发处专差送去。傍晚回家，刚走到卧室门口，电话铃响，顺手拿起听筒说："这儿是周家，你是什么地方呀？"（第 80 页倒数第 3 行）

后面一大段话，都在第一行的冒号之下，给人的感觉，下面的一段话，不过是方鸿渐信上的言语罢了。顶多再加上写信时的感触。实际情形是，前面以"恨恨"结束的那句话，是昨天写的，交给银行收发处是第二天即今天的事。接到苏小姐电话，则是从银行回到家里之后。也就是说，在钱先生的笔下，将两天里发生的事，用在平常人写一个动作或一个神态的空当，就打发掉了。

还有的地方，将两个人的动作神情糅合在一起，没有任何连接词，也没有另起一行，就完成了场景的转换：

辛楣哭丧着脸，看他们俩上车走了。他今天要鸿渐当苏小姐面出丑的计划，差不多完全成功，可这成功只证实了他的失败。鸿渐斜靠着车垫，苏小姐问他要不要

把领结解松，他摇摇头，苏小姐叫他闭上眼睛歇一会。（第 98 页第 11 行）

老实说，这样的无缝接，寻常写作者是不敢用的。

还有更神的，方鸿渐五人一路辛苦，来到鹰潭地界，小镇上旅馆像样的，家家客满，只好住在一家不起眼的小店里。又饥又累，安顿停当，已是用饭时分。李梅亭、顾尔谦二人主张在店里吃馒头加风肉，孙柔嘉说她上楼时看见风肉不干净，赵辛楣正喝水，也觉得这店里的东西怕靠不住，于是提议下去考察一下再说。常人写到这里，总要说如何下楼，如何惊动了店家，至少也要说句"几个人下楼见了店里的伙计"。可你看钱先生是怎么写的：

辛楣正在喝李梅亭房里新沏的开水，喝了一口，皱眉头道："这水愈喝愈渴，全是烟火气，可以代替火油点灯的——我看这店里的东西靠不住，冬天才有风肉，现在只是秋天，知道这风肉是什么年深月久的古董。咱们先别叫菜，下去考察一下再决定。"伙计取下壁上挂的一块乌墨油腻的东西，请他们赏鉴，嘴里连连说："好味道！"引得自己口水要流，生怕经这几位客人的馋眼睛一看，肥肉会减瘦了。（第 164 页第 10 行）

服了吧！

仅从这里举的三例，便可指认出钱先生的"无缝接"的三种针法。一是将几个连贯的动作甚至场景，压缩在一个极小的文字空间里；一是将两个不同的人、不同的位置、不同的表情连在一起写，构成一个场景。再就是刚刚说到的这种，神兵天降（不下楼梯），这里才说到风肉，那里伙计就伸手从墙上取下来亮在客人面前。如此连接，怎能不浑然一体。

真该检讨一下我们自己。写完一件事，换了地方，总要说怎么走了过去。到了第二天，总要说睡了个好觉天亮了。与人话别，总要说他转过身如何。想想吧，就是这么一个"格登"接着一个"格登"，将作品的贯通之气，像走气的内胎一样，一点一点全放完，轮胎不瘪才怪。你每缓一口气，读者就歇一口气，不知哪一口气还没歇过来，便废书不观了。钱先生自己读书多，体验也就多，深知此中奥秘，硬让自己坐下来歇会儿再写，也绝不给读他书的人喘口大气的机会。

漏针

针法只是个比喻，若要借机归纳，还有许多手段，也可以起个针法上的名目说道说道。不费这个神了。既说到针脚（针法的成果），或许是我这个人太刁钻了，竟发现《围城》里也有漏针的地方。

兹举几例。

一、回国的轮船上，鲍小姐在香港下船之后，船到上海的几天里，方鸿渐又跟苏文纨热乎起来，苏小姐跟真恋人似的，帮方鸿渐又是洗手帕又是钉纽扣。鸿渐抗议无用，苏小姐说什么就要做什么，他只好服从她善意的独裁。接下来写道："方鸿渐看大势不佳，起了恐慌。洗手帕，补袜子，缝纽扣，都是太太对丈夫尽的小义务。"（第 26 页第 12 行）洗手帕和缝纽扣，前面都说了。这里没有任何前兆，突然就来了个"补袜子"，不能不说是百密一失。

二、从全文看，方鸿渐是抽烟的，比如第三章里，写到方鸿渐在峨嵋春酒店请唐小姐的客，久等不来，

"点了一支烟,又捺灭了"。(第 66 页倒数第 6 行)而在第一章里,第二天船刚到香港,有一夜之欢的鲍小姐对他态度大变,点点头就走了。写到这里来了这么一句:"方鸿渐气得心头火直冒,仿佛会把嘴里香烟衔着的一头都烧红了。"(第 21 页第 5 行)虽是夸张之语,总是明确说了,嘴里衔着香烟。而此前,并未提及方鸿渐是吸烟的,给人的感觉不免突兀。

三、第二章里,方鸿渐在苏文纨家里第二次见了唐晓芙,互有好感,加上苏文纨向他示好,心情格外欢畅,又想到苏文纨说唐晓芙有好些男朋友,不免生气。书中写道:"唐小姐的男朋友很多,也许已有爱人。鸿渐气得把手杖残暴的打道旁的树。"(第 57 页第 11 行)那个年代留学欧洲回来的留学生,出门多带一种叫"斯的克"的手杖。有的书上写钱先生在蓝田师院教书时,去别的教师宿舍串门也带着。方鸿渐是小说中人物,不会就是钱先生。小说人物的行头,要有设计,不能想做什么就来个什么。像这里,方鸿渐挥动手杖抽打道旁的树枝,跟变戏法似的,手一伸,手中就是一根手杖,这针脚也太乱了吧。

四、书中的赵辛楣,一开始就是抽烟的。比如第四章里方鸿渐应邀去了赵辛楣家里,谈得投机,辛楣又打电话叫来董斜川,三人同上馆子吃晚饭,饭后闲聊,辛楣取出烟斗抽了起来。不用问,他抽的是自己的烟斗。两人同去三闾大学,同行的还有李梅亭等三位,第五章一开头,已在船上。晚饭后,船有点晃,鸿渐和辛楣坐在钉牢甲板上的长椅子上。鸿渐听风声水声,望着海天一片昏黑,心中感慨不已。接下来是:辛楣抽着鸿渐送他的大烟斗,忽然说:"鸿渐,我有一个猜疑。"(第 134 页倒数第 5 页)前面没有任何交代,一下子就来了个

"抽着鸿渐送他的大烟斗"，不能说不是又一处"漏针"。

　　说"漏针"，只是我从针法的角度说的。也许这种不用"穿针引线"便缝了个什么，是钱先生一种特殊的针法，那就是我少见多怪了。

　　　　　　　　　　　　　二〇二一年四月一日